LE
COMTE D'ELCAIRETT

SUIVI DE

LA CONFESSION D'UNE JEUNE NOVICE

PAR

Mme E. THURET

PARIS
LIBRAIRIE ACADÉMIQUE
DIDIER ET Cie, LIBRAIRES-ÉDITEURS
35, Quai des Augustins, 35

—

1873

LE

COMTE D'ELCAIRET

DU MÊME AUTEUR :

Mademoiselle de Sassenay, histoire d'une grande famille sous Louis XVI, 2 vol. in-12.

Belle-Mère et Belle-Fille, 2ᵉ édit., 1 vol. in-12.

LE
COMTE D'ELCAIRET

SUIVI DE

LA CONFESSION D'UNE JEUNE NOVICE

PAR

Mme E. THURET

PARIS

LIBRAIRIE ACADÉMIQUE

DIDIER ET Cie, LIBRAIRES-ÉDITEURS

35, Quai des Augustins, 35

1873

Tous droits réservés.

LE

COMTE D'ELCAIRET

I

L'après-dînée avait été belle et encore chaude,
quoiqu'on fût aux derniers jours de septembre.

Cinq heures sonnaient.

Un phaéton s'arrêta devant une maison placée
sur la droite de l'avenue de Paris, un peu avant
la grille d'entrée de Versailles.

Un jeune homme grand, mince et de tournure
élégante descendit de la voiture qui était parfaitement attelée et traînée par deux magnifiques
pur sang bai brun.

— A quelle heure monsieur le comte veut-il que la voiture soit ici demain? demanda le valet de pied.

— A midi. N'oubliez pas, dès en arrivant à Paris, de porter les livres chez Mme la duchesse.

Le valet de pied sonna à la grille.

Pendant l'intervalle qui s'écoula avant qu'on répondît au coup de sonnette, le phaéton tourna. Le comte regardait avec une satisfaction de connaisseur ses deux belles bêtes si bien appareillées.

— James, dérênez vos chevaux, dit-il à son cocher, et retournez lentement.

La petite porte qui se trouvait auprès de la grille d'entrée s'ouvrit.

— Eh bien! Jean, comment va mon oncle? demanda le comte au vieux valet de chambre qui, après lui avoir fait traverser la cour, l'introduisit, au rez-de-chaussée, dans un grand salon dont les trois fenêtres donnaient sur le jardin.

— M. le marquis va bien et attend avec impatience monsieur le comte.

La phrase n'était pas achevée, qu'un grand vieillard entra vivement, les bras ouverts.

— Enfin vous voilà, mon cher neveu, — et il l'étreignit cordialement; — je suis ravi de vous voir. Je suis bien ici, n'est-ce pas? Qu'en dites-vous, mon cher Georges?

L'air, la lumière entraient à profusion dans la pièce. Un parterre de fleurs choisies, que doraient les rayons du soleil couchant, égayait les yeux, et cependant ce raide et froid mobilier, suprême expression de l'élégance sous la Restauration, minutieusement soigné, épousseté, était aligné avec une symétrie qui glaça le comte. On sentait que sur ces canapés, que sur ces fauteuils si vieux de formes et si neufs d'étoffes les visiteurs devaient bien rarement s'asseoir; on sentait que c'était l'absence de pas amis qui laissait au parquet ce vernis irréprochable; on sentait enfin que là on respirait, mais qu'on n'y vivait point de la vraie vie : pas une œuvre d'art, pas un objet de goût.

— Parfaitement, mon oncle, — et un frisson passa au jeune homme, à qui une seconde avait suffi pour faire ces réflexions. J'aimerais mieux mourir tout de suite, que d'être condamné à vivre ici, pensait-il tout en répondant.

— Tu le vois, je suis à la campagne et à la ville, quand je le veux; mais je ne veux pas souvent. Je me suis borné à faire les visites indispensables. Les oisifs et les importuns me sont odieux. Ce n'est pas comme toi, monsieur le mondain !

Le marquis accompagna cette épigramme d'un
rire nerveux et sec, comme toute sa personne.
Ses petits yeux noirs, qui s'abritaient sous d'é-
pais et rudes sourcils grisonnants, étincelèrent ;
puis sa physionomie reprit l'expression sévère
et froide qui lui était habituelle.

Le marquis d'Elcairet, oncle de Georges, était
un vieux garçon de soixante-cinq ans, dont la
vie entière s'était absorbée dans l'étude. La
science avait été son unique maîtresse. Il ne lui
avait jamais donné de rivale. Femme, enfants,
frères, parents, amis, plaisirs, étaient des mots
qui ne signifiaient rien pour lui. Il n'avait que
des connaissances, et encore ne les entretenait-
il qu'au point de vue de l'utilité.

Quelquefois, dans les grandes occasions, il
s'était cru obligé de dire qu'il aimait Georges
comme un fils ; mais ce n'était qu'une manière
de parler, à effet, qui n'éveillait rien dans son
cœur.

Tant que celui qu'il nommait maintenant son
cher neveu, et même parfois son héritier, avait
été pauvre, il lui avait refusé jusqu'à l'aide de
ses conseils, de crainte d'être obligé de lui donner l'aide de sa bourse.

Égoïste raffiné, M. d'Elcairet, tout en gardant
les apparences, évitait avec une merveilleuse
adresse la moindre charge et le plus léger em-

barras. L'étude étant son seul amour, il défendait, sans merci, la quiétude et la tranquillité d'esprit dont il avait besoin pour travailler.

Aimable quand il le voulait ; dur et brutal même quand il l'osait ; maussade à l'habitude, tout en ayant de l'agrément dans l'esprit ; inexorable au fond, mais sachant faire le bonhomme au besoin ; généreux en paroles, avare sordide en actions ; froid comme la glace, insensible comme la pierre, le marquis s'était montré le plus incapable, le plus indifférent et le plus dur des tuteurs.

Jamais son neveu, le fils de son unique frère, qui avait perdu sa mère en naissant et son père dans sa première enfance, n'avait un instant excité son intérêt. Non-seulement il avait négligé le moral de son pupille, mais il n'avait pas même voulu s'occuper de la petite fortune laissée par le comte d'Elcairet, son frère. Il s'était opposé à ce qu'on déplaçât la moindre valeur, de peur d'encourir une responsabilité.

Le marquis détestait les enfants ; quand il était dans ses accès de misanthropie, il allait même jusqu'à dire que ces miniatures de l'espèce humaine, qui avaient, en petit, tous les vices, lui faisaient horreur.

Le respect humain, seul, l'avait empêché de refuser la tutelle de Georges. Assez habile pour

cacher ses répugnances sous de beaux semblants, il s'en dédommageait en tête-à-tête avec
lui-même et convenait sans vergogne, que s'il
n'avait jamais voulu se donner le tourment d'a-
voir des enfants à lui, il était vraiment odieux
d'avoir la charge de celui d'un autre. Il n'avait
jamais pu souffrir son frère, dont le caractère
était tout l'opposé du sien.

Le rapide passage du bonheur aux chagrins et
aux misères de la vie, avait dû rudement frapper
Georges qui, élevé par son père lui-même, s'était
vu enlevé tout d'un coup à la tendresse et aux
soins de la maison paternelle pour entrer dans
un collége.

L'accueil glacial qu'il avait reçu de son oncle
n'avait dû ni l'encourager, ni le consoler ; car il
témoignait une grande douleur de la mort de son
père.

Le premier des quatre jours que l'enfant avait
passé chez le vieux savant, celui-ci, sans pitié
pour ses larmes qui l'ennuyaient, l'avait appelé
petit pleurard, et, le dernier jour, il l'avait
appelé petit sans-cœur, parce que Georges,
grâce à ses huit ans, avait, comme tous les bam-
bins de son âge, passé des pleurs au rire.

Le jeune comte peu à peu s'était habitué au
collége et s'était plié à cette vie si nouvelle avec
la résignation qui se rencontre presque toujours

dans les enfants qui se sentent vraiment aban-
donnés. Mais la maison de son oncle lui était
restée antipathique, et ses jours de congé étaient
pour lui des jours de pénitence. Il sentait que le
marquis ne l'aimait pas, ne le supportait que
comme une charge, et sa fierté d'enfant en souffrait.

Invariablement habillé de vêtements trop
courts ou trop longs, trop étroits ou trop larges :
sois économe, tu n'es pas riche, disait le tuteur
quand le pupille réclamait des vêtements neufs,
il faut faire durer tes habits le plus longtemps
possible. L'enfant jetait alors un regard désolé
sur ses manches qui arrivaient au-dessus du poignet et laissaient voir de grandes vilaines mains
rouges, et sur son pantalon, qui descendait à
peine à la cheville et découvrait de grands vilains
pieds mal chaussés. Sois économe, répétait
encore l'oncle, quand les membres du neveu
flottaient dans des habits neufs et qu'il insistait
pour qu'on les lui mît à sa taille, ils te dureront
plus longtemps. D'ailleurs, est-ce qu'un d'Elcairet... Il n'achevait pas. Il était sous-entendu qu'il
suffisait d'être un d'Elcairet pour être toujours
bien.

Mais Georges n'en était pas persuadé, et
comme il avait beaucoup de vanité et qu'il se
sentait ridicule, il refusait, ainsi habillé, d'aller

à aucune promenade et partageait sa journée de
sortie entre l'office et la chambre de Mme Bocquet, la vieille femme de charge du marquis.

M. d'Elcairet, qui ne laissait échapper aucune
occasion de vanter, à Georges, les avantages de
la richesse, lui imposait impitoyablement les privations d'une pauvreté qui n'était même pas la
sienne.

Jamais il ne lui accordait le moindre argent
pour ses menus plaisirs, prétextant qu'il ne fallait pas habituer les enfants à gaspiller. Mais la
vraie raison était qu'il se vengeait du déplaisir
que lui causait la charge qu'il avait été obligé
d'accepter, en imposant à son pupille toutes les
contrariétés imaginables.

Les uniques douceurs de Georges se bornaient
à celles que Mme Bocquet lui glissait dans sa poche lorsqu'il retournait au collége.

—Allez, allez, monsieur Georges, lui disait-elle,
quand elle le voyait triste, ne vous chagrinez pas ;
tout cela finira. Vous serez riche un jour. M. le
marquis n'emportera pas tout avec lui.

Invariablement encore, le jeune homme entendait un sermon qui durait pendant tout le dîner.
Il devait écouter et répondre sans avoir la bouche pleine, ce qui l'empêchait de profiter, autant qu'il l'aurait désiré, du repas, très soigné,
qui ne faisait que lui passer devant les yeux,

car le marquis mangeait très peu et très vile.

Tout ceci n'empêchait M. d'Elcairet d'accompagner ses adieux à son neveu de cette phrase qui revenait, exactement la même, à l'heure du départ : voilà une bonne journée, n'est-ce pas, neveu? Eh bien, maintenant, il faut vous remettre au travail, afin d'en mériter une autre.

Et en lui-même le vieux savant protestait contre ces congés, bons seulement à distraire les écoliers, déjà assez portés, par nature, à la dissipation.

Quand la porte se refermait sur Georges, le marquis respirait plus à l'aise : la corvée était finie.

Pendant les vacances, l'oncle, qui d'abord n'avait pas voulu supporter les jeux et le tapage d'un enfant, et qui plus tard n'avait pas voulu s'embarrasser d'un jeune homme, envoyait, chaque année, son neveu en Normandie chez un de ses fermiers, à qui, bien entendu, il ne donnait rien. Mais le brave homme se trouvait suffisamment payé par l'honneur d'héberger et de nourrir le neveu de M. le marquis, qu'il appelait M. le comte gros comme le bras, afin de satisfaire en plein sa gloriole.

Georges, plus tard, racontait volontiers qu'un des grands crève-cœur de sa première jeunesse avait été de ne pouvoir, quand il quittait la

1.

ferme, à la fin des vacances, laisser le plus modeste souvenir aux enfants de ces excellentes gens qui venaient de le combler. Mais il n'avait rien à lui.

Le comte, qui était doué d'une excellente mémoire, ne pouvait donc avoir pour son oncle ni une bien grande tendresse, ni une bien grande estime. Mais ce n'avait pas été en vain que M. d'Elcairet le sceptique, l'homme qui faisait bon marché de tous les sentiments, l'homme pour qui les sentiments n'existaient pas, avait incessamment et en toute occasion dit et redit à son pupille que l'argent était la seule puissance véritable, le grand bien, la chose par excellence qui donnait tout et pouvait tout.

Les leçons avaient admirablement profité à l'élève, et peu à peu il avait égalé le maître.

Quand Georges était encore enfant, il se disait qu'en effet si l'argent pouvait lui donner tous les beaux habits, tous les jouets, toutes les friandises, toutes les fantaisies dont on le privait, l'argent était sans contredit une bien bonne chose, et il en souhaitait et beaucoup ! car les privations lui étaient insupportables, et ce rôle d'enfant pauvre révoltait son orgueil.

Plus tard, quand Georges devint un jeune homme, et qu'il eut jeté un premier coup d'œil

sur la vie, il se dit encore : si, pour avoir tout ce
qui me plaît, tout ce que j'aime déjà et tout ce
que je sens que j'aimerai un jour, si, pour avoir
tout ce qui me fait envie, tout ce qui flatte mes
yeux, tout ce qui flatte mes goûts, tout ce qui
m'enivre, tout ce qui fait bouillonner mes passions, il faut de l'argent, j'en aurai parce que
j'en veux.

L'oncle avait quatre-vingt mille livres de
rentes ! Le neveu, fidèle à ses principes, sut
imposer à ses ressentiments. Il n'eut en vue
qu'une seule chose : l'héritage ; et il le soigna.

M. d'Elcairet, toujours par amour pour la
science, venait récemment d'abandonner Paris,
pour s'établir à la porte de Versailles.

Il habitait sa nouvelle demeure depuis deux
mois ; il l'avait achetée et fait disposer uniquement en vue de ses collections.

Après un dîner fin, — le vieux marquis était
plus gourmet que jamais, — l'oncle et le neveu
firent ensemble le tour du jardin, petit parc
rempli à profusion de fleurs et d'arbustes
rares.

L'oncle, qui était en veine de causerie, s'a-
bandonnait à une aimable médisance ; le neveu,
tout en écoutant, fumait son cigare, d'après l'in-
jonction expresse de l'oncle, qui n'en fulminait

pas moins intérieurement contre l'irrévérence et
le sans façon du siècle.

La nuit vint vite. La fraîcheur se fit sentir.
Ils rentrèrent.

Le marquis ne fit que traverser le salon et conduisit Georges au premier, dans son cabinet de
travail, où il passait sa vie.

C'était une grande galerie qu'il venait de faire
construire pour y étaler dignement ses richesses
scientifiques. Elle occupait toute la façade sur
le jardin.

Georges admira avec un si sincère enthousiasme l'entente qui avait présidé à cette instal-
lation vraiment remarquable ; il examina avec
un si vif intérêt les trésors renfermés dans les
vitrines que l'amour-propre et la passion du
vieux savant en furent flattés au plus haut point.
Jamais le comte ne l'avait vu aussi bonhomme ;
il était presque affectueux.

Ils causèrent jusqu'à minuit.

Tout en n'étant plus du monde, le marquis aimait à savoir ce qui s'y passait. La chronique
mystérieuse, voire même un peu scabreuse, celle
qui, dans sa primeur, se raconte tout bas, l'amu-
sait par-dessus tout. Il en était friand ; il y prenait un plaisir diabolique. Il rajeunissait au
récit de certains scandales intimes ; ses yeux pé-
tillaient comme des charbons. Il se frottait les

mains. Il regardait autour de lui avec un redoublement de bien-être. Il jouissait évidemment de se sentir hors de cause.

Au moment du bonsoir, M. d'Elcairet se rappela qu'il avait une épreuve à revoir. Il était sur le point de publier un nouvel ouvrage.

Pendant ce temps, Georges alla respirer au balcon.

L'air était devenu étouffant. Le splendide clair d'étoiles s'était obscurci. Le ciel avait pris un aspect sinistre. De temps à autre des zigzag de feu déchiraient les nues.

Georges suivit d'abord rêveusement les progrès de l'orage ; puis ses regards, après avoir erré à l'aventure, se fixèrent sur un pavillon Louis XVI qui se trouvait dans le jardin voisin de celui de son oncle. Il en admira l'élégante architecture, mise en lumière par les éclairs. C'était un rez-de-chaussée de belles proportions, dont le toit en terrasse était entouré par une balustrade. Au centre du bâtiment s'élevait une gracieuse coupole.

— A qui donc appartient la belle habitation qui est voisine de la vôtre? demanda le comte en rentrant dans le cabinet.

— A la comtesse Fabiani.

— Qu'est-ce que c'est que Mme Fabiani?

— Une riche Italienne.

— Ah! oui, je me souviens : j'en ai entendu parler. Vous la connaissez ?

— Je l'ai connue autrefois, et je lui ai fait une visite à mon arrivée.

— Elle est jeune ?

— Non. C'est fâcheux, n'est-ce pas? ajouta en riant le marquis, car elle est veuve. Son mari a été tué en duel. Oh! c'est une vieille histoire, tout à fait tragique...

— Quel cri ! interrompit brusquement Georges en se précipitant sur le balcon.

— Bah! quelque rôdeur de barrière, dit le savant sans se déranger.

Il y eut plusieurs secondes de silence. Tout à coup un second cri plus aigu que le premier vibra dans l'air, puis se perdit dans l'espace.

M. d'Elcairet se leva alors et s'avança vivement sur le balcon.

— C'est là, dit Georges... là, mon oncle, à la dernière fenêtre, où vous voyez la lumière.

— Là..., mais chez la comtesse Fabiani.

— Chut!... écoutez... On crie au secours. C'est une voix de femme. Allons, allons vite, mon oncle ; nous ne pouvons pas laisser égorger une femme. Il n'y a pas à hésiter.

Sans plus de réflexions, l'oncle et le neveu décrochèrent une paire de pistolets, prirent une boîte d'allumettes, descendirent, traversèrent rapidement le jardin, trouvèrent une échelle dans la serre, l'appliquèrent au mur. Le comte monta le premier, aida son oncle, et tous les deux furent bientôt dans le parc voisin.

Une allée de charmilles les conduisit auprès du pavillon.

Dans le lointain, le tonnerre commençait à gronder, le vent s'élevait, de larges gouttes de pluie frappaient le feuillage.

Ils s'avancèrent, avec précaution, sous la fenêtre où brillait la lumière qui aussitôt s'éteignit.

Ils nous ont entendus, murmura M. d'Elcairet, et tous deux, retenant leur souffle, écoutèrent... Un faible gémissement parvint jusqu'à eux... un meuble tomba avec fracas... puis, il se fit un silence de mort.

Otant alors leurs chaussures pour ne pas faire craquer le sable, l'oncle et le neveu gagnèrent en hâte la porte d'entrée; mais ils l'ébranlèrent en vain, elle résista. Toutes les persiennes de la façade étant fermées, ils les ébranlèrent aussi l'une après l'autre, inutilement encore; enfin la dernière céda.

— Vite, mon oncle, dit le comte, pesez avec votre épaule contre cette vitre; bien, assez; la voilà fendue.

Il en détacha alors, avec précaution, les morceaux, leva l'espagnolette, enjamba le balcon et

tendit la main à son oncle. Puis il fit flamber
une allumette. Ils étaient dans la salle à manger.
Elle leur donna accès dans un vestibule circu-
laire qui recevait la lumière par une coupole
vitrée. La lueur continue des éclairs répandait
ses teintes blafardes sur les fresques qui déco-
raient cette pièce et faisait grimacer les figures.

— Enfin, dit le marquis, je me reconnais.
C'est par ce vestibule que j'ai été introduit. Voilà
le salon.

Et, ce disant, il en ouvrit la porte.

Les persiennes et les volets furent promptement repoussés, et aux fauves clartés de l'orage,
ils virent que le plus grand ordre régnait dans
le salon. Tout y était rangé et enveloppé comme
au moment d'un départ. Ils ne purent même
trouver une bougie pour l'allumer. Ils écoutèrent... mais, sauf le tonnerre dont les coups
allaient en se rapprochant, tout était parfaitement tranquille.

— C'est singulier, dit Georges. Nous ne nous
sommes cependant pas trompés. Qu'allons-nous
faire, mon oncle?

— Il faut...

Un murmure de voix interrompit le marquis.

— Venez, Georges, venez, reprit-il, et gui-
dés par le bruit, ils parvinrent dans le boudoir.

De là ils entendirent distinctement parler,

mais sans pouvoir comprendre ce qu'on disait. C'était un homme... il s'animait... il menaçait...

Un gémissement douloureux, puis une sorte de prière suivie d'un cri, lui répondit :

— La malheureuse femme, dit le comte avec anxiété; ils vont l'assassiner. Mais comment faire pour arriver jusqu'à elle?

— Cherchez; il y a une porte; j'en suis certain, répliqua M. d'Elcairet à voix basse; j'y ai vu passer la comtesse. C'est dans ce boudoir qu'elle m'a reçu.

Georges promena anxieusement ses mains sur la tenture de Perse afin de trouver la porte.

Au dehors l'orage grondait toujours, la tempête mugissait avec furie : un effroyable coup de tonnerre ébranla le pavillon qui trembla comme s'il allait s'écrouler.

En ce moment la main de Georges rencontra le bouton; il le tourna. Le grincement de la porte se perdit dans le fracas de la foudre.

L'oncle et le neveu demeurèrent sur le seuil, frappés de stupeur par l'étrange spectacle qui s'offrit à eux.

C'était la chambre à coucher de la comtesse Fabiani.

Deux hommes, enveloppés d'amples vêtements avec un capuchon rabattu sur le visage, se tenaient l'un au chevet, l'autre au pied du lit où la comtesse, presque mourante, était assise soutenue par des oreillers.

Ses doigts crispés serraient convulsivement une feuille de papier... une plume avait glissé sur le drap.

Près du lit, sur une table, il y avait un poignard, un encrier et un candélabre dont les bougies éclairaient l'intérieur du lit; le reste de la chambre était dans l'ombre.

L'homme qui se tenait au pied du lit, après avoir dit quelques mots à Mme Fabiani, se pencha vers elle, et d'un brusque mouvement lui arracha le papier qu'elle essaya encore de retenir.

Alors Georges s'avança vivement vers le lit; le parquet cria. Les deux hommes l'entendirent, car, sans se retourner, ils renversèrent le candélabre, s'élancèrent vers la fenêtre et sautèrent dans le parc.

Instinctivement le comte étendit la main vers le poignard dont la forme étrange l'avait frappé, mais au même instant une main étreignit la sienne et lui enleva le poignard. Il y eut une lutte dans les ténèbres. Georges chercha à saisir son adversaire qui lui échappa, bondit comme un tigre et disparut de nouveau par la fenêtre.

Le bruit de la lutte avait ranimé la comtesse : Par pitié, murmura-t-elle faiblement, ne le poursuivez pas... pour l'amour de Dieu, non, non, ne le faites pas. Mais ma fille, où est ma fille ? Laura !... Laura !... s'écria-t-elle, et, haletante, éperdue, elle se dressa sur ses oreillers.

Le marquis venait de rallumer les bougies. Lui et son neveu aperçurent alors, dans les profondeurs de la chambre, une jeune fille baillonnée et attachée sur un fauteuil.

Elle ne donnait plus signe de vie. Mais, dès qu'on lui eût dégagé la bouche, elle se ranima peu à peu. Son premier mouvement fut de courir vers le lit.

— Ma fille bien-aimée, ma Laura, dit la comtesse en la serrant sur son cœur et en jetant autour d'elle un regard plein d'épouvante.

Elle aperçut alors le marquis, le reconnut, le remercia et le supplia de ne pas l'abandonner.

M. d'Elcairet la rassura et lui raconta comment, lui et son neveu, ayant entendu les cris venant du pavillon, étaient accourus pour la secourir ; la difficulté qu'ils avaient eue pour parvenir jusqu'à elle et leur regret d'être arrivés trop tard.

Les fenêtres et les volets furent soigneusement clos, et quand le calme se trouva bien rétabli, le marquis pria Mme Fabiani, si toutefois sa demande n'était pas indiscrète, de lui expli-

quer la scène à laquelle sa présence et celle de
son neveu avaient mis fin.

Alors, toutes les terreurs de la comtesse revinrent. Son corps frissonnait, ses dents s'entre-
choquaient, ses traits exprimaient les plus
cruelles angoisses ; elle était effrayante de pâleur, et ses yeux hagards, démesurément ouverts,
laissaient voir qu'elle était en proie à la plus
terrible épouvante.

— C'est horrible !... horrible !... s'écria-t-elle
enfin avec désespoir, et en famille !... ajouta-
t-elle plus bas avec égarement, comme se parlant
à elle-même ; aussi... il faut... tout cacher...
tout.....

Marquis, reprit-elle plus haut, d'un ton bref,
jurez-moi... jurez-moi... sur votre honneur...
et sur...

Elle étendit la main vers un livre ; la jeune
fille la comprit et apporta le livre. C'étaient les
Évangiles.

Jurez-moi tous les deux, reprit-elle avec solennité, jurez-moi, répéta-t-elle avec l'accent de
la prière, que jamais vous ne révélerez ce que
vous avez vu et entendu cette nuit dans cette
chambre.

Le marquis et son neveu, obéissant à cette
prière, étendirent les mains sur le livre et firent
le serment qu'on leur demandait.

— Merci, dit la comtesse avec effusion et comme soulagée d'un grand poids; elle leur serra les mains avec une exaltation toute méridionale et continua.

Ecoutez. Tout peut encore se réparer. Demain... tout à l'heure... non, non, tout de suite... la cassette... je vais vous remettre.... je vais vous dire quel service vous....

La force lui manqua pour continuer : elle retomba sur ses oreillers épuisée de fatigue.

La jeune fille alla chercher une fiole et en versa une cuillerée; Mme Fabiani la prit, puis, attirant à elle Laura, elle la tint convulsivement embrassée, murmurant d'une voix qui allait s'affaiblissant : Pauvre, pauvre chère fille... le reste fut un souffle.

Puis ses bras se détendirent, ses yeux se fermèrent, et elle parut s'endormir.

Mlle Fabiani s'assit alors auprès du lit, prit la main de sa mère, la couvrit de baisers et la garda dans les siennes.

Le marquis et son neveu se retirèrent dans le fond de l'appartement, et demeurèrent livrés à leurs tristes réflexions. Le seul aspect de cette grande et lugubre chambre suffisait pour mettre la tristesse dans l'âme. Le lit, aux proportions monumentales, reposait sur une estrade à plusieurs degrés; un lourd baldaquin, d'où tombaient d'épais rideaux cramoisis pareils à la tenture, le surmontait. A chaque côté du lit, il y avait une statue de marbre blanc : l'une tenait le globe de cristal opaque où brûlait la veilleuse, l'autre tenait une cassolette.

Le visage de la malade, qui se détachait sur le fond sombre du lit, était aussi blanc et paraissait aussi inanimé que celui des statues.

Cette vue glaçait Georges ; la comtesse lui faisait l'effet d'une morte, sur son lit de parade. En vain il s'efforçait de ne plus la regarder, malgré lui il la regardait encore et tou'ours. Il voulait absolument surprendre un signe de vie. C'était devenu une sorte d'obsession ; il attendait, il guettait, pour ainsi dire, un mouvement ; quelquefois ses yeux fatigués et clignotants croyaient enfin surprendre ce mouvement, mais bientôt il leur fallait reconnaître que le visage gardait la même rigidité.

Par un effort suprême, il détacha son regard de la mère et le reporta sur la fille. Mlle Fabiani, cédant à la lassitude, s'était endormie, la joue appuyée sur la main de sa mère. Son profil était charmant. La jeune fille offrait un ensemble de jeunesse et de grâces qui reposa le comte de toutes les tristesses qui l'environnaient. Mais l'intérêt même que Laura lui inspira ramena ses idées sombres. Quel va être son réveil ? pensa-

t-il. La comtesse est toujours aussi immobile.
Ce sommeil est-il un vrai sommeil? Etrange
chose que la destinée ! je quitte Paris, la ville
aux aventures, et je viens chez mon oncle, dont,
à ma connaissance, la vie calme, réglée, méthodique, n'en a jamais compté une seule, et c'est
chez lui que vient me chercher le plus terrible
événement dont j'aie jamais été témoin. Et tout
en parlant il continuait à fixer le visage de la
comtesse, et il ne faisait plus d'effort pour chasser ses lugubres sensations que tout entretenait.
Quel tombeau que cette chambre, se disait-il ; le
jour ne viendra donc jamais. Et il appelait de
tous ses vœux la fin de cette funeste nuit.

Puis, par moments, succombant aux émotions
et à la fatigue, ses yeux s'appesantissaient ; mais
bientôt ils s'ouvraient en sursaut, et Georges se
croyait en proie à un cauchemar. Il regardait
dans l'hébétement cette chambre, qu'il ne reconnaissait pas, ces meubles aux formes massi-
ves, noircis par le temps et dont les ombres va-
cillantes s'allongeant et se rétrécissant aux
lueurs tremblottantes de la veilleuse avaient
quelque chose de fantastique, et il croyait rêver
toujours. Mais un fauteuil renversé, une chaise
en lambeaux lui rendaient immédiatement la
mémoire. Il se rappelait alors la lutte qui venait d'avoir lieu, et il était de nouveau assailli

par les plus douloureux pressentiments, car la
figure de la comtesse restait toujours immobile.

M. d'Elcairet, lui aussi, était plongé dans ses
réflexions, mais elles étaient d'une tout autre
nature. Il cherchait, en réunissant ses souvenirs,
à pénétrer le mystère qu'il s'était engagé à ne
pas révéler.

Le marquis était à Florence lors de la mort
du comte Fabiani. Il se rappelait fort bien qu'il
avait été tué par un certain chevalier des assi-
duités duquel on jasait beaucoup. Il se souvenait aussi que, quelques mois après, le chevalier
avait été assassiné, dans une rue déserte, sans
qu'on ait jamais pu découvrir le meurtrier.

Ces deux événements avaient fait un bruit
terrible. La comtesse, accusée à tort ou à raison, avait quitté Florence, et, après avoir longtemps voyagé, avait fini par se fixer en France.

Lors de son arrivée à Paris, quoiqu'ayant
passé la première jeunesse, elle était encore fort
agréable de sa personne ; elle aimait à recevoir,
recevait à merveille, avait une excellente maison, une table recherchée dont elle faisait les
honneurs avec une grâce parfaite ; sa conduite
était des plus régulières : on ne lui en demanda
pas davantage. Elle fut accueillie partout avec
distinction et on s'empressa de se faire présenter
chez elle.

Les uns avaient oublié sa tragique histoire,
les autres ne l'avaient jamais sue, ou ne vou-
laient pas s'en souvenir. Le marquis avait été de
ceux-là et s'en félicita intérieurement.

Dix-huit années s'étaient écoulées depuis la
mort du comte, il ne semblait donc pas possible
d'y rattacher le drame de cette nuit ; cependant
ces deux hommes, encapuchonnés, avaient un
je ne sais quoi italien qui donnait à croire à
M. d'Elcairet que le présent pourrait bien se
relier au passé. Puis il calculait la fortune
que pouvait avoir la comtesse, puis il se demandait quel âge avait Laura? Il ne se souvenait pas, quand il était à Florence, d'avoir
jamais entendu dire que la comtesse eût un
enfant. Puis enfin ses yeux s'appesantirent.

Tout à coup un cri de désespoir l'arracha à ce
premier sommeil. Mlle Fabiani venait de se ré-
veiller ! En sentant que la main qu'elle tenait
était inerte et glacée, elle fut prise d'une af-
freuse angoisse. Elle se jeta sur sa mère, l'appela des noms les plus tendres, essaya de la ré-
chauffer et de la ranimer par ses caresses. Puis,
épouvantée de son immobilité et ne voulant pas
croire à son malheur, elle usa de tous les moyens
qu'elle employait d'habitude quand sa mère
avait une crise. Mais tout fut inutile. L'espoir,
qui l'avait soutenue jusque-là, l'abandonnant

alors, l'excès de sa douleur fut si violent, qu'elle s'évanouit.

Le marquis et son neveu, fort effrayés et fort embarrassés, ouvrirent une fenêtre et y portèrent Mlle Fabiani.

Un jour magifique se levait, et le soleil, sans souci des douleurs qu'il venait éclairer, inonda la chambre. La morte, baignée de lumière, semblait transfigurée : ses traits s'étaient détendus, son visage respirait une sérénité parfaite, qui formait un frappant contraste avec celui de sa malheureuse fille. Laura, quoique privée de sentiment, semblait encore souffrir.

Dès qu'elle put être transportée, le marquis, au grand étonnement de Georges, la fit emmener chez lui. Il l'installa dans sa maison, avec les plus grands égards.

La comtesse Fabiani souffrait, depuis longues années, d'une maladie de cœur qui, récemment, s'était aggravée au point de la forcer d'abréger son séjour à Versailles, où elle se trouvait moins à même de recevoir les soins de son médecin.

Toute sa maison était retournée à Paris depuis l'avant-veille, afin de mettre son hôtel en état de la recevoir. Elle n'avait gardé que sa femme de chambre, à qui, ne se sentant pas plus mal, elle avait permis d'aller à la noce de la fille du jardinier, qui se faisait en ville.

Laura et sa mère n'étaient pas peureuses, d'ailleurs, un aide-jardinier couchait aux communs, et dans le lit de la comtesse se trouvait une sonnette qui y correspondait.

Quand Laura put rassembler ses idées, elle raconta au marquis ce qu'elle savait.

C'est vers les onze heures, lui dit-elle, que ma pauvre mère s'est mise au lit ; elle était très causante, très gaie ; je suis restée environ un quart d'heure auprès d'elle, et c'est elle qui m'a engagée à me retirer. Je voulais fermer la fenêtre : non, me dit-elle, laisse-la ouverte, et accroche l'espagnolette de manière à ce qu'il puisse passer un peu d'air. Le temps est à l'orage et la chaleur m'étouffe. Elle dormait peu, et se promenait souvent la nuit dans sa chambre.

Je me suis couchée et endormie immédiatement. Mais, vers minuit, j'ai été réveillée en sursaut. Il m'a semblé entendre parler chez ma mère. Craignant qu'elle ne fût plus malade, je me suis levée, et passant à la hâte mon déshabillé de nuit, j'ai couru à sa chambre.

— Laura, je t'en conjure, sauve-toi, s'est écriée ma pauvre mère en m'entendant ouvrir la porte. Au même instant, deux hommes, dont je n'ai pu voir le visage, — ils avaient éteint les bougies, — se sont jetés sur moi ; j'ai crié ; mais ils ont cherché à étouffer mes cris en m'attachant un mouchoir sur la bouche ; je me suis débattue, j'ai écarté le mouchoir, j'ai crié, j'ai appelé au secours ; alors, ils m'ont bâillonnée, ils m'ont bandé les yeux, ils m'ont attachée sur un fauteuil. L'angoisse de sentir ma mère livrée à ces misérables, le manque d'air m'ont fait perdre connaissance. Je ne sais plus rien. En vain je cherche dans le passé, afin d'y trouver une circonstance qui m'aide à expliquer ce tragique événement, aucun souvenir ne me met à même de le faire. Ma mère, il est vrai, a reçu d'Italie, il y a quelques mois, plusieurs lettres qui ont paru la préoccuper : elle les brûlait dès qu'elle les avait lues, et elle qui me disait tout, ne m'a jamais parlé de leur contenu, ce qui m'a fort étonnée ; mais depuis lors, elle avait repris sa gaieté et sa sérénité habituelles.

Les deux hommes ont certainement dû entrer par la fenêtre qui était restée ouverte ; ils n'auront eu pour cela qu'à lever l'espagnolette de la persienne. Comment ma pauvre mère n'a-t-elle ni crié, ni tiré le cordon de sonnette qui va de son lit aux communs, c'est ce qui, par-dessus tout, me semble incompréhensible.

Tout en écoutant Mlle Fabiani, le marquis se persuadait davantage que le drame de la nuit se rattachait à celui qui s'était passé à Florence, il y avait dix-huit ans, et devait en être le dernier acte.

L'arrivée de M. Zampieri, l'homme d'affaires de la comtesse, qu'on avait envoyé chercher à Paris, mit fin à cette conversation. D'avance on était convenu de ce qu'il y aurait à lui dire, afin de garder le secret juré à la comtesse.

Ce fut M. d'Elcairet qui se chargea de le recevoir.

M. Zampieri écouta le récit qu'on lui fit, trouva très naturel que M{ll}^e Fabiani, effrayée en voyant sa mère sans connaissance, eût appelé au secours. Il versa quelques larmes et fit forces lamentations sur un aussi douloureux événement. Mais il trouva que la mort subite de M{me}^e Fabiani n'avait rien malheureusement qui pût surprendre, puisqu'elle était arrivée au dernier période de l'anévrisme dont elle souffrait depuis tant d'années.

Pendant ce temps, Georges était retourné au pavillon. Il voulait, avant que les allées et venues nécessitées par les apprêts funéraires eussent multiplié les empreintes des pieds sur le sable, détrempé par l'orage, enlever celles laissées par les deux hommes.

Il les trouva aisément, et elles l'aidèrent à s'expliquer comment et par où ils étaient entrés.

La différence des deux pieds était très marquée. Le pied de l'un était étroit, cambré ;

2.

la chaussure était mince, le talon de la botte très élevé. Le pied de l'autre était large, plat; la chaussure forte, le talon de la botte très bas.

Le comte suivit les pas depuis la fenêtre de la chambre de Mme Fabiani jusqu'à la haie qui servait de clôture à la cour d'honneur, et il les retrouva de l'autre côté du saut-de-loup qui protégeait la haie.

A un kilomètre sur la route qui conduit à Paris, les pas s'étaient arrêtés. Une voiture à deux roues avait stationné à cet endroit. Les piétinements du cheval et la trace des roues étaient visibles.

Décidément, se dit le comte, ce ne sont pas des brigands ordinaires : l'un des deux, au moins, est un bandit de qualité.

Il voulut aussi entrer encore une fois dans la chambre mortuaire, et remarqua auprès du lit des débris de papier brûlé. Ce ne sont certainement pas des voleurs, fut la conclusion qu'il tira de cette découverte.

II

Le lendemain de l'enterrement de la comtesse, M. d'Elcairet s'entretint de Laura avec M. Zampieri. Il le pria d'assurer Mlle Fabiani qu'elle lui ferait honneur en voulant bien considérer sa maison comme la sienne, et en y demeurant autant qu'il lui serait utile et agréable de le faire.

Il fut surpris d'apprendre que l'ouverture du testament de la comtesse était remise à l'arrivée du prince Julio Fabiani, son neveu ; Laura lui semblait devoir être seule héritière.

Lorsque le jour de la lecture des dernières volontés de la morte eut été fixé par le notaire chez qui elle devait avoir lieu, Mlle Fabiani, qui n'était pas remise de son douloureux saisissement, et que l'excès de son affliction rendait, d'ailleurs, incapable d'y assiter, exprima à M. Zampieri son désir de s'en dispenser. Elle craignait une objection, mais loin d'insister, l'homme d'affaires l'approuva en termes tels

que cette résolution semblait presque lui enlever
une inquiétude. Laura, pensant qu'il redoutait
pour elle les suites d'une aussi cruelle émotion,
lui en sut gré. Ce ne fut que plus tard qu'elle se
rendit compte du véritable motif qui avait dicté
cette réponse.

Le soir même du jour où cette lecture avait
eu lieu, le marquis reçut une lettre du prince
Julio Fabiani, qui lui demandait l'heure à laquelle il pourrait le recevoir; il avait à lui faire
une importante communication relative à Mlle Fabiani.

Mon cher Georges, ajouta l'oncle après avoir
lu cette lettre à son neveu, si vous le voulez
bien, je vais décliner cet honneur qui vous re-
vient de droit, et répondre au prince que je le
prie de vous accepter à ma place, et de vous
indiquer l'heure et le jour où il lui plaira de
vous attendre chez lui.

Mlle Fabiani est riche, bien née, et ma foi fort
jolie; ce serait un excellent mariage, et j'y pense
sérieusement pour vous. Croyez-vous que sans
cela je me serais embarrassé de cette jeune fille?
Ne craignez donc pas de vous prodiguer. Je
crois qu'on est disposé à vous en savoir gré.
Profitez-en. Soignez ses affaires qui peuvent,
bien vite, devenir les vôtres.

Le prince répondit immédiatement qu'il recevrait M. d'Elcairet le surlendemain, à une heure.

Le comte fut exact au rendez-vous.

Après des compliments remplis de courtoisie, après des paroles pleines de gratitude pour l'assistance que le marquis son oncle et lui avaient prêtée à la comtesse sa tante, le prince pria Georges de vouloir bien prendre connaissance du testament.

Le comte, fort surpris de ce désir, y accéda néanmoins. A mesure qu'il lisait, une visible altération se marquait sur ses traits. Tout à coup il releva la tête et vit que le prince tenait ses yeux attachés sur lui. Il crut sentir que M. Fabiani jouissait de l'impression pénible qu'il n'avait pu cacher, et, se maîtrisant aussitôt, il continua sa lecture.

Le prince Julio Fabiani avait trente-cinq ans. Sa figure pâle, ses traits déliés, sa fine moustache, la couleur de ses cheveux, l'expression de son regard faisaient souvenir du beau portrait de César Borgia.

— Alors, reprit M. d'Elcairet avec calme quand il eut fini de lire le testament, elle n'est même pas nommée... Elle n'est pas la fille de la comtesse Fabiani.

— Non. Voici l'acte de naissance.

Le prince, d'un air parfaitement indifférent,

tendit un papier au comte, qui le parcourut des yeux sans laisser paraître la moindre émotion.

— Mais comment se fait-il que le chevalier d'Astri, son père, l'ait abandonnée ?

— Il est mort depuis dix-huit ans, peu après la naissance de sa fille. Il a été assassiné, répliqua le prince avec une froideur glaciale.

— Mais, à quel titre la comtesse s'est-elle donc chargée de cette enfant ?

— Vous m'en demandez trop, comte, je ne sais absolument rien à cet égard.

L'air du prince démentait ses paroles.

— Mais pourquoi l'appelait-elle sa fille ?

Julio garda le silence. Un sourire ironique, un méchant sourire passa sur ses lèvres.

Georges comprit ; mais il ne lui convint pas de le laisser voir.

— Si je vous fais ces questions, prince, vous devez comprendre qu'initié par vous, sans l'avoir cherché dans une affaire de famille, je désire me rendre compte d'une situation qui me semble bien étrange. Pendant dix-huit ans la comtesse a appelé Mlle d'Astri sa fille, l'a traitée comme telle, et dans l'état de santé où elle était, elle ne s'est pas préoccupée de ce que sa protégée deviendrait après sa mort ! C'est plus que de l'imprévoyance. Ainsi, Mlle d'Astri reste seule au monde ?

— Seule au monde.

— Sans appui, sans famille ?

— Sans appui, sans famille.

— Sans fortune ?

— Sans fortune.

— Et vous, monsieur, vous l'héritier unique...

— Moi, monsieur, interrompit le prince, moi l'unique héritier, — son air était hautain, sa voix avait un timbre sec et métallique, — pour me conformer aux dernières volontés de la comtesse Fabiani ma tante, qui m'a fait son légataire, et qui portait à Mlle d'Astri une tendresse toute maternelle, — il appuya sur ce mot, — j'ai placé sous ce pli un contrat de six mille livres de rentes que depuis longtemps Mme Fabiani avait mis au nom de Mlle d'Astri.

— Mais vous me disiez tout à l'heure qu'elle restait sans fortuue.

— Est-ce que six mille livres de rentes sont une fortune pour une personne qui, depuis l'enfance, a été habituée à en avoir deux cent mille ? Veuillez, monsieur, remettre ce pli à Mlle d'Astri.

— Mais, prince, c'est une triste mission que vous me donnez à remplir, et en vérité...

— L'intérêt que M. votre oncle et vous, monsieur, avez bien voulu témoigner à Mlle d'Astri, m'a fait penser qu'il lui serait peut-être moins pénible que cette révélation passât par votre

bouche que par la mienne ou par celle de
M. Zampieri.

— M. le marquis d'Elcairet mon oncle voudra bien, monsieur, se charger de ce triste soin,
ce qui, à tous les égards, sera plus convenable,
répliqua Georges d'un ton poli, mais bref.

— Veuillez aussi, comte, dire à Mlle d'Astri
que je réclame l'honneur d'être reçu par elle.
Une personne que ma tante a si vivement aimée
ne saurait m'être indifférente.

Evidemment l'Italien triomphait, Georges,
sans pouvoir s'expliquer ce qui se passait, sentait néanmoins que le prince devait satisfaire à
quelque implacable vengeance, et ses paroles
mielleuses, ses semblants d'égards, son hypocrite bonté l'exaspéraient.

Pour toute réponse, il prit l'enveloppe, s'inclina et se leva pour prendre congé.

Se trouvant alors en face de la table, ses yeux,
par hasard, se portèrent sur le trophée d'armes qui décorait le panneau au-dessous duquel
elle était placée. Il pâlit en reconnaissant certain
poignard de forme étrange.

C'était lui, se dit-il.

Le prince avait saisi le coup d'œil ainsi que
l'émotion qui en était résultée, et Georges avait
senti qu'il était observé.

Les deux hommes échangèrent alors un re-

gard ; celui du prince exprimait la haine ; celui
du comte le mépris.

Julio reprit bientôt son empire sur lui-même :
sa politesse redoubla ; il reconduisit le comte
jusqu'à l'antichambre, et son adieu fut aussi
courtois que son accueil. L'adieu du comte fut
d'une hauteur presque provoquante.

Dès que le prince fut seul, il laissa éclater
une joie sauvage : Enfin, je suis deux fois ven-
gé, s'écria-t-il ; ah ! il l'aimait, ah ! il voulait
l'épouser ; eh bien, qu'il l'épouse maintenant. Et
allant vers la fenêtre il souleva un coin du
rideau et regarda M. d'Elcairet monter en voiture. Prenez garde, monsieur le comte, mur-
mura-t-il, quand on offense un Fabiani, s'il ne
se venge pas lui-même, un autre Fabiani le
venge. Le chevalier d'Astri avait porté le
déshonneur dans ma famille ; il avait tué mon
oncle. Mon père l'a tué. Moi, j'ai fait mourir la
femme coupable, et je me suis emparé de la fortune qu'elle destinait à la fille du chevalier... Et
la fille du chevalier vivra de mon aumône. Car,
ce contrat, je pouvais le faire disparaître, et je
ne l'ai pas voulu. Ah ! belle Laura, je ne vous ai
pas laissé assez pour vivre, de ce que vous appe-
lez vivre, mais assez pour ne pas mourir. Et le
comte qui croyait déjà... Un éclat de rire sardo-
nique acheva sa pensée.

C'est lui ! j'en suis certain maintenant, se disait
Georges tout en reprenant la route de Versailles;
le lâche ! le voleur ! le misérable ! l'assassin !
Non, non, je ne le laisserai pas tranquillement
jouir de son crime. Je l'en punirai.

Il se mit alors à réfléchir sur le parti qu'il y
avait à prendre. Attaquer le testament ; mais à
quoi bon ? Il était évident pour lui qu'on avait
fait brûler le véritable à la comtesse, et qu'on
l'avait forcée à écrire celui qu'on présentait aujourd'hui. Mais comment le prouver ? Et pour y
arriver, quel scandale ! Et si on ne prouvait
pas, n'était-ce point publier inutilement la naissance de Mlle d'Astri. Puis n'avait-il pas juré à
la comtesse de garder le secret ! Alors il se souvint de ses dernières paroles, et malgré leur
incohérence, il pensa qu'elles devaient se rapporter à un autre testament, mais où le chercher ?

Pauvre Laura ! finit-il par se dire, toute seule
au monde ! personne pour la protéger, pour la
venger ! Alors son regard s'anima, ses narines,
se dilatèrent, sa physionomie exprima une volonté énergique. Quand il arriva à Versailles, il
avait le sang-froid d'un homme qui a une résolution bien arrêtée.

III

Le comte d'Elcairet avait trente ans. Ses grands yeux gris-bleus, fiers, intelligents et parfois rêveurs ; sa belle chevelure brune, légèrement frisée vers les tempes ; son nez droit et mince aux narines bien découpées, — signe de force de volonté, — sa bouche spirituelle et dédaigneuse, ses dents très blanches, son teint brun et pâle, donnaient à sa figure un caractère remarquable. Il portait haut la tête ; mais ce grand air était tempéré par une bienveillance et une courtoisie qui toutefois venait peut-être plus encore de son exquis savoir-vivre que de sa réelle affabilité.

Il avait l'esprit fin, séduisant, persuasif ; la parole facile, l'expression choisie et élégante, le tour original ; ne tranchait jamais dans une discussion, mais formulait nettement sa pensée. Il avait de la profondeur dans le jugement, de la sûreté dans le coup d'œil; de la rapidité, sans vivacité, dans la décison.

C'était de plus un de ces hommes, si rares de nos jours, qui veulent bien encore prendre la peine d'être aimables et qui tiennent avec assez d'agrément leur place dans un salon, pour que les femmes de l'intimité demandent, quand il s'agit d'une réunion : viendra-t-il? et que la maîtresse de la maison réponde, avec une évidente satisfaction : il viendra.

Mais sous l'homme du monde facile, léger, aimant le plaisir, se cachait l'homme positif par-dessus tout, l'habile calculateur, le profond égoïste, l'inexorable ambitieux capable de tout sacrifier à son ambition.

A l'orgueil du nom et du rang, au culte de l'or, Georges joignait l'amour du luxe, le goût du faste, la soif de la grandeur.

Abandonné à lui-même, n'obéissant qu'à des règles et non point à des principes solidement arrêtés, il était rempli d'indulgence pour lui-même, confondait le bien et le mal, et considérait comme bon tout ce qui pouvait l'aider à arriver.

Ses mauvais penchants, développés par la morale de son oncle, et surexcités par les privations, avaient comprimé les bons; son éducation avait faussé sa nature. Le désir de parvenir, la

volonté d'arriver étaient devenus ses uniques
mobiles depuis qu'il avait commencé à réfléchir,
et son cœur, qu'il ne lui était jamais permis
d'écouter, avait vieilli sans avoir eu de jeunesse.

A sa majorité, il passa tout d'un coup de la
vie de petit garçon, que son oncle lui imposa
jusqu'au dernier jour, à l'entière disposition de
lui-même, et de son patrimoine qui montait à
deux cent mille francs.

Vous voici votre maître, monsieur mon neveu, lui dit l'oncle en finissant de lui rendre
ses comptes de tutelle, faites donc maintenant
comme vous l'entendrez. Je ne vous importune-
rai jamais de mes conseils. Il faut que jeunesse se passe. Il faut que jeunesse s'amuse.
Vous êtes mon héritier, on le sait ; vous appar-
tenez à une grande famille, on le sait encore ;
vous pouvez donc faire un beau mariage ; je
vous le souhaite : n'êtes-vous pas pour moi un
fils !

Ah ! à propos, je ne vous ferai pas de morale,
cela ne servirait absolument à rien, je vous di-
rai seulement, en trois mots et pour votre gou-
verne : pas de dettes. Rappelez-vous bien que
s'il vous prenait jamais la fantaisie d'avoir des
créanciers, et s'ils se passaient celle de s'adresser à moi, démarche d'ailleurs parfaitement
inutile, ils me feraient immédiatement ressou-

venir de votre petit-cousin de Sombrevalle, à
qui je ne pense jamais. Il est l'ordre et l'économie en personne, lui ! Et, par ma foi, il porte
aussi un beau nom. Il y a eu un Sombrevalle tué
à Azincourt. Mais je vous connais, Georges, et je
vous dis ceci seulement pour mémoire. Vous
êtes un garçon d'esprit dont le cœur n'emporte
pas la tête. Vous n'êtes ni trop confiant, ni trop
sentimental, ni trop crédule, ni trop défiant de
vous-même, ni trop disposé à vous oublier pour
penser aux autres ; vous savez ce que vaut un
beau nom, vous savez ce que pèse l'argent dans
la balance du monde ; vous avez enfin tout
ce qu'il faut pour réussir, et vous réussirez, je
vous le dis. Et j'en serai fier, n'êtes-vous pas
mon élève ? Et ce n'a pas été, croyez-le, monsieur mon neveu, chose facile que d'élever un
garçon comme vous.

Et M. d'Elcairet se frotta les mains, rit de son
petit rire à la Belzébuth, et ses méchants petits
yeux jubilèrent.

Le jeune comte d'Elcairet comprit bien que,
sous cet air bonhomme, sous cette gaieté feinte
se cachait le parti pris. Il connaissait d'ailleurs
assez son oncle pour sentir que l'avertissement
était sérieux, mais son caractère décidé, son
humeur aventureuse l'emportèrent : il joua résolûment le tout pour le tout.

Il commença par s'établir d'une manière à la fois simple et confortable. Il est vrai que la simplicité, comme l'entendait Georges, équivalait au plus cher de tous les luxes.

Il eut deux chevaux. L'un, qu'il montait modestement, sans fracas, mais qui était si magnifique que tous les amateurs s'arrêtaient pour le voir passer; l'autre, qu'il attelait à un petit coupé, harnais tout noir, voiture toute brune, un seul petit écusson sur les panneaux; mais tout Paris parla du cheval, du coupé et du jeune comte aussi. Il fut immédiatement, et sans avoir paru le rechercher, classé parmi la fine fleur des élégants et des sportsmen.

C'était ce qu'il voulait. Car ses débuts étaient la grande et périlleuse époque de la vie. Il lui fallait ou réussir ou périr, c'est-à-dire disparaître de ce monde où sa naissance et ses alliances lui marquaient une place qu'il était si ambitieux d'occuper.

Un moment il eut peur; mais l'accueil qu'il reçut des siens lui rendit bien vite la confiance.

Ce n'était plus le disgracieux collégien qui, d'un air maussade et honteux, venait présenter ses souhaits de fête ou de bonne année; ce n'était plus le gauche et timide jeune homme mal habillé qui rougissait quand on lui parlait, qui ne savait pas entrer et qui savait encore moins

sortir. C'était un beau et charmant gentilhomme
de manières aisées, de tournure élégante, de
mise irréprochable, réservé tout en ne manquant
pas d'assurance, et sachant tout dire et tout bien
dire. Ses jeunes cousines en avaient la tête tournée. Ses grands parents en faisaient à l'envi
compliment au marquis d'Elcairet qui, à cette
époque, habitait encore Paris.

Choyé, fêté, gâté par sa famille avec laquelle
les plus grandes familles comptaient, Georges
vit ce monde tant rêvé s'ouvrir comme par enchantement devant lui. Les salons les plus purs,
les plus inabordables l'accueillirent avec faveur.
Tout dès lors pour lui devint succès.

Spirituel et galant avec les femmes : plaisant
aux jeunes, plaisant aux vieilles avec qui il avait
l'art de paraître se plaire ; sérieux avec les
hommes sérieux, qu'il savait écouter ; gai et
cordial avec les jeunes gens de son âge, il s'acquit rapidement toutes les sympathies. Les femmes en raffolaient ; il n'y avait plus de bonnes
parties sans lui ; les hommes, tout en le jalousant,
parlaient de lui avec bienveillance ; les jeunes
gens l'admiraient et le copiaient. Il était enfin
devenu l'homme à la mode, l'homme qu'on
cite à tout propos.

Il y avait pourtant un revers à cette brillante
médaille, car le jeune homme avait l'esprit trop

positif pour ne pas réfléchir et pour ne pas voir
où il allait. Afin d'arriver à faire figure, il avait
dépensé cinquante mille francs ; son écurie était
d'un grand entretien ; puis il y avait, quelle que
fût la stricte économie qu'il apportait dans son
intérieur, ces milles dépenses qui font partie de
la vie d'un homme à la mode, il lui fallait donc
forcément sentir qu'au bout de peu d'années de
cette vie il aurait dissipé son patrimoine.

Alors que deviendrait-il ?

Et sa triste jeunesse lui passait devant les
yeux, et il se rappelait avec un certain sentiment
d'angoisse les menaces de son oncle ! Comme il
était actif, entreprenant, courageux, il regrettait
de ne pouvoir se faire une fortune par son travail. Il cherchait comment y arriver sans déro-
ger. Et dans les moments où il se disait brutale-
ment la vérité, il se demandait comment il se
faisait qu'il n'y eût pas de honte à dépenser, et
qu'il y en eût à acquérir honorablement? Puis,
enfin, il concluait en se disant qu'un bon mariage, seul, pouvait refaire sa position ; mais sa
jeunesse ne serait-elle pas un empêchement? Un
père voudrait-il lui confier l'avenir de sa fille?
Et pourtant il se sentait parfaitement résolu à
faire sans regret le sacrifice de sa liberté. Le
mariage plaisait à Georges, dont l'existence
était très régulière. Il avait un grand respect de

3.

lui-même et une sorte de délicatesse native qui
lui donnaient de l'éloignement pour tout attachement vulgaire. Le demi-monde n'avait pour lui
aucun attrait, et c'était peut-être ce qui le faisait encore mieux apprécier dans son monde à
lui, où chaque jour il gagnait davantage.

La réserve de sa tenue, la discrétion de son
langage permettaient aux femmes d'être en confiance avec lui, certaines qu'elles étaient de
pouvoir se laisser aller à la gaieté, à un gracieux
abandon de paroles et même à une pointe de
coquetterie, sans qu'il en médît, sans qu'il son-
geât à en tirer vanité, ou à se croire favorisé.
Cette manière d'être traité par elles était d'autant plus flatteuse qu'il savait parfaitement que,
loin d'être considéré comme un homme sans
conséquence, on faisait de lui un homme à
part. Il savait qu'on lui prêtait un beau caractère, qu'on lui accordait autant de sûreté, que
de charme dans l'esprit, qu'on faisait de lui une
sorte d'Amadis, un Lovolace avec le caractère
d'un Grandisson.

Son orgueil devait être et était satisfait. Restait son ambition; elle aussi fut satisfaite à son
tour.

La duchesse de Miranda, soleil devant lequel
pâlissaient les étoiles de ce monde qui en comptait de si brillantes, permit à Georges de l'en-

tourer de ses soins et ne lui défendit pas de lui adresser ses hommages, ce qui acheva de poser le jeune comte.

La duchesse avait alors vingt-huit ans. C'était une grande et imposante personne dont la majestueuse beauté commandait tout d'abord le respect et l'admiration.

La sensation qu'on éprouvait en la regardant n'avait rien de matériel : c'était celle qu'on ressent devant un chef-d'œuvre.

Ses traits réguliers et fins avaient une merveilleuse pureté de lignes. Ses grands yeux noirs, frangés de longs cils, auraient été trop fiers s'ils n'avaient souri en même temps que sa bouche qui souriait adorablement. Alors son regard se veloutait et répandait sur sa physionomie ce charme de douceur qui lui manquait quand elle était sérieuse.

Son abondante chevelure noire, aux reflets bleuâtres, donnait une blancheur de marbre à ses beaux bras et à ses belles épaules. Elle avait la taille d'une nymphe et le port d'une déesse.

Isabelle de Champreux, elle aussi, était née pauvre, et malgré son grand nom et les séductions de sa personne, elle semblait condamnée à une existence plus que médiocre, lorsque le duc de Miranda, cousin de sa mère, l'un des plus riches et des plus grands seigneurs de l'Espagne, étant passé par Paris, vint rendre ses devoirs à la marquise de Champreux. Il lui fit cette visite en souvenir de l'admiration qu'autrefois, dans sa jeunesse, sa beauté lui avait inspirée.

Il crut la revoir en voyant sa fille, à qui il trouva peut-être encore plus de charmes. Il lui montra galamment l'admiration qu'elle lui inspirait. La jeune fille en parut extrêmement flattée et le fut en effet ; car, à quelques jours de là, M. de Miranda l'ayant demandée à sa mère, elle consentit, de la meilleure grâce du monde, à devenir sa femme.

L'altière et ambitieuse Isabelle ne fut effrayée ni des cinquante ans, ni de la laideur du duc. Pour elle, il n'avait ni âge, ni visage. Dans cet homme petit, contrefait, rachitique, elle ne voyait que le grand d'Espagne. Il lui donnait titre, fortune, position, que lui importait le reste ! Et si elle eut des regrets, l'orgueil les étouffa.

La jeune duchesse de Miranda porta à merveille sa nouvelle grandeur, et mit dans sa conduite un tact et une mesure infinis. Elle entoura son mari de soins, d'égards, de respect, et sut le faire avec tant de dignité que sa déférence l'éleva au lieu de l'abaisser.

Le monde, en voyant la manière révérencieuse dont Isabelle en usait envers le duc, ne

s'avisa pas de songer au ridicule que présentait
l'union de cette majestueuse personne avec ce
nain disgracié de la nature : c'était précisément
ce que voulait la duchesse. Car ce n'était ni par
filiale affection, ni par estime sincère, ni même
par reconnaissance qu'elle tenait à ce que le duc
fût prisé si haut. Elle voulait que l'homme dont
elle portait le nom fût honoré entre tous, uniquement afin que cet honneur rejaillît sur elle.

Sa haute position fixant tous les yeux, elle ne
se préoccupa plus que d'obtenir les louanges et
l'admiration du monde. Elle y arriva à force
d'art, et, en habile comédienne qu'elle était, elle
parvint à se créer des qualités avec les défauts
dont elle était richement pourvue.

Sa dissimulation parut être de l'empire sur
elle-même, son égoïsme se transforma en prudence, sa froideur en réserve, son immense orgueil en soin de sa dignité ; enfin, la sécheresse
de son âme et son manque de cœur lui donnè-
rent une apparente sagesse qui en fit une personne accomplie.

Sachant qu'on citait sa beauté, elle voulut
qu'on citât aussi son mérite. En effet, cette belle
jeune femme si régulière, si attachée à ses devoirs, si dévouée à son vieux mari, fut bientôt
présentée aux autres femmes comme un modèle
de vertu.

Elle avait un incroyable talent de mise en scène. Rien chez elle n'était l'effet du premier mouvement : elle l'avait tué le jour où elle se laissa mettre sur le front la couronne de duchesse. Depuis lors, gaieté, tristesse, larmes, sourire, tout était factice, tout était étudié, tout était le résultat de sa volonté et non de ses sentiments. Aussi tout arrivait-il admirablement à point.

Sa maison était montée sur un pied magnifique ; elle menait un train de reine sans en avoir les soucis ; elle allait peu dans le monde, mais elle recevait la ville et la cour : on se pressait dans ses salons.

Le duc, touché des soins dont Isabelle l'entourait, charmé par l'agrément qu'elle répandait sur sa vie, avait pour elle une sorte de culte. Il est juste de dire qu'il était impossible, avec moins de sentiments réels, d'en montrer plus qu'elle ne lui en témoignait.

M. de Miranda était très glorieux de sa femme ; il jouissait de voir que, malgré la grande différence d'âge qu'il y avait entre lui et elle, la duchesse paraissait parfaitement heureuse.

Toujours souffrant et malingre, il n'avait d'expension qu'avec elle ; dans le monde, il était silencieux et taciturne. Il avait adopté un angle

de son salon où il faisait une éternelle partie
d'échecs. Il se contentait de saluer les visiteurs;
rarement il échangeait une parole avec eux.
Mais du coin de l'œil il suivait Isabelle. Et la
grâce pleine de dignité avec laquelle elle recevait, l'esprit et le charme qu'elle répandait sur
la conversation lui causaient une vive jouissance.
Le chevalier Luvigo, son fidèle partenaire, respectait ces temps de repos pendant lesquels
M. de Miranda contemplait sa femme. Savoir
suivre le jeu du duc était un art qui demandait
au moins autant d'étude que le jeu lui-même.

Après cinq années de cette existence heureuse, le duc mourut en léguant à sa femme
son immense fortune.

Mme de Miranda s'enferma pendant plusieurs
mois, non pour dérober au monde la vue de ses
larmes, mais pour lui cacher qu'elle n'en versait
pas.

Elle avait alors vingt-trois ans. Isabelle demeura deux années ensevelies sous ses crêpes;
ils lui allaient si bien! Puis sa douleur et son recueillement faisaient l'édification de la France
et de l'Espagne.

Quand elle jugea à propos de quitter le deuil,
ce fut avec la résolution bien arrêtée de ne
jamais se remarier. Sa position aurait suffi à
satisfaire une ambition encore plus démesurée

que la sienne, et elle en comprenait jusqu'au
moindre avantage. Elle était belle entre toutes,
elle avait une fortune et une existence prin-
cières, elle pouvait mener la vie comme elle
l'entendrait, elle ne dépendait de qui que ce fût,
pas même du monde qu'elle avait fasciné et qui
était à ses pieds.

Elle se jura cependant de veiller plus que jamais sur elle-même, car elle sentit tous les
écueils qui se cachaient sous cette réunion apparente de bonheurs. Elle sentit qu'ils cause-
raient inévitablement sa perte si elle ne savait
pas en user avec prudence ; et elle se prisait trop
haut pour jeter inconsidérément sa réputation au
vent.

La duchesse, pour achever d'établir sa vertu et
sa sagesse, eut le courage de se séparer du
monde qu'elle adorait, de se confiner dans la
retraite et de s'y ennuyer résolûment. Elle uti-
lisa cependant cette retraite à soigner son esprit
et sa beauté. Elle connaissait le prix de l'un et
de l'autre et les considérait comme deux trésors.

Quatre années s'écoulèrent ainsi, pendant lesquelles la réputation de la belle veuve alla toujours grandissant. Car, rigoureusement invisible
pour tous, elle avait cependant fini par recevoir,
de loin en loin, quelques amis de choix qui ap-

partenaient à l'élite de cette société dont elle
ambitionnait l'admiration et le suffrage. Cette
exception, considérée par eux comme une
grande faveur, exaltait encore leur enthousiasme, et ils ne tarissaient pas sur les mérites
d'Isabelle. Il lui plut alors d'user de cette liberté
qu'elle n'avait paru dédaigner que pour se
rendre encore plus indépendante.

Sa rentrée dans le monde fit sensation. Mais
elle fut assez habile pour paraître obéir bien
plutôt aux devoirs que lui imposaient sa position
et sa fortune qu'à son propre goût. Aidée par
cette froideur naturelle qu'elle avait tranformée
en dignité, elle put se livrer tout à son aise à son
penchant pour la dissipation, et le faire en ayant
l'air de céder seulement aux pressantes sollici-
tations dont on l'accablait. Car c'était à qui l'in-
viterait et à qui se ferait inviter chez elle.

Ce fut à cette époque que le comte d'Elcairet
fut présenté à la duchesse de Miranda.

Georges avait alors vingt-quatre ans. Il était
précisément l'idéal, le héros dont elle rêvait
avant que l'ambition fermât son cœur de jeune
fille à la poésie de ses aspirations.

Ce cœur, quoiqu'il n'eût jamais aimé, était
néanmoins condamné à ne point retrouver la
chaleur et la vivacité de ses premiers sentiments : ce devait être sa punition.

La duchesse pouvait encore être passionnée, mais son âme n'était plus à la hauteur de la passion véritable. En jouant l'insensibilité, elle était devenue insensible. Elle n'était plus telle que Dieu l'avait créée, mais telle qu'elle-même s'était faite.

Toutes ses paroles, toutes ses actions, et peut-être même toutes ses sensations étaient désormais soumises à la vie factice qu'elle s'était d'abord imposée et qui peu à peu était devenue sa véritable vie. Son imagination était donc plus émue que son cœur.

Le type de vrai gentilhomme qu'elle retrouvait si parfait dans le comte flattait ses instincts de grande dame. Son caractère énergique, son esprit élevé, ses allures chevaleresques la séduisaient. Elle reconnaissait en lui une nature supérieure et éprouvait une orgueilleuse satisfaction à la pensée de le soumettre, de le dominer, de le faire, en un mot, car il était pauvre, et elle voulait qu'il devînt riche. Elle voulait qu'il le devînt, non en lui faisant part de sa richesse, elle le pressentait trop fier pour accepter et elle était trop adroite pour lui offrir, mais en amenant à lui la fortune, sans qu'il fût obligé de se courber devant elle.

Ce n'était ni en souvenir de sa pauvreté à elle, ni en souvenir des souffrances qu'elle lui avait

causées jadis, ni par intérêt réel, ni même entraînée par un sentiment tendre que la duchesse
agissait ainsi, c'est qu'elle commençait à s'ennuyer, et qu'en faisant une existence à Georges
elle allait remplir sa propre existence.

Le comte, fasciné par cette royale beauté, s'en
fit l'esclave. Il l'adora avec respect et discrétion
comme une divinité, et c'est ainsi qu'elle voulait être adorée. Eprise par-dessus tout d'encens
et de respect, Isabelle se tint longtemps dans les
nuages. Tout ce qui était transport, tout ce qui
courait risque de l'émouvoir lui faisait peur;
elle se souciait infiniment plus d'être admirée
que d'être aimée. Georges lui obéit sans en
avoir la conscience, car au fond il ressentait plus
d'enthousiasme que d'amour : il était plus glorieux qu'il n'était heureux.

Mme de Miranda, qui avait repris son grand
train de vie, était une de ces femmes qui peuvent arriver et faire arriver à tout. Ses moindres
désirs étaient des lois ; une recommandation
d'elle équivalait à une réussite, et, sans désir de
faire le bien, sans que son cœur s'en mêlât jamais, elle rendait d'importants services. Elle le
faisait par amour de la puissance, par ostenta-
tion, puis elle savait que, quoi qu'elle fît, on le
lui rendait au centuple, parce qu'on pouvait encore avoir besoin d'elle. En effet, dès qu'on put

pressentir qu'elle s'intéressait à Georges, on vint à lui. Le mot s'intéresser est le seul dont on se servit jamais en parlant d'elle et de lui. La duchesse avait un tel savoir-faire, un tel savoir-vivre, et un si grand empire sur elle-même, que les plus intimes ne se trouvèrent jamais autorisés, non-seulement à en dire, mais à en penser davantage. Toutes les portes s'ouvrirent devant son protégé, et la fortune revêtit pour lui les formes les plus brillantes.

Le nom du comte d'Elcairet figura bientôt dans les conseils des chemins de fer les plus considérables; les mines les plus productives lui offrirent leurs richesses : d'opulents banquiers l'associèrent à leurs entreprises; il avait libre accès dans tous les ministères, et quand par hasard il jouait, l'or couvrait ses cartes.

Fastueux et superbe, Georges, tout en étant généreux, n'était pas prodigue. L'horreur qu'il avait de la pauvreté le porta à user sagement de la fortune. Pendant un instant, il eut des chevaux de course ; pendant un instant, il jeta l'argent à pleines mains ; mais cet accès de prodigalité ne dura que précisément le temps nécessaire pour faire parler de lui et pour lui créer une réputation de somptuosité. Insensiblement il régla son train, ses équipages, la tenue de sa maison, et, tout en gardant les allures d'un

homme magnifique, il prit les allures d'un
homme sérieux, sans toutefois que cela l'empêchât de rester l'homme aimable que le monde
recherchait plus que jamais, car on commençait
à lui demander sa protection.

Son grand revenu lui permit de satisfaire,
sans être accusé de folie, sa passion pour les
arts. Son hôtel était un musée où le goût fin et
intelligent du maître se faisait partout sentir.

L'adoration exaltée que Georges avait d'abord
ressentie pour la duchesse s'était peu à peu calmée ; un sentiment plus tranquille lui avait succédé. Les années s'étaient écoulées, l'esprit calculateur du comte avait pris le dessus, et, sans
se l'avouer, il avait fini par apprécier surtout le
côté positif de cet attachement ; aussi, depuis
longtemps son amour s'adressait-il moins à la
déesse qu'à la pluie d'or qu'elle attirait sur lui.

Mais rien à l'extérieur ne trahissait ce changement. Au contraire, devenu parfaitement
maître de lui, à mesure que son cœur se refroi-
dissait, il redoublait d'empressements. Isabelle,
satisfaite des soins de Georges, ne lui demandait rien de plus. Très exigeante quant aux
hommages et aux égards, elle l'était fort peu
quant à la sincérité des sentiments. Elle n'eût
jamais, par orgueil, permis au comte, elle présente, de s'occuper d'une autre femme ; mais,

loin de ses yeux, il était si loin de son cœur, que jamais elle n'avait, quand il était absent, ressenti la moindre jalousie.

Coquette raffinée dans sa conversation, dans sa toilette, dans le jeu de sa physionomie, elle était fort réservée dans ses manières.

Elle savait attirer avec une grâce pleine de séduction, mais ce n'était que pour faire sentir sa puissance à charmer ; car si on se laissait prendre au piége, à l'instant elle donnait à son visage et à ses paroles une expression de froideur qui glaçait.

Tout en étant comptée au nombre des femmes à la mode, elle occupait parmi elles une position à part. Ses toilettes, fort riches d'ailleurs, avaient comme ses manières une réserve de haut goût. Elle n'allait pas en avant ; elle ne restait pas en arrière ; elle avait un milieu à elle, où le beau, le joli, l'élégant, le convenable et même le sévère s'alliaient avec ce goût, ce tact qu'elle mettait en toutes choses. Et ce tact, cette mesure, ce savoir-faire avaient une telle puissance, elle leur devait une réputation si inattaquable qu'elle protégeait celle des autres femmes. Ainsi, quand il était question d'une de ces réunions dont on médit autant par envie que par sagesse et dont on raconte volontiers certaines excentricités : c'est impossible, répliquait-on, la du-

chesse de Miranda y était. Ce qui équivalait à
dire que tout avait dû s'y passer suivant les
règles de la plus stricte convenance.

C'était là une de ses gloires, et le soin de sa
gloire était sa vie. Sa position à garder était le
mobile qui déterminait toutes ses actions.

C'était par position qu'elle ne manquait pas
une fête, qu'elle avait sa chaise à Saint-Thomas-
d'Aquin, qu'elle assistait régulièrement aux offi-
ces, qu'elle avait une loge à l'Opéra, une loge aux
Italiens, qu'elle ne manquait pas une première
représentation, qu'elle assistait aux conférences
de Notre-Dame, aux assemblées de charité,
qu'elle donnait des bals, des soupers splendides,
que son nom figurait en tête de toutes les œuvres
les plus prônées, qu'elle dépensait énormément
pour sa toilette et qu'elle faisait d'abondantes
aumônes. Ses sentiments n'entraient pour rien
dans tout cela. Elle n'était ni méchante ni bonne,
ni pieuse ni irréligieuse, ni généreuse ni avare,
elle était ce qu'exigeait l'effet à produire.

Ce grand art de se conduire excitait l'admiration du comte. Cette femme, qui était toujours
ce qu'il fallait qu'elle fût, qui menait tout de
front, sans qu'il y eût rien à reprendre ; qui savait être correcte et sérieuse sans cesser d'être
la plus charmante et la plus belle, exerçait sur
lui une sorte de fascination. Elle avait bien

mieux fait que de plier ce caractère superbe,
elle l'avait assoupli, puis ensuite elle l'avait pé-
tri, modelé et façonné à sa guise, et en avait fait
non pas son esclave, mais son serviteur volontaire et enthousiaste.

Quelque orgueilleux qu'il fût, le comte avait
le sentiment de ce qu'il devait à Isabelle, et il
consentait à le lui devoir, parce que, pour lui,
elle n'était pas une simple femme, elle était le
type de la perfection.

Ils ne s'aimaient plus; ils ne s'étaient peut-
être jamais aimés; mais ils se faisaient honneur.
l'un à l'autre. Georges était fier de la duchesse;
Isabelle était fière du comte.

M. d'Elcairet n'était pas fatigué de Mme de
Miranda, parce qu'il n'y a que la satiété qui en-
gendre la fatigue, et qu'elle ne s'était jamais
prodiguée. Mais sans donner un nom à ce qu'il
éprouvait, sans en chercher le pourquoi, sa vie
était incomplète; ses plus ambitieux souhaits
se trouvaient accomplis, et cependant, il ressentait une indifférence voisine de l'ennui. Ses
succès d'argent, ses succès de monde le laissaient
désormais impassible. Le vide de son cœur le
faisait souffrir sans qu'il en eût la conscience.

Le comte était dans cet état d'âme et d'esprit
quand il connut Mlle d'Astri.

IV

M. d'Elcairet, après sa visite au prince, retourna immédiatement à Versailles. Il fit part à son oncle des étranges et douloureuses nouvelles qu'il rapportait, et lui laissa la triste mission de les communiquer à la jeune fille.

Le marquis, en rapprochant ce qu'il apprenait de ce qu'il savait déjà, comprit tout de suite le mystère de la naissance de Laura. Mais cette impression demeura entre son neveu et lui.

Tous les deux pensèrent que ce que Laura pouvait faire de plus convenable était de se retirer pour quelque temps dans un couvent, et le marquis se résolut à le lui conseiller.

Malgré tous les ménagements dont il usa, pour apprendre à la jeune fille la cruelle vérité, elle en demeura accablée.

Elle n'était pas la fille de Mme Fabiani ! Elle n'avait pas le droit de porter ce nom ! Elle n'appartenait pas à cette famille ! A qui appartenait-

4

elle donc ?... Elle n'appartenait à personne... Son père n'existait plus. Il n'y avait pas dans ce vaste univers un cœur à qui elle pût faire appel ! pas une affection qu'elle pût réclamer ! pas un être qui s'intéressât à elle ! Elle était seule au monde ! Elle pouvait vivre, mourir, être heureuse, malheureuse, sans exciter ni sympathies ni regrets.

Sa douleur fut un désespoir voisin de la folie. Elle pouvait si peu prévoir le malheur qui la frappait, elle y était si peu préparée qu'il faillit la tuer.

La fièvre, qui depuis la mort de la comtesse ne l'avait pas quittée, augmenta; elle eut cependant le courage, dans la soirée, de recevoir Georges. Il lui exprima le désir que le prince avait témoigné de la voir : Je le recevrai, dit-elle avec douceur ; c'est le neveu de ma bienfaitrice. Et elle indiqua le surlendemain.

Il est singulier, se dit Georges en la quittant, qu'elle n'ait aucun doute sur lui.

Lorsque le prince se présenta devant Mlle d'Astri, il le fit avec l'assurance d'un homme qui n'a rien à se reprocher. La veille, il lui avait envoyé divers objets ayant appartenu à la comtesse, un écritoire, une cassette, une boîte contenant des bagues, des bracelets et autres bijoux de prix. Son piano, sa bibliothèque, une caisse de curiosités lui furent en même temps apportés.

Cette attention rendit à Laura le début de l'entrevue plus facile. Néanmoins, la commotion intérieure qu'elle éprouva en revoyant le prince fut si violente, qu'elle resta quelques secondes sans pouvoir parler. Puis elle surmonta cette angoisse; elle prit sur elle et le remercia pour les objets qu'il lui avait envoyés. Elle lui parla de celle qu'elle n'appela que sa bienfaitrice, en termes si pleins d'une tendre reconnaissance et d'un profond respect, et son langage fut empreint de tant de calme et de noblesse qu'il en fut déconcerté. Ce n'était pas la jeune fille confuse et humiliée qu'il s'attendait à trouver, c'était une personne uniquement occupée de sa douleur et tout à fait insensible à ce qui lui était personnel.

Le prince, en voyant avec quelle fermeté et quelle force d'âme Mlle d'Astri supportait l'adversité, éprouva un vif dépit : il était venu pour jouir de son abaissement, et ce courage plein de dignité l'embarrassait. Il devenait gêné, et finissait par avoir l'air d'un coupable devant son juge. Laura s'en aperçut sans toutefois comprendre ce qui se passait en lui. Il s'efforça cependant de reprendre son aplomb et sa liberté d'esprit, mais ce fut en vain.

En quittant Mlle d'Astri, le prince lui demanda

la permission de renouveler sa visite. Elle se contenta de s'incliner, et Julio dut comprendre que, si elle ne le refusait pas, son désir de le revoir n'était néanmoins pas très vif. Son amour-propre en fut blessé.

Tout en traversant les appartements, il subissait encore malgré lui l'impression que lui avait causée la première partie de cette visite. Quelle femme, se disait-il, quelle fermeté, quel empire sur elle-même, quelle force de caractère, car je suis sûr qu'elle... ; il n'acheva pas sa pensée. Si elle eût été la fille de mon oncle, je l'aurais volontiers épousée, continuat-il en lui-même. Mais pourquoi ne l'épouserai-je pas? Et un mauvais sourire passa sur ses lèvres fines et serrées ; le souvenir de l'adieu glacial de Laura lui revenait.

Ce serait là une vengeance ; je pourrais la rendre aussi malheureuse qu'il me plairait. J'y songerai... Mais le comte ?... Il était arrivé sur le dernier degré de l'escalier, et il allait traverser le vestibule, quand une porte s'ouvrit vivement, et Georges se présenta à lui.

— Prince, lui dit-il, voudriez-vous me faire l'honneur de m'accorder quelques instants d'entretien.

Il l'invita à entrer dans le salon.

— Vous le savez, Monsieur, dit Georges, sans

préambule, c'est malgré moi que je me suis trouvé initié à vos secrets de famille ; mais il en est un dont je ne veux pas seul rester dépositaire. M. le marquis d'Elcairet et moi, monsieur, pour obéir à la comtesse Fabiani, votre tante, lui avons fait le serment qu'elle a exigé de nous, mais ce serment, je ne me crois pas tenu à le garder envers vous, je me crois même obligé à y manquer.

Le prince s'inclina, témoignant qu'il était prêt à écouter.

— Pendant cette nuit funeste, un crime a été commis...

Georges s'arrêta.

— Je ne vous comprends pas, monsieur, répliqua le prince sans changer de visage et d'un ton glacial.

— Alors, monsieur, je vais essayer de me faire mieux comprendre. Pendant cette nuit, de douloureuse mémoire, deux hommes, deux misérables, deux lâches, car ils étaient deux contre une femme sans défense, deux voleurs, car ils forcèrent la comtesse à écrire le testament qui déshéritait Mlle d'Astri.

— Ah ! Mlle d'Astri !!!...

Il est impossible de rendre le mélange de dédain, d'ironie et de vengeance satisfaite avec lequel l'Italien prononça ces paroles.

4.

— Deux assassins, continua Georges d'une voix ferme; prince Julio, vous étiez l'un de ces deux assassins.

— Monsieur, s'écria le prince dont le visage était devenu livide, et dont le regard étincelait de fureur.

— Prince Julio, je le répète, vous étiez un de ces deux hommes. Si vous n'avez pas assassiné votre tante avec votre poignard, vous l'avez assassinée avec la terreur que vous lui avez causée.

Le prince, d'abord étourdi par la violence de l'attaque, se leva impétueusement et, s'avançant vers Georges :

— Monsieur le comte, lui dit-il, vous en avez menti et vous m'en rendrez raison.

— Je l'entends bien ainsi, monsieur, répliqua M. d'Elcairet avec le sang-froid qui ne l'avait pas un instant abandonné.

Cette scène s'était passée avec une rapidité extrême.

Ils convinrent de s'en remettre à leurs témoins, et parurent bientôt ensemble sur le perron. Ils se saluèrent courtoisement, comme si rien d'extraordinaire ne se fût passé entre eux, et le prince remonta dans sa voiture d'un air parfaitement tranquille.

Quant à Georges, il était si calme, qu'il put se

présenter chez Mlle d'Astri. Il la trouva en proie
à une douloureuse émotion. Elle avait beaucoup
pleuré, et sa délicate organisation, déjà tant
éprouvée, avait reçu un choc si rude de la vue
du prince, que tout en étant froide de tête et résolue de cœur, elle ne pouvait dominer le trouble nerveux qui l'agitait encore.

— C'est lui qui a tué ma mère, dit-elle vivement à Georges. Je le sais, je le sens... je l'ai
senti dès le premier jour. Mais à présent, j'en
suis certaine. Il tremblait devant moi. Il ne pouvait supporter mon regard... Pauvre mère !
Elle ne l'aimait pas... Elle le redoutait... C'est
une nature si perverse. Autrefois, quand il menait grand train à Paris, il venait quelquefois
chez elle ; mais, depuis qu'il était ruiné, nous ne
le voyions plus, et ma mère ne le regrettait pas.

Je sais toutes les infamies qu'il a faites. Il est
capable des plus mauvaises actions. Prenez
garde !

Georges la rassura et lui dit qu'il saurait bien
prendre ses précautions de manière à empêcher
le prince et M. Zampieri de nuire à son oncle,
à elle ou à lui.

— Vous avez raison, reprit Laura ; car il est
impossible qu'il ne se doute pas que vous le
soupçonnez. M. Zampieri est aussi mauvais que
lui. Et si ma mère le conservait, c'est qu'elle n'a-

vait plus l'énergie qu'il aurait fallu avoir pour
le changer et pour mettre sa fortune dans des
mains plus honnêtes. Toute fatigue l'effrayait.
Elle était si affaiblie. Mais tenez, dit-elle en baissant la voix, vous m'avez, il y a quelque temps,
demandé mon sentiment sur tout ce qui s'est
passé, et je ne vous l'ai pas donné : j'ai craint...
je n'ai pas osé... Mais aujourd'hui, l'excès de
ma douleur m'en donne le courage. Eh bien,
le testament qu'ils ont produit est faux... La date
a été changée. Jamais la comtesse Fabiani — elle
dit ceci avec une sorte de solennité — n'a légué
sa fortune au prince Julio. Quinze jours avant
sa mort, elle a fait un testament qui m'assurait
toute sa fortune : c'est d'elle que je le tiens. Son
intention était, dès son arrivée à Paris, de le remettre à son notaire.

— Et vous ne savez pas où elle avait mis ce
testament ?

— Non, répliqua-t-elle sans l'expression
d'aucun regret. Et je pourrais le trouver que je
ne le chercherais pas.

Le comte comprit l'intention délicate qui se
cachait sous ses simples paroles. Il n'insista pas.

— Ces six mille francs de rentes dont vous
m'avez remis le titre m'appartenaient, reprit
Laura. Je sais qu'ils étaient en mon nom... Seulement, dans ce temps-là...

Les larmes l'empêchèrent de continuer.

— Vous le voyez, je n'ai plus de courage, dit-elle avec effort ; puis, j'ai assez abusé de vous... Tout ce que je souhaite, tout ce que je demande à Dieu, c'est que le crime de cet homme ne reste pas impuni.

— Dieu vous entendra, j'espère, répliqua Georges.

Le lendemain, le comte d'Elcairet et le prince Julio Fiabani se battaient à l'épée.

Georges fut légèrement blessé au bras ; mais le prince, ayant fait un faux mouvement, reçut un coup d'épée qui lui traversa l'œil.

Le meurtrier fut ainsi marqué d'une marque ineffaçable.

V

Quoique la blessure du comte d'Elcairet ne présentât pas de gravité, elle l'obligea cependant à garder le lit. Dès qu'il put recevoir, il fit mander M. Zampieri qui vint immédiatement.

— Monsieur, lui dit Georges, de vous à moi les phrases ne serviraient à rien. Vous n'ignorez pas que je sais tout. Je vais donc droit au but. Ne cherchez pas à nier, ce serait parfaitement inutile. Veuillez simplement m'écouter, afin de pouvoir reporter fidèlement au prince les paroles que je vous charge de lui communiquer.

M. le marquis d'Elcairet, mon oncle et moi, monsieur, tiendrons religieusement la promesse que nous avons faite à la comtesse Fabiani mourante. Jamais nous ne révélerons ce que nous nous avons pu voir et entendre. Nous nous croirions cependant dégagés de notre parole si vous, monsieur, ou le prince Fabiani, tentiez de

vous venger sur Mlle d'Astri, sur le marquis
d'Elcairet ou sur moi.

Alors, seulement, on ferait usage de notre dé
claration, signée de tous les trois, qui est dé·
posée en mains sûres.

J'y ai fait joindre l'empreinte de votre pied,
monsieur, et celle du prince Fabiani.

Sans attendre de réponse, le comte se leva,
et, avec un froid salut, congédia son visiteur.

La première sortie de Georges fut pour aller
à Versailles. Il savait que Mlle d'Astri avait eu
une fièvre inflammatoire, mais il ignorait qu'elle
avait failli y succomber. Il ne put maîtriser sa
grande émotion quand il apprit le danger qu'elle
avait couru.

Cette jeune fille lui inspirait déjà la plus vive
et la plus sérieuse sollicitude. Sa position le
touchait profondément. N'avait-il pas aussi, lui,
passé avec la même rapidité des joies et des
douceurs de la maison paternelle à l'abandon et
à l'isolement le plus douloureux : l'isolement en
famille. Il pensait à ce qu'il avait souffert après
la mort de son père, et depuis cette époque, il ne
se souvenait pas d'avoir jamais eu le cœur aussi
ému qu'il l'avait en songeant à toutes les douleurs qui devaient accabler la pauvre Laura.

Il songeait à elle, comme il eût songé à une

sœur ; elle n'était pas, pour lui, une jeune et jolie personne, elle était sa sœur en souffrance : il y avait entre eux une confraternité de douleur qui lui inspirait un respect et un dévouement sans bornes.

Quand le danger eut cessé, quand le mieux commença, il eut pour elle les plus délicates attentions ; il cherchait à deviner ce qui pouvait lui être agréable et le lui envoyait : ses discrètes prévenances touchaient beaucoup la jeune malade ; cette pensée amie qui se montrait si intelligente de ce qui pouvait lui plaire rendait moins douloureux le désert d'affection où, tout d'un coup, elle était entrée.

Mlle d'Astri avait encore auprès d'elle une personne dont le dévouement était absolu. C'était Santelle Jacomi. Elle l'avait élevée, ne l'avait jamais quittée, et venait pendant sa maladie de lui prouver une fois de plus la sincérité de son attachement.

Laura avait toujours beaucoup aimé cette excellente femme ; mais, dans la désolation où elle se trouvait, ce modeste attachement lui était devenu précieux. Il lui apportait une véritable consolation ; elle pouvait parler du passé ; elle pouvait parler de celle qu'avec tant de tendresse elle avait appelée sa mère.

Par respect pour la mémoire de la comtesse,

Laura ne chercha point à pénétrer le mystère qui avait accompagné sa naissance, mystère que Santelle devait connaître, car lorsqu'elle prit son nouveau nom, Santelle le lui donna sans marquer la moindre surprise et aussi naturellement que si jamais elle n'en avait porté un autre. La jeune fille lui sut un gré infini de cette délicatesse. Ce nom la faisait tant souffrir : toutes les fois qu'on le lui donnait ou qu'elle le signait, il réveillait sa douleur.

La maladie de Laura avait apporté dans l'intérieur du marquis un trouble inévitable qui, en dérangeant la régularité de ses habitudes, avait fini par le fatiguer. Georges, malgré la bienveillance que son oncle s'efforçait encore de témoigner, devinait le fond de sa pensée. Il pressentait que Mlle d'Astri n'inspirait plus l'intérêt qu'avait excité Mlle Fabiani. Il acquit bientôt la preuve qu'il ne se trompait pas.

Le marquis avait été, quoiqu'il l'eût caché, fort mécontent du duel : il sentait que son neveu s'était battu pour Laura, et il en enrageait tout bas. Il n'avait pas non plus été sans remarquer les prévenances et les soins que le comte avait pour la jeune fille. Enfin, quand il jugea la mesure comble, il éclata, comme il savait éclater, froidement et ironiquement.

— Mort-Dieu, mon neveu, dit-il un jour à

5

Georges, en riant de son petit rire nerveux, j'espère bien que vous n'allez pas faire la folie de vous amouracher de cette fille, qui est on ne sait qui, et sort d'on ne sait où ? Occupez-vous en, si bon vous semble, c'est l'affaire de la duchesse ; mais quant à moi, je vous déclare que je ne consentirai jamais à la nommer ma nièce. Retenez bien ceci.

Le comte profita de ce que le médecin ordonnait un changement d'air à la convalescente, et s'offrit pour lui chercher une petite maison à la campagne : elle ne voulait pas habiter Paris.

Quelques jours après Mlle d'Astri s'établissait à Saint-Mandé.

VI

On était au mois de décembre. Il faisait un froid très vif. Mais à force de bourrelets aux portes et aux fenêtres, à l'aide de paravents, on avait établi une sorte de confortable autour de Laura.

Sa chambre et son salon occupaient le rez-de-chaussée de la petite maison. Ces deux pièces ouvraient sur un perron qui descendait dans une miniature de jardin : elles étaient au midi ; mais y a-t-il encore un midi quand la bise souffle, quand la neige tombe et quand on ne voit plus le soleil ?

Plusieurs semaines de ce temps brumeux et glacé s'écoulèrent, mais la jeune malade n'en souffrit pas. Elle était si faible, si languissante, que sa vie intellectuelle se trouvait pour ainsi dire suspendue : elle ne sentait que ce calme, sorte de bien-être relatif, qui succède aux états aigus.

Peu à peu cependant les forces lui revinrent, et sa pensée, en se ranimant, lui rendit cette poignante douleur morale que la douleur physique n'avait qu'engourdie.

Le petit salon qu'elle habitait était bien triste. Sa tenture de papier gris défraîchie, tachée par l'humidité, ses meubles passés, son tapis décoloré, l'ensemble du mobilier sordide et prétentieux, — comme seuls en offrent les maisons meublées, — aurait dû causer une pénible impression à Mlle d'Astri, habituée jusque-là au luxe et à l'élégance ; mais elle n'y songeait pas. Ce n'était point son luxe perdu que ses yeux cherchaient et pleuraient, c'était sa mère.

Avec la résignation qui est le privilége des âmes supérieures, elle avait immédiatement accepté les changements que lui imposait sa position nouvelle. Elle y était indifférente : seule la tendresse de sa mère lui manquait ; elle ne pouvait s'habituer à en être à jamais privée, et à chaque instant les larmes inondaient son visage.

Elle était incapable de s'occuper ; elle demeurait des journées entières perdue dans ses pensées douloureuses. La pauvre Santelle faisait d'inutiles efforts pour amener Mlle d'Astri à sortir de cet état, qui rendait sa guérison impossible. Elle se multipliait afin de lui éviter les privations ; elle ne savait qu'imaginer pour la sortir d'elle-même.

D'abord Laura ne s'en aperçut pas, elle était si absorbée par son chagrin ; mais quand enfin elle en eut la conscience, elle en fut si touchée, si reconnaissante qu'elle parvint à contenir ce qu'elle souffrait, afin de ne pas affliger ce serviteur dévoué.

L'hiver passa. Le mois de mars ramena quelques beaux jours, et quoique la vie apparût bien désenchantée à la pauvre convalescente, aux premières bouffées de printemps, elle ressentit ce que ressent toute nature jeune qui vient de voir la mort de près ; elle sourit à l'existence. Elle respira avec satisfaction l'air tiède et embaumé qui la ressuscitait.

La senteur des lilas et des ébéniers la pénétrait doucement. Elle descendit dans son petit jardin ; elle s'y intéressa ; elle s'en occupa. L'éclat du soleil se refléta sur ses pensées qui devinrent moins sombres, et quelquefois, en regardant un beau ciel sans nuages, elle se surprenait à espérer.

Par délicatesse et non par orgueil, elle avait rompu toutes ses relations avec le monde. Elle voulait se faire oublier, afin d'empêcher que les commentaires et les suppositions relatives à sa naissance ne vinssent ternir la mémoire de sa mère.

Elle s'était ainsi condamnée à n'être plus entourée que d'étrangers ou d'indifférents. Mais peut-être s'était-il déjà glissé dans son existence un intérêt qui, à son insu, l'aidait à supporter son isolement.

Georges avait commencé par venir seulement prendre des nouvelles de Mlle d'Astri; puis, quand elle avait pu le recevoir, il lui avait fait de courtes visites; puis, il les lui avait faites un peu plus longues; puis, enfin, il était venu chaque jour.

La jeune fille, insensiblement, s'était habituée à le voir, et il avait pris une place dans sa vie. Il était pour elle une sorte de protection. Il lui donnait son aide; il lui prêtait son appui dans les mille difficultés que chaque jour amène dans l'existence d'une femme seule. Il était dans ce monde son unique ami : en dehors de lui, personne ne s'intéressait à elle. Puis, il s'était trouvé intimement mêlé à ses douleurs; il en avait le secret, avec lui elle en pouvait parler. Quand il était là, elle sentait moins ses peines, et quand il n'y était plus, elle ne restait pas seule; sa solitude était remplie par son souvenir.

Il ne vint pas à sa pensée que les visites du comte pussent la compromettre; elle le recevait comme elle eût reçu un frère.

Ce furent d'abord entre eux des conversations animées d'un côté par un intérêt sincère, et de l'autre par une vive reconnaissance. Car Laura savait enfin que Georges avait puni ce Julio qu'elle accusait du meurtre de sa mère.

Ces conversations devinrent bien vite de bonnes causeries. La jeune fille disait à cœur ouvert ses peines, et, pour la première fois depuis qu'il existait, Georges se laissait aller à parler des siennes. Il lui racontait, dans toute leur amertume, les douleurs de son enfance, les difficultés et les dégoûts de sa vie de jeune homme, et enfin le vide que cachait sa brillante existence.

Jamais le comte ne s'était encore trouvé assez en confiance avec qui que ce fût, pour livrer ainsi le fond de son âme et de ses pensées.

La duchesse ne s'était souciée que de l'esprit de Georges et n'avait pas cherché son cœur. A quoi bon ? Elle n'en avait pas, elle ! Peut-être aurait-elle été gênée avec lui, si elle avait soupçonné qu'il en avait un. Elle l'eût considéré comme un embarras.

Mlle d'Astri, au contraire, par la vivacité, par la sincérité, par la délicatesse et l'élévation du sien, ressuscitait celui de Georges. Elle y réveillait les bons sentiments qui depuis si longtemps y dormaient d'un sommeil voisin de la mort.

Quand Georges parlait de lui, Laura l'écoutait dans une sorte de recueillement ; elle craignait de l'interrompre, elle craignait qu'il ne s'arrêtât. Elle se sentait affectueusement flattée d'être sa confidente.

Bien souvent elle avait entendu citer le comte d'Elcairet comme un homme du monde accompli, comme un homme d'un esprit remarquable, mais aussi comme un homme au cœur froid et positif.

Elle éprouvait donc une douce surprise, un orgueilleux bonheur à l'entendre se révéler à elle si différent de ce qu'on le croyait.

Dès lors, elle éprouva le besoin de trouver toutes les qualités réunies dans l'homme qu'elle appelait son sauveur et son ami. Aussi le sentiment fraternel qu'elle éprouvait d'abord pour lui devint-il, en peu de temps, une vive amitié qui se transforma rapidement en tendre affection. Car, si Georges était séduisant quand il ne laissait voir que son esprit, combien plus l'était-il quand il laissait voir son cœur qui, n'ayant point encore vécu, joignait à la vivacité et à l'emportement de la jeunesse tous les raffinements, toutes les exquises recherches de la passion la plus vraie.

Quand enfin Laura s'aperçut qu'elle l'aimait, il lui était déjà impossible de ne plus l'aimer. L'attachement qui vient d'une manière insensible est le plus durable de tous. Elle crut qu'elle serait assez forte pour ne jamais laisser deviner le sien. Il y eut alors dans sa manière d'être une nuance de réserve qui n'échappa point au comte.

Mlle d'Astri était une personne toute de grâce et d'harmonie. Sa beauté ne saisissait pas, elle captivait peu à peu, elle pénétrait doucement ; plus on la regardait, plus on voulait la regarder encore. Le timbre enchanteur de sa voix, sa démarche, l'expression de son visage avaient une indéfinissable séduction.

De taille moyenne, svelte et frêle, mais gracieusement proportionnée, elle était pâle de cette pâleur rosée qui s'accorde si bien avec des cheveux châtain-clair à reflets d'or. Son mélancolique regard avait un attrait magnétique. Mais quand le plaisir venait animer ses grands yeux bruns, l'ombre de ses grands cils n'en pouvait tempérer l'éclat : c'était un rayon de soleil qui éclairait sa figure rêveuse.

Elle avait dans l'esprit infiniment de charme, et unissait la vivacité et l'enjouement à une grande douceur. Elle était par caractère fine observatrice, rien ne lui échappait ; mais elle était indulgente par nature, et le tact qu'elle ap-

5.

portait en toutes choses venait bien plus encore
de l'exquise délicatesse de ses sentiments que
de son savoir-vivre.

Pleine de cœur, droite et sincère au point de
considérer le moindre détour comme une bas-
sesse, elle croyait aux autres parce qu'elle se
sentait incapable de tromper. Elle était toute de
premier mouvement, et son premier mouvement la portait toujours à s'oublier et à se dévouer.

Laura avait été élevée dans un atmosphère
imprégné de tendresse, où ses aimables qualités s'étaient développées à l'aise. La comtesse
n'avait rien de transcendant, rien de brillant,
mais elle avait un accueil enchanteur. Sa bonté
tout aimable s'alliait à une grâce qui la faisait
adorer, et elle avait donné à celle qu'elle nommait sa fille ce don de séduire.

Laura, tout à fait exempte d'affectation, était
dans ses manières et dans son langage d'une
simplicité pleine d'élégance et de distinction.
Elle avait la même simplicité dans ses goûts, et
tout en appréciant l'agrément qu'offre le monde,
elle lui préférait la solitude. D'ailleurs, le changement survenu dans sa position avait augmenté
son penchant pour la retraite : non que ses
malheurs lui eussent donné le dégoût des heureux, et que le bonheur des autres lui fît mal à

voir, mais parce que l'âme malade, de même que le corps malade, a besoin de silence et de repos.

Mlle d'Astri réunissait d'ailleurs en elle tout ce qui peut donner de l'attrait à la vie d'ermite. Elle aimait à lire, lisait beaucoup et savait choisir ses lectures ; elle était bonne et agréable musicienne, chantait avec un goût infini, et ses doigts de fée faisaient de charmants ouvrages.

Sans avoir une grande science, elle avait néanmoins assez d'acquis pour pouvoir causer de choses sérieuses et intéressantes et pour pouvoir comprendre celles dont on lui parlait.

Le monde dans lequel jusque-là elle avait vécu s'était d'abord inquiété de sa disparition. La mort subite de la comtesse, précisément parce qu'elle recevait beaucoup, avait eu un grand retentissement : des rumeurs vagues avaient circulé, on savait que d'étranges circonstances l'avaient accompagnée, que le marquis et le comte d'Elcairet se trouvaient mêlés à tout cela. La curiosité était si vivement excitée qu'il il eut des empressés de savoir qui allèrent jusqu'à interroger Georges. Il connaissait tous les bruits qui avaient couru ; il savait que son duel avec le prince avait été attribué à une rivalité dont Laura aurait été l'objet. Mais feignant de tout ignorer, il répondit simplement et sans s'émouvoir qu'il ne savait rien de Mlle Fabiani ; qu'elle était retournée en Italie dès que sa santé le lui avait permis, et que depuis lors il n'en avait pas eu de nouvelles.

La réponse, qui n'avait rien que de naturelle, coupa court à toute les questions.

Le comte avait offert à Laura de placer avantageusement sa petite fortune, et elle s'en était remise à lui de ce soin. Les événements politiques ayant, à ce moment, amené de grandes variations dans les fonds, il lui annonça, quelque temps après, que les siens avaient doublé, ce qui lui donnait non la richesse, mais l'aisance.

Elle songea alors à s'arranger un intérieur suivant ses goûts, et elle quitta Saint-Mandé pour venir s'établir aux environs du Luxembourg, dans un pavillon qui était au milieu d'un jardin.

Le pavillon fut simplement, mais confortablement arrangé, et le jardin, dont la jeune fille fit un paradis de fleurs, devint son univers.

Elle ne sortait que pour aller à une chapelle qui se trouvait tout proche.

Plus que jamais Mlle d'Astri était indifférente aux bruits du dehors. Elle aimait à se recueillir dans ses regrets et dans ses souvenirs. Cependant sa douleur avait perdu son amertune, et tout en vivant du passé, son existence présente lui semblait douce. Et elle se laissait aller en toute confiance au charme qu'elle y trouvait, ne comprenant pas que ce charme venait du sentiment nouveau qui remplissait son âme.

Georges avait senti que Laura l'aimait bien avant qu'elle ne se le fût avoué à elle-même. Son amour, qui avait appelé celui de la jeune fille, y répondit silencieusement, quoique avec violence.

Les passions avaient jusque-là comprimé en lui la passion véritable. Elle brisa enfin les misérables entraves qui la tenaient captive, et elle les brisa avec impétuosité, sincèrement, ardemment. Georges se dévoua à Laura. En dehors d'elle, rien n'existait plus pour lui.

Ce sentiment si nouveau bouleversa tout son être. Il devint un autre homme. Quelque chose d'indéfinissable se passa en lui qui le fit meilleur, qui éleva son âme et agrandit ses idées. Il eut vers le bien des aspirations qui lui étaient inconnues.

Le caractère droit et ingénu de Laura le charmait et l'étonnait à la fois. Jusque-là il s'était imaginé que les qualités étaient un acquis et non un don naturel; il lui était cependant impossible de ne point reconnaître que celles de Mlle d'Astri faisaient bien réellement partie d'elle-même, car elles se reflétaient sur toutes ses actions.

Elle était si différente des femmes qu'il avait connues, ou cru connaître ; elle se montrait si étrangère à leurs calculs et à leurs manéges, que parfois il se demandait s'il ne se trompait pas, si cette égalité d'humeur, si cette douceur, si cette indulgence étaient bien à elle. Et quand, en toute confiance, la jeune fille lui laissait voir dans son âme, il avait presque peur d'y regarder, il avait envie de fermer les yeux de crainte que sa triste expérience ne l'aidât à découvrir quelque recoin caché qui la fît ressembler aux autres femmes.

Il avait admiré dans la duchesse la perfection de l'art ; la perfection de la nature morale de Laura le ravissait. L'une fardait son âme comme elle fardait son visage ; l'autre était simplement ce qu'elle était.

Grâce à elle, il ne se faisait plus un lui-même de convention ; il s'inspirait uniquement de ce qu'il sentait, et il trouvait que, loin d'y perdre, il y gagnait.

Jusque-là, le respect avait contenu sa passion ; il la cachait avec soin : quelquefois il lui avait parlé de son dévouement, mais jamais il n'avait fait la moindre allusion à son amour.

Un soir où, assis tous les deux sur la pelouse qui se trouvait devant la maison, ils causaient d'avenir, les yeux de la jeune fille se remplirent tout à coup de larmes. La vue de ces larmes, le douloureux sentiment qui les faisaient couler, émut si vivement le comte, qu'il ne put se dominer. Pour la première fois sa tendresse déborda malgré lui, et se penchant vers elle :

— Ne parlez donc plus de solitude, d'abandon. Ne suis-je pas là ? Ne suis-je donc rien dans votre vie ?

Et ses yeux, et sa voix, tremblante d'émotion, disaient tout ce qu'il ne disait pas.

— Vous comptez pour tout ce qui me manque, répondit-elle avec une adorable simplicité.

Sa voix, à elle aussi, était bien émue ; son accent avait une douceur, un je ne sais quoi de pénétrant.

Georges en subit le charme ; il saisit la main de Laura, et n'osant la porter à ses lèvres, il la serra avec amour. Son bonheur l'enivrait.

Mlle d'Astri retira sa main.

— Vous vous marierez un jour, lui dit-elle lentement, et alors.....

— Jamais je ne me marierai, interrompit-il avec impétuosité, jamais ; entendez-vous, jamais! J'en fais le serment. A moins que vous ne consentiez à être ma femme.

Elle ne put répondre. Elle était trop heureuse.

Ils demeurèrent un instant recueillis dans leur bonheur.

— Et votre oncle ? reprit-elle avec inquiétude.

Le changement du marquis à son égard ne lui avait point échappé.

— Mon oncle ! mon oncle ! — Le comte était au ciel, ce nom le rejetait violemment sur la terre. — Mon oncle ne peut s'opposer au bonheur de ma vie.

— Il eût peut-être approuvé votre mariage avec Mlle Fabiani, la riche héritière ; mais soyez-en certain, il s'opposera à ce que vous épousiez la pauvre Mlle d'Astri.

— Il n'en a pas le droit, répliqua Georges avec emportement. Je suis riche, je suis libre de disposer de moi. Je ne dépends pas de lui. Je suis le maître de ma destinée. J'irai demain à Versailles. Je lui parlerai.

Il y alla, en effet.

Et Georges, l'homme si choyé, si influent, si recherché, arriva chez le vieux marquis intimidé comme un enfant. La réflexion lui avait fait craindre de rencontrer une volonté insurmontable.

Il dîna avec son oncle, ce qui était pour lui une véritable pénitence. Il chercha à l'amuser, flatta ses opinions, approuva ses idées et poussa la condescendance jusqu'à lui sacrifier les siennes. Il eut mille prévenances que le vieux savant trouva fort agréables.

Enfin, après le dîner, quand il furent dans le cabinet de travail, Georges, voyant son oncle très bien disposé, jugea que le moment de parler était venu. Il s'assit auprès de la fenêtre et, regardant le pavillon de Mme Fabiani afin de se donner du courage, — dix-huit mois s'étaient écoulés depuis le jour où, pour la première fois, il y avait arrêté ses yeux :

— A propos, mon oncle, dit-il d'un air qu'il voulut, en vain, rendre dégagé, la vue de ce pavillon me rappelle qu'hier j'ai reçu une lettre de Mlle d'Astri.

— Ah ! reprit M. d'Elcairet, en cherchant à cacher son mécontentement sous un air d'indifférence ; je croyais qu'il n'était plus question d'elle. Je vous approuvais. Quels rapports, désormais, peuvent exister entre cette pauvre fille et vous ? Je ne le vois pas. A moins que...
— Il fit entendre ce rire sec et nerveux qui lui était particulier. — Alors, dans ce cas, tant mieux pour vous et tant pis pour elle...

Un second éclat de rire accompagna la fin de sa phrase.

Le sang de Georges bouillonna dans ses veines, la colère lui monta au visage, il devint pourpre. Des paroles d'indignation se pressèrent sur ses lèvres. Ce fut avec effort qu'il les retint.

— Vous vous méprenez, mon cher oncle,

répliqua-t-il avec hauteur, Mlle d'Astri n'est pas
de celles qu'on trompe, ni qui se laissent
tromper.

— Eh! je vous prie, comment savez-vous
cela, mon neveu?

— Je ne le sais pas, monsieur, je le sens,
répliqua fièrement le comte.

Il y eut quelques instants d'un silence glacial.

Contre son habitude, car il était fort susceptible, ce fut M. d'Elcairet qui fit le premier pas et
qui chercha à remettre la conversation sur le ton
de bonne affection qu'elle avait eue jusque-là.

L'oncle et le neveu se quittèrent, en apparence, dans les meilleurs termes. Du côté du
marquis, il n'y avait point d'arrière-pensée.
C'était un second avertissement, voilà tout. Du
côté de Georges, il y avait une sorte de rage, et
de rage impuissante, la plus cruelle torture que
pût subir cet esprit superbe. Il avait cessé de
parler de Mlle d'Astri, non par crainte d'offenser
son oncle, mais parce que, si le marquis avait
continué à traiter aussi légèrement la jeune fille,
il ne l'eût pas souffert, et qu'il valait mieux rompre de sang-froid que dans un mouvement de
colère.

Quand, le lendemain, le comte revint chez
Mlle d'Astri, elle devina tout de suite l'insuccès
de sa démarche. Le visage de Georges gardait

l'impression du trouble moral qui l'agitait depuis la veille.

Elle voulut savoir ce qui s'était passé. Il le lui dit en arrangeant les choses, et il lui exprima sa volonté bien arrêtée de l'épouser quand même.

La jeune fille s'y refusa. Elle lui fit entendre avec douceur, mais avec fermeté, que surtout dans sa position, elle n'accepterait jamais d'entrer dans une famille contre le gré de celui qui en était le chef, et qu'il fallait quand même, lui aussi, respecter la volonté de son oncle. Elle l'amena enfin à la soumission.

Si Mlle d'Astri y eût consenti, Georges, sans hésiter, l'eût immédiatement épousée, et il l'eût fait sans se soucier de la colère de son oncle et des suites qu'elle pourrait avoir pour lui. Son refus le désespéra donc, et il en resta, pendant quelque temps, inconsolable. Puis, insensiblement, au fond de lui-même, dans ce fond où, il faut le dire, beaucoup évitent de regarder afin de pouvoir conserver des illusions sur eux-mêmes, il sut peut-être meilleur gré à Laura qu'il ne se l'avouait, de l'avoir empêché de rompre avec son oncle et de renoncer ainsi à l'héritage qu'il convoitait.

L'égoïsme de Georges vivait toujours en lui, et, à son insu, dominait tous ses autres sentiments.

Mlle d'Astri, à qui l'excessive douleur que
Georges et elle ressentaient de voir reculer indéfi-
niment leur mariage fit comprendre combien leur
tendresse était profonde, eut le courage de prier
le comte d'éloigner ses visites. Il y consentit. Ce
fut un véritable témoignage d'attachement qu'il
lui donna, car jamais il n'avait autant senti combien il l'aimait.

Quelques mois passèrent ainsi, puis Georges
faillit être tué par son cheval qui s'emporta. Il
fut bien longtemps à se remettre des suites de
cette chute.

La séparation qui s'ensuivit leur fut à tous les
deux très cruelle.

Lui, souhaitait tant de la revoir, que son impatience retardait sa guérison, et elle, après
avoir été dévorée d'inquiétude, ne se sentait
même pas rassurée par la certitude du mieux et
était inconsolable de ne pouvoir lui donner ses
soins.

Quand ils se retrouvèrent, leur joie fut si
grande que Georges ne sut pas résister au bonheur de revoir chaque jour Laura, et elle n'eut
pas la force de l'en empêcher. Il était encore si
faible, si souffrant.

Mais le charme qui les attirait l'un vers l'autre
les entraîna fatalement.

Quand Georges renouvela à Laura tous ses

serments, quand il lui jura qu'elle serait sa femme :

— Je vous aime parce que je vous aime, lui dit-elle, je n'accepte pas vos serments. Vous êtes libre. Jamais je ne consentirai à être une obligation pour vous.

Depuis ce jour, l'âme honnête et candide de Mlle d'Astri souffrit de la tâche qui altérait sa pureté.

Ils souffrirent tous les deux, car Georges se reprochait vivement de ne pas avoir résisté à sa passion, de ne pas avoir respecté celle qui devait être sa femme, et d'avoir troublé la vie qu'il s'était juré de protéger. Afin de calmer sa conscience, il prit Dieu à témoin de ses serments qu'il renouvela mille fois devant lui, et, fort de sa sincère volonté de les remplir, il parvint à apaiser ses remords et à être tout à son bonheur.

Mais la nature essentiellement religieuse et timorée de Laura ne lui permit pas de composer ainsi avec elle-même. Elle déplorait d'autant plus amèrement sa faute qu'elle sentait que chaque jour la rendait plus irréparable, car chaque jour la tendresse qu'elle ressentait pour Georges devenait plus vive.

Ce n'était pas le beau, le spirituel comte d'Elcairet, l'homme à la mode connu et envié de tout le monde qu'elle aimait, c'était un être à part rempli de bonté, de noblesse, de sentiments généreux et élevés, c'était enfin le vrai comte d'Elcairet qui ne s'était révélé qu'à elle.

Elle lui avait dit la vérité, il était tout pour elle ; en lui elle avait trouvé toutes les affections qui manquaient à sa vie.

Ce caractère tendre et dévoué avait pour Georges une séduction inexprimable. Le bonheur que donne l'existence en famille lui était inconnu, et jamais il n'avait rencontré de tendresse sincère ; Laura lui faisait enfin connaître les douceurs d'un attachement réel.

La duchesse, en l'aimant, s'était encore aimée en lui ; Mlle d'Astri l'avait aimé et l'aimait bien plus qu'elle-même.

Lorsque le comte avait commencé à venir assidûment chez Laura, lorsqu'il avait senti que son cœur s'engageait, par respect pour ce qu'il devait à Mme de Miranda, par dégoût pour une tromperie qu'il se fût de sang-froid imposée, il lui renvoya, sans un mot, ainsi qu'ils en étaient convenus, un écrin qui contenait une perle.

Quand Isabelle s'était intéressée à Georges, elle lui avait donné, comme souvenir, une perle en forme de poire, qu'elle portait à son cou. Vous la conserverez, lui avait-elle dit, tant que votre cœur sera à moi tout entier. Mais le jour où il aura un seule pensée pour une autre, donnez-moi votre parole que vous me la renverrez.

Il promit sincèremment, persuadé que ce jour ne viendrait jamais ; il était pourtant venu.

Quelques heures après, il reçut ces lignes en réponse :

« Ne manquez pas de venir ce soir et tous les soirs à l'Opéra. Votre place est et sera uniquement à vous. »

Il y alla. La duchesse le reçut avec le même sourire, elle lui témoigna la même bienveillance. Elle l'estimait de ne point l'avoir trompée. Par système, le chagrin lui faisait horreur : il plisse le front, il gâte le teint. L'idée d'avoir les yeux rouges la faisaisait frisonner. Comme elle eût redouté une scène : des voix qui s'élèvent, — cette pensée seule ébranlait ses nerfs, — des mots durs, des reproches ! Et pourquoi des reproches ? Elle ne le comprenait pas. Il y avait longtemps qu'elle ne l'aimait plus. Elle était presque fatiguée de voir qu'il continuât à l'aimer. Elle lui en aurait seulement voulu s'il y avait eu entre eux une rupture qui eût attiré l'attention, qui eût occupé d'elle. Mais tout se passait douce- ment : elle le remerciait presque de lui éviter les émotions.

Elle reçut donc Georges comme par le passé, tint à la régularité de ses visites, et le consulta, comme d'habitude, lorsqu'il s'agissait de quelque

détermination à prendre pour la gestion de sa
fortune.

La grande dame ne craignait point de surveiller ses affaires. Elle s'animait sur ce chapitre plus
que sur tout autre, et parfois il arrivait au comte,
surtout si la discussion devenait vive, de trouver
que la robe de la grande d'Espagne laissait un
peu trop passer celle du procureur.

Jamais Mme de Miranda ne témoigna le désir
de savoir pourquoi la perle était revenue dans
son écrin ; Georges n'affichait pas sa passion
nouvelle, cela lui suffisait.

Peu de temps après, le comte crut remarquer
qu'Isabelle s'intéressait au jeune marquis de La
Guicharderie ; mais comme elle avait tout près de
quarante ans, il trouva que l'intérêt prenait une
teinte assez maternelle pour permettre de n'en
pas médire.

La naissance d'une fille vint mettre le comble
au bonheur de Georges. Il renouvela tous ses
serments. — Ce n'est pas à moi qu'il faut les
faire, c'est à votre fille, lui dit gravement la jeune
mère.

Laura fut profondément émue par cette naissance. L'avenir de sa fille devint sa continuelle
préoccupation. En vain son imagination es-
sayait-elle de lui montrer, pour Renée, le chemin de la vie tout couvert de fleurs, sa raison

parlait plus haut, soufflait impitoyablement su
son rêve et lui montrait, à la place, la réalité.

Elle aura mon sort, se disait-elle alors avec une
douleur poignante, et plus je l'aimerai, plus elle
m'aimera, plus elle souffrira ; plus nous souffri-
rons toutes les deux.

Confiante en Georges pour elle-même, Laura
était devenue défiante depuis qu'il s'agissait de
sa fille. Si son cœur venait à changer, se demandait-elle incessamment avec angoisse? S'il ne
m'aimait plus? S'il se détachait de moi? S'il ne
m'épousait pas? Si un jour sa fille lui devenait
indifférente? Si elle devenait un embarras pour
lui? Et elle serrait son enfant contre son cœur
avec anxiété.

Cette torture morale épuisait Laura. Elle passait sa vie dans un sombre découragement.
Quand Georges était là, ce découragement s'a-
paisait. Elle lui cachait d'ailleurs avec un grand
soin, car ses doutes, que rien ne justifiait, elle
les regardait comme une offense : elle se les reprochait ; elle se promettait de n'en plus avoir.
Mais à peine était-il parti, qu'elle recommençait
à se désespérer.

L'amour maternel est à la fois le plus craintif
et le plus courageux de tous les amours.

Georges savait par Santelle toutes ces tristesses, mais il ne lui en parlait jamais ; il cherchait

6

seulement à les combattre en lui disant tout ce qui pouvait la rassurer, et si, par exception, elle lui laissait voir la souffrance de son âme, il ne s'en montrait jamais ni blessé, ni ennuyé, ni mécontent.

Peut-être même eût-il moins aimé Mlle d'Astri si elle avait témoigné moins de douleur de sa faute : car, en profond égoïste qu'il était, il ressentait une sorte de jouissance à la voir triste.

Combien il faut qu'elle m'aime et qu'elle m'ait aimé pour s'être donnée à moi, pensait-il tout en écoutant son orgueil qui lui soufflait que si ce n'avait été pour lui, jamais elle n'eût failli.

Il n'éprouvait plus le moindre remords. N'était-il pas résolu à l'épouser ? Ne lui était-il pas entièrement dévoué ? Ne lui était-il pas aussi fidèle que constant ? Ses pensées et son cœur n'étaient-ils pas tout à elle ?

Il se disait bien parfois qu'à la naissance de Renée il aurait dû encore presser Mlle d'Astri de consentir à leur mariage, et il pensait que peut-être son silence à cet égard avait pu l'effrayer. Mais, sûr de lui comme il l'était, il considérait ce silence comme un acte de haute raison.

Le temps passait. La santé du marquis s'altérait, et sans prévoir, sans souhaiter sa fin, le neveu ne pouvait s'empêcher de voir que l'oncle vieillissait beaucoup. N'était-ce pas garder à sa fille ce bel héritage que de savoir l'attendre ?

Quelquefois, afin de se justifier tout à fait vis-à-
vis de lui-même, le comte allait jusqu'à faire du
sentiment : il se disait que ce serait une mauvaise action que de troubler la fin du vieillard.

Trois années s'écoulèrent ainsi, Georges se
trouvait parfaitement heureux. Laura aussi se
trouvait heureuse. Mais son bonheur lui faisait
peur.

Dans un moment d'égarement, de désespoir,
elle s'était dit que, n'appartenant plus à personne, elle ne relevait plus que d'elle-même.
Maintenant elle sentait qu'elle relevait de Dieu
et de sa conscience, dont pour toujours elle
avait troublé la paix.

Une après-dînée, — c'était aux derniers jours
de l'automne, — le ciel était gris et nuageux,
les pâles chrysanthèmes frissonnaient au souffle
de la bise, les fiers dahlias courbaient leurs ti-
ges, et les feuilles mortes tourbillonnaient dans
les allées du jardin ; Laura regardaient mélancoliquement la nature qui se dépouillait de sa
parure d'été pour revêtir ses sombres habits
d'hiver ; sans pouvoir préciser sa souffrance,
elle souffrait ; sans pouvoir définir sa tristesse,
elle en était accablée.

Tout à coup le comte, qu'elle n'attendait pas,
arriva. Il venait dîner avec elle ; cette surprise
fut une fête. L'inquiétude de la jeune femme se

calma comme par enchantement. Le son de la voix aimée ranima en elle l'espérance. Les ténèbres qui envahissaient son âme se dissipèrent; le jour se fit. Georges pour elle était la lumière et la lumière est la vie.

Il fut gai, aimable et charmant.

Après le dîner, ils passèrent dans le salon. La bonne Santelle amena Renée qui tout de suite voulut associer son père à ses jeux. Il s'y prêta de bonne grâce et consentit, à la grande joie de l'enfant, à faire le cheval. Puis, quand il fut fatigué, il vint s'asseoir auprès de Laura.

La jeune femme avait le cœur tout en joie de voir combien le comte gâtait sa fille.

Le vent s'était apaisé, la lune avait chassé les nuages. Ses blanches clartés inondaient le salon et faisaient rougir la lumière de la lampe, placée sur une console entre les deux fenêtres.

Dans la cheminée, à l'autre extrémité de la pièce, en face du canapé où Georges et Laura étaient assis, pétillait joyeusement un feu de fagots qui envoyait ses lueurs capricieuses sur la tenture rouge et sur les tableaux qui la garnissaient. Tantôt un portrait, tantôt un paysage se trouvaient subitement éclairés, puis disparaissaient comme une fantasmagorie.

Renée jouait sur le tapis.

Le feu perdait de sa vivacité, mais de temps

à autre, une brindille flambait et illuminait le
joli visage de l'enfant. Après avoir promené
un grand mouton de carton qui, à cause
des tintements de sa sonnette, était son favori,
elle imagina de le monter comme un cheval, et
d'un petit air mutin et résolu, elle se mit à le
frapper avec une badine pour le faire marcher.

— Comme elle vous ressemble, Georges, s'é-
cria Laura ; elle aura votre caractère décidé, et,
courant vers sa fille qu'elle couvrit de baisers,
elle l'apporta sur les genoux du comte.

L'enfant se mit debout et, prenant la tête de
son père dans ses bras, elle commença par le
câliner, puis de son petit ton décidé, elle lui dit :

— Mon père, je veux un vrai mouton, un
mouton qui parle, un mouton qui marche.

— Vous en aurez un, vous en aurez dix, vous
en aurez un troupeau si vous voulez, mademoiselle d'Elcairet, répondit le comte en la serrant
contre sa poitrine.

L'enfant ne remarqua pas le nom, mais la
mère l'entendit : elle prit la main de Georges et
y porta ses lèvres.

Il comprit ce muet remerciement.

— Oui, vous aurez autant de moutons que
vous voudrez, mademoiselle d'Elcairet, répéta-
t-il en serrant encore l'enfant.

— Mon père, vous me chiffonnez, s'écria la

6.

petite personne, et elle glissa par terre ; puis, vite, vite, elle secoua ses petites jupes et y passa ses petites mains pour les faire tomber.

Elle avait l'air d'un joli oiseau qui, après avoir enflé ses plumes, essaie de les lisser.

Elle se mit ensuite à courir autour du salon, comme une petite folle, de temps en temps elle se baissait vivement, et l'air gonflant sa robe, sa petite tête d'ange apparaissait au milieu d'un nuage de mousseline.

Georges, ravi de sa gentillesse, l'appela ; elle ne voulut pas venir. Alors, il courut après elle, et, l'ayant prise dans ses bras, il la garda sur lui, baisant ses jolies épaules et ses belles boucles brunes qu'il roulait et déroulait sur ses doigts, jouant avec le collier de corail qui entourait son cou, faisant mine de la serrer pour se faire embrasser et demander grâce.

Quand Santelle vint chercher Renée, ce fut le comte qui implora encore un quart d'heure.

La pauvre Laura était bien heureuse.

— Vous l'aimez, n'est-ce pas, Georges ? dit-elle dès qu'ils furent seuls.

— Si je l'aime ! répliqua Georges, mais je l'adore. Mais vous et elle, toutes les deux, vous êtes ma vie. Je n'existe que pour vous ; et, s'inspirant de son amour, le comte renouvela tous ses serments.

Puis ils causèrent cœur à cœur. Elle sentait qu'il était vraiment heureux d'être près d'elle, et elle en jouissait. Il lui semblait que le bonheur ouvrait l'âme de Georges, et elle lisait avidement jusque dans le fond de sa pensée.

Le charme des douces paroles finit par opérer, et pour la première fois, depuis la naissance de Renée, l'inquiétude qui torturait Laura fit place à une confiance absolue. Elle éprouva un si vif remords d'avoir pu douter de Georges, qu'entraînée par son repentir, elle lui avoua ses doutes. Elle ne lui dissimula rien, elle s'accusa et se complut presque à s'accuser, ne se lassant pas d'entendre ce qu'il lui disait pour la rassurer.

Alors ils firent les plus beaux rêves; ils bâtirent à force de ces magnifiques, mais fragiles châteaux que le souffle de la fatalité renverse si souvent. Puis, ils arrangèrent leur vie, celle de Renée. Ils allaient la marier, quand minuit sonna.

Lorsque Georges quitta Laura, il la laissa dans une quiétude d'esprit et de cœur qu'elle ne connaissait plus depuis bien longtemps; et lui, retourna à son hôtel plus heureux que jamais il ne l'avait été. Cette femme et son enfant étaient bien sa vie véritable. L'existence qu'il avait en dehors d'elles, lui semblait de convention et fac-

tice. Il n'était vraiment lui que dans ce doux et
cher intérieur.

Le comte fut étonné, en arrivant chez lui,
d'apprendre que, malgré l'heure avancée,
M. Bellat, son secrétaire, l'attendait. D'habitude, il ne venait que le matin.

— Qu'est-ce qu'il y a de nouveau, Bellat, dit
le comte en entrant dans son cabinet de travail ?

— Il y a, monsieur le comte..... Mais, vous
n'avez donc vu personne cet après-midi ?

— Non. J'ai été absent.

— Eh bien... un télégramme est arrivé... Il
y a une panique sur le chemin de... Le ministre refuse... Les actions vont tomber à
rien... Tout est perdu si on n'arrive pas à sou-
tenir le cours.

— Vous avez raison, dans ce cas tout serait
perdu... Pour ma part, j'y laisserai tout ce que
je possède... M. Schulzberg sait-il la nouvelle ?

— Oui.

— Et il ne soutient pas l'affaire ?

— Non.

— Alors l'affaire est perdue.

Il se fit un silence.

— Peut-être, cependant, y aurait-il un moyen
de la relever...

M. Bellat s'arrêta. Il semblait hésiter. Il n'o-
sait continuer.

— Et ce moyen ?

— Il a une fille.

Georges senti son sang se glacer. Son cœur défaillit.

—Eh bien, qu'a de commun sa fille avec...

Il ne put continuer.

— M. de Quercieux, qui, il n'y a qu'un instant, m'entretenait du péril de l'affaire, me disait qu'il était certain que si vous lui demandiez sa fille, M. Schulzberg vous l'accorderait... Votre nom, votre titre, votre mérite...

— Jamais, jamais, s'écria impétueusement Georges, jamais le bonheur de ma vie ne sera l'enjeu d'une affaire.

Le comte était blanc comme un linceul. Il fut obligé de s'appuyer sur la cheminée, devant laquelle il se tenait debout ; ses jambes fléchissaient ; tout semblait tourner autour de lui.

— Jamais, ajouta-t-il, je ne vendrai mon nom.

Sa voix n'était plus qu'un murmure.

Ce qu'il ressentait était si violent, qu'en quelques minutes il semblait vieilli de dix ans.

M. Bellat, qui lui était fort attaché, fut si troublé à la vue de ce changement, qu'il n'osa plus risquer une parole. Son dévouement lui faisait comprendre qu'il avait dû toucher à quelque corde sensible, et il en était désespéré.

Le comte se remit le premier.

— Vous dites donc, Bellat, que M. Schulzberg...

Il n'eut pas le courage de continuer.

— Permettez-moi, monsieur le comte, dit
alors l'excellent homme, de vous engager à vous
reposer. Demain matin, vous serez plus calme,
vous pourrez plus sûrement envisager l'état des
choses. Je viendrai à huit heures. Le conseil
s'assemble à neuf heures. Il y a urgence.

M. d'Elcairet, presque honteux d'avoir pu
donner à penser qu'il avait un motif secret pour
repousser ce mariage, parvint à maîtriser son
trouble. Il fit à M. Bellat quelques remarques
très lucides, et lui parla des mesures à prendre.

Tout en causant, il le reconduisit jusqu'à l'antichambre, et le quitta avec une apparente tranquillité.

Puis il rentra dans son cabinet de travail,
ferma la porte à clef, prit une boîte, en tira deux
pistolets, les examina, les posa sur son bureau,
apprêta du papier et une plume.

Voilà pour en finir tout de suite, se dit-il en
regardant ses pistolets ; voilà pour assurer,
après moi, une existence à elle et à sa fille, se
dit-il encore en regardant la plume et le papier.

Il ouvrit un tiroir, y prit des titres de rentes,
les réunit et se disposa à écrire. Mais de quel

droit les leur donnerai-je ? se demanda-t-il avec
une déchirante angoisse. Je suis ruiné... je n'ai
plus rien... Ce serait voler mes créanciers !...
Un d'Elcairet avoir des créanciers !... Il se
cacha le visage dans les mains. C'était pour son
orgueil une insupportable torture. Afin d'y
échapper, le comte se leva. Il se mit à marcher
précipitamment. Sa tête était en feu ; les idées
s'y pressaient en désordre ; il lui semblait qu'elle
allait éclater. Ses oreilles bourdonnaient. Il
étouffait.

Il ouvrit la fenêtre. L'air lui apporta du soulagement. Ses idées s'éclaircirent. Le tumulte
intérieur s'apaisa. Il se fit subitement en lui un
grand calme ; et, bien en face, il regarda sa position.

Je suis ruiné, complétement ruiné, se dit-il
résolûment ; mais la mort serait une lâcheté.
Que deviendrait ma bien-aimée Laura ?

A ce nom, à cette chère pensée, son cœur
acheva de se détendre ; son désespoir fit place à
la résignation.

Comment ! elle me reste, et j'ose me plaindre,
pensa-t-il. Alors il oublia tout. Il se revit près
d'elle, dans la chère petite maison ; il pensa aux
douces heures passées ensemble. Désormais, ce
ne seraient plus des heures, mais des jours,
mais toute sa vie qu'il pourrait lui donner. Il l'é-

pouserait immédiatement. Quel charme cette
union répandrait sur son existence ! Elle le con-
solerait, elle lui ferait oublier ses douleurs. Est-
ce qu'il vivait quand il était loin d'elle ? Est-ce
qu'il n'appelait pas, est-ce qu'il ne pressait pas
le moment du revoir ? Est-ce que ce moment
n'était pas toujours trop lent à venir ? Eh bien !
il ne la quitterait plus. Pour elle..., avec elle...,
il recommencerait sa fortune. Il renoncerait, s'il
le fallait, à l'héritage de son oncle !... Son oncle !... lui qui se pâmait devant des infusoires,
qui s'attendrissait à l'éclosion d'un insecte, ce
serait d'un œil indifférent et d'un cœur plus indifférent encore qu'il verrait la ruine de son neveu. Il se garderait bien de lui venir en aide, ou,
au besoin même, il ne manquerait pas de lui dire
que l'aider serait encourager la prodigalité et le
désordre. Il prouverait enfin à son cher Georges
que, par amour pour lui, il devrait le laisser
dans la gène. Il lui reprocherait avec une inexorable exactitude, une à une, toutes ses dépenses :
hôtel, voitures, chevaux, tableaux, train de
grand seigneur ; il n'oublierait rien. Et c'était
pourtant à cet homme qu'il avait sacrifié...

Un rire amer crispa les lèvres du comte.

Et la duchesse ? Elle ferait la généreuse, la
sensible, d'un œil sec... d'un cœur plus sec
encore... Et le monde ? Le monde rirait, lui ;

il dirait : il est monté trop haut ; qu'il descende...
place à d'autres... c'est justice... Il chercherait
à savoir si le comte sortirait de là avec les mains
bien nettes... il chercherait si par hasard...

Le visage de Georges s'empourpra. Ah ! oui !
je le jure, j'en sortirai les mains nettes, s'écria-
t-il tout haut. Il n'aura pas, ce monde inexorable, pour ceux qui tombent, je le jure encore, la
satisfaction de faire de la fausse pitié aux dépens
d'un d'Elcairet...

Il continua à s'abîmer dans ses pensées.

Pauvre chère Laura ! Elle..., elle seule s'intéresserait sincèrement à lui. Comme elle le
plaindrait. Comme elle redoublerait de tendresse.
Et comme ce mariage la rendrait heureuse.
Quelle douce, quel ravissante compagne elle serait pour lui. Puis, plus tard, quelle adorable
maîtresse de maison ! D'abord ils ne verraient
personne ; il faudrait auparavant qu'il refît sa
fortune.

Après une journée de travail sérieux, comme
la soirée en famille le reposerait doucement,
comme elle passerait d'une manière charmante.
Laura avait tant de grâce dans l'esprit et tant de
raison. Il pourrait maintenant tout lui dire, l'associer à ce qu'il entreprendrait, la consulter.
Elle était de si bon conseil ! Et quand il serait
redevenu assez riche pour reprendre son exis-

7

tence brillante, comme il serait fier d'elle !
comme elle lui ferait honneur dans le monde.

Il parcourait en pensée la chère petite maison.
Il l'embellissait. Il en faisait une distribution
nouvelle.

Tout à coup son visage se décomposa. Il
porta la main à son front comme s'il y éprouvait
une vive douleur. Mais... il faudrait maintenant
renoncer à la petite maison. Ce n'était pas la
médiocrité qui les attendait ; c'était la gêne.
Laura n'avait que six mille francs de revenu. Il
lui avait persuadé que son capital avait augmenté,
mais il était resté le même. Est-ce qu'il aurait
voulu le risquer ? Quant à lui, il ne lui resterait
absolument rien. Et pour refaire sa fortune,
jamais il ne se résoudrait à se servir de celle
de Mlle d'Astri, à l'entraîner peut-être dans le
gouffre s'il ne réussissait pas. Un homme d'honneur ne ruine pas la femme qu'il aime, il l'enri-
chit. Puis, elle..., comment supporterait-elle
les privations ?... Elle avait toujours vécu dans
le luxe... Quand il était dans une brillante position, il n'avait pas insisté pour qu'elle la parta-
geât, et il viendrait lui offrir de partager sa misère !... Tout son orgueil se révolta. Elle était
si loin de se douter de ce que coûtait la vie
simple qu'elle croyait mener... Santelle, qui
tenait les comptes, la trompait adroitement. Puis,

qu'est-ce qu'il allait entreprendre? Quel en serait
le résultat? Toutes les portes s'ouvrent devant
un homme heureux, toutes les portes se ferment
devant celui que le malheur accable. Qui l'aide-
rait? Il avait une foule de courtisans de sa
fortune; mais combien aurait-il d'amis vérita-
bles dévoués à son infortune. Puis encore, un
homme d'affaires peut parfois arriver, quand il a
compromis sa position, à s'en créer une nouvelle;
mais un homme du monde?... Jamais... Quand
la fortune l'abandonne, il ne descend pas, il
roule...

Il vit devant lui la misère... Il y pensa avec
horreur. Pour lui, tout ce qui n'était pas luxe et
magnificence, était pauvreté.

Il se leva. Ses angoisses l'avaient repris. Il
souffrait. Il essayait en vain de lutter contre
cette horreur; il ne le pouvait pas. Tous ses
instincts mauvais étaient en révolte.

Soudain il s'arrêta, frappé par une pensée
subite. Et si la gêne... et si les difficultés de la
vie... venaient à diminuer leur amour?...

Une fois que cette idée eut prit possession de
son esprit, l'homme positif et égoïste se retrouva
tout entier. Et s'il allait trouver moins de
charme à vivre avec elle... S'il s'en lassait!...

Il demeura comme épouvanté d'avoir osé aller
si loin. Il eut peur de lui. Mais peu à peu cette

peur diminua, et la pensée repoussée d'abord
devint la pensée dominatrice. Elle soumit ses
sentiments à son égoïsme. Mais rien que pour
l'amour de Laura, rien que pour l'amour de leur
fille, il ne pouvait faire cette... folie... Il fallait
à tout prix conserver sa position... la défendre...
Il fallait se sacrifier... oui, se sacrifier... Il insista sur ce mot en son for intérieur; il le ca-
ressa afin de se relever devant lui-même.

Il fallait se sacrifier à elle... à ses créanciers...
Est-ce qu'un d'Elcairet, qui avait été assez in-
sensé pour compromettre son nom dans les
affaires, s'appartenait encore?

Le premier des biens était l'honneur; il se le
cria très haut afin d'étouffer la voix de sa conscience qui s'élevait pour lui répéter tous les
serments que, quelques heures auparavant, il
faisait à Mlle d'Astri. Puis il se disait qu'après
l'honneur venait la fortune, et qu'il ferait Renée
si riche, si riche, qu'il l'a marierait cent mille
fois mieux que ne se marierait jamais Mlle d'Elcairet pauvre.

Pauvre ! Ce mot fit de nouveau passer devant
ses yeux tous les dégoûts, toutes les humiliations
qu'entraînerait pour lui le changement de fortune. Alors, le moi se déchaîna; aucun frein ne
le retint plus... Il resta le vainqueur... Lui...
lui... le comte d'Elcairet, l'homme influent,

honoré, recherché, envié, jalousé ; lui qui pouvait tout ; lui dont le nom valait des millions ; lui, de la volonté duquel dépendait la vie ou la mort d'une immense affaire !... Lui... lui... se condamner de lui-même à n'être plus rien... Jamais, jamais !

Le souvenir de la petite maison perdit, à l'instant, tout son prestige. Ce n'était plus une soif, c'était une rage de fortune et de grandeur qui le possédait ; c'était une véritable terreur de laisser échapper l'une et l'autre. Il serrait convulsivement les mains comme pour les retenir.

Ses yeux se portèrent alors machinalement sur les lettres qui lui étaient arrivées dans la soirée et que son trouble lui avait fait oublier. Il en prit une au hasard. Elle était de la comtesse d'Esteval, une des femmes de Paris qui avait le plus de beauté et qui était le plus à la mode. Il la décacheta d'une main distraite : « Vous qui pouvez tout auprès du ministre, » furent les premiers mots qui le frappèrent. — Oui, je puis tout, et je garderai ma puissance, se dit-il résolûment, et il eût voulu hâter l'heure... il eût voulu hâter l'arrivée du jour.

Quand le souvenir de Laura venait encore traverser sa pensée, il se jurait de la rendre plus heureuse qu'il ne l'avait jamais fait ; il se jurait de combler son enfant. Et quand sa conscience

essayait encore de se faire entendre et lui criait
que le bonheur n'est pas seulement fait d'argent, il s'efforçait de l'apaiser en se répétant
que Laura la première exigerait qu'à tout prix
il sauvât l'honneur de son nom ; que, d'ailleurs,
il lui cacherait si bien la vérité, qu'elle ne la
saurait jamais, et que, si par malheur elle l'apprenait, elle le plaindrait et comprendrait la
grandeur de son sacrifice. Puis elle l'aimait tant
que, même le voulût-elle, elle ne pourrait cesser
de l'aimer.

Il avait la fièvre... Dans l'excès de son agitation, il allait jusqu'à se demander, avec anxiété,
s'il était bien certain que M. Schulzberg consen-
tirait à lui donner sa fille. Il avait presque peur
d'un refus.

Enfin les premières lueurs de l'aube blan-
chirent le ciel ; le soleil parut. Alors tous les
fantômes qui troublaient l'imagination de Georges
si dissipèrent. Il avait irrévocablement pris son
parti. Pour ce caractère ferme jusqu'à la dureté, l'hésitation n'était désormais plus possible.

Il sonna, commanda un bain, et donna l'ordre que son coupé fût attelé pour neuf heures
moins un quart.

En entrant dans son cabinet de toilette, il ouvrit les fenêtres. On pansait ses chevaux. Malgré
la fraîcheur du matin, il les considéra long-

temps, y trouvant une satisfaction inaccoutumée.

Il lui semblait que tout ce luxe avait été, un moment, perdu pour lui, et qu'il le retrouvait. C'était en vain qu'il voulait encore essayer de se croire très malheureux : malgré lui il ressentait une indéfinissable sensation de bien-être.

Il avait, pour le soir, du monde à dîner ; le cuisinier lui apporta le menu. Le maître d'hôtel vint lui demander le nombre des convives. La femme de charge lui présenta ses notes de la fin de mois. A côté de ces détails d'une grande existence, les mesquineries d'une vie bourgeoise lui passèrent devant les yeux. Il lui sembla que s'il lui fallait descendre à de pareils détails, il s'amoindrirait. Il en détourna sa pensée avec dégoût.

A huit heures et demie, son secrétaire se fit annoncer.

— Mon cher Bellat, lui dit tout de suite le comte ; j'ai consciencieusement réfléchi. Il ne s'agit plus de moi, il s'agit d'une affaire à laquelle quantité d'honnêtes gens n'ont souscrit que parce que mon nom s'y trouvait attaché. Quoique le sacrifice de ma liberté me coûte, j'y suis résolu ; je consens.

M. Bellat, qui était parti sans espoir, eut un mouvement de joie. Il serra la main que Georges lui tendit, et le considéra avec un sentiment de respect.

Un homme qui, en affaires, se dévoue, est chose si rare !

Ils causèrent encore quelques instants de la situation ; puis, le comte sortit pour se rendre au conseil.

———

VII

Il était tout près de neuf heures du soir. Une lourde berline magnifiquement attelée sortit d'un splendide hôtel situé au coin de la Chaussée-d'Antin et du boulevard. Cet hôtel, reconstruit à neuf, attirait l'attention des passants, et cette attention se convertissait en envie, lorsque, par hasard, une fenêtre ouverte permettait aux curieux d'entrevoir le luxe et la richesse des appartements.

La berline roula bientôt sur le boulevard et se dirigea vers l'opéra. Il faisait très froid.

Mme Schulzberg, après avoir achevé de boutonner son gant et s'être chaudement enveloppée dans sa pelisse de satin blanc, fourrée de zibeline, s'enfonça dans un coin de sa voiture.

— Ma chère amie, lui dit alors son mari qui était assis auprès d'elle, je suis heureux de me trouver un moment seul avec vous. Je ne pouvais vous parler devant notre fille, et j'avais hâte de le faire. Je t'ai tenu ma promesse.

Il se pencha affectueusement vers sa femme, dégagea sa main de la manche de fourrure et la prit dans les siennes.

— Je t'avais promis, n'est-ce-pas, de marier Valentine suivant tes goûts ? J'ai tenu ma parole. Tu n'as qu'à le vouloir, et elle épousera le comte d'Elcairet.

— Le comte d'Elcairet !

Et, se penchant à son tour vers son mari, Mme Schulzberg, sans le moindre souci de sa coiffure, appuya sa tête sur son épaule. C'était trop de joie ; elle ne pouvait la supporter.

— Le comte viendra, ce soir, passer un instant dans ta loge. Demain il te fera une visite en règle ; après-demain aura lieu le dîner de présentation, et dans six semaines le mariage. Tout est arrangé. Donnes-tu ton consentement ?

L'excès du bonheur empêcha Mme Schulzberg de répondre. Elle serra la main de son mari.

Le banquier aimait sa femme au point d'être son humble serviteur, car son apparence raide et gourmée cachait le meilleur homme du monde. En famille, il était tout autre que ce qu'il paraissait quand il posait en prince de la finance.

Ses millions, qui lui avaient permis d'acheter une infinité de belles choses, n'avaient pu lui acquérir cette urbanité et ces manières aisées qui sont le résultat de l'éducation première et que donne seule l'habitude prise, dès l'enfance, de vivre au milieu d'une société choisie.

Il avait trop de bon sens pour ne pas sentir ce qui lui manquait, et dissimulait sa gène sous un je ne sais quoi de boursouflé.

En affaires, M. Schulzberg était d'une grande supériorité. Il avait le coup d'œil pénétrant, la main sûre, jugeait parfaitement les hommes et les choses. Il était loyal, mais dur et tenace, et ne laissait échapper aucune occasion d'augmenter sa fortune, écrasant sans pitié les petits pour se faire plus grand,

Mme Schulzberg était une Allemande de bonne naissance qui se figurait être de grande naissance, et comme elle n'avait rien à désirer, que tout lui arrivait à souhait, mais que, par nature, l'excès de sa sensibilité lui créait le besoin de se croire malheureuse, elle la dixième fille d'une famille pauvre, s'imaginait s'être déclassée en épousant l'excellent M. Schulzberg, dont l'origine était des plus plébéiennes. Elle avait passé une partie de sa vie à en gémir, et elle était arrivée à persuader à son mari qu'elle lui avait fait un grand honneur en l'épousant.

A part ce ridicule, c'était une personne de mérite, qui gouvernait parfaitement sa maison, qui adorait son mari et sa fille, et qui, malgré un peu de hauteur, était bonne et bienveillante.

Dans le courant de la soirée, pendant un entr'acte, le comte fut présenté à sa future belle-mère. Ni bien ni mal, pensa-t-il tout en lui débitant les lieux communs d'usage. Toilette de bon goût, assez bon air, quelque chose d'un saule pleureur ; en somme, femme insignifiante. Tant mieux, elle ne se mêlera pas de mon ménage.

Il est raide et sur son quant-à-lui, M. mon beau-père, mais humble avec moi, cela ne me déplaît pas. Je ne chercherai certes point à diminuer à ses yeux le prestige de ma grandeur. Il me convient que nous restions en cérémonie, et que le gros financier demeure petit devant le comte.

Le mariage était pour Georges une affaire, et il le traitait à ce point de vue.

Le lendemain, Mme Schulzberg passa de bon matin chez sa fille. Elle n'était point encore éveillée. La mère, ayant fait ouvrir les volets, écarta les rideaux du lit. Un flot de soleil vint dorer le front de la jeune fille, dont le visage était noyé dans une masse de cheveux blonds. Appuyant fortement ses lèvres sur le front de Valentine : Belle comtesse d'Elcairet, je te salue, lui dit-elle en l'embrassant avec amour.

Jamais sa fille ne lui avait semblé aussi charmante. La couronne de comtesse lui prêtait, à ses yeux, une beauté nouvelle.

Valentine jeta un cri de surprise. Entourant de ses bras le cou de sa mère, elle l'attira à elle, l'embrassa, et l'embrassa encore, cachant ainsi une joie d'enfant, dont elle se sentait honteuse.

— Mère, est-ce possible?... le comte d'Elcairet?...

Le comte d'Elcairet, pour une jeune Parisienne, résumait tout ce que l'esprit et l'élégance offrent de plus raffiné. Ne répétait-on pas à l'envi qu'il était un modèle de bon goût, d'exquises manières, un homme d'autrefois, un vrai gentilhomme, un grand seigneur accompli. Tout ce qui lui appartenait, tout ce qu'il portait, tout ce qu'il disait n'était-il pas vanté, adopté, répété. Il ne suivait pas la mode, il la faisait.

Quand Valentine fut seule, elle ne songea pas à se lever. Elle se plongea dans son bonheur, elle voulut en causer avec elle-même. Elle s'abandonna à ses pensées, et quelles pensées! Elle s'y absorba avec délices. L'heure qui s'écoula ainsi fut certainement, de toute sa vie, celle où elle envisagea le bonheur avec le plus de confiance.

Valentine Schulzberg avait dix-sept ans; elle était mince, élancée, flexible comme un roseau;

sans bras, sans épaules, tout chez elle était avenir, mais cet avenir promettait d'être charmant.
Sans traits réguliers, sa physionomie avait de la
grâce et de la vivacité, son regard était intelligent ; sa bouche était rieuse d'un rire frais et
plein de malice.

Elle était élégante dans toute sa personne,
simple de manières, ne manquait pas d'aplomb,
adorait la toilette, savait ce qui allait à ses cheveux blonds, à ses grands yeux bleus, à son
teint blanc et rose, était folle de luxe et de recherche, rêvait équipages, chevaux, bals, fêtes ;
ne haïssait point de paraître, désirait faire de
l'effet, et, au fond, professait un culte pour tout
ce qui était excentrique.

Etre la comtesse d'Elcairet la transportait !
Elle se voyait déjà occupant une des premières
places dans ce monde aristocratique dont Georges allait lui ouvrir les pertes. Elle se voyait
dans son splendide hôtel, entourée d'une cour,
donnant des bals, des fêtes dont elle serait la
reine, et dont les journaux de la fashion parle-
raient. Elle se voyait partout une des premières ; elle pensait avec un orgueil de démon que
les autres femmes envieraient son nom, son luxe
et les hommages qu'on lui rendrait. Elle pensait
que ses invitations seraient briguées, recherchées, acceptées comme une faveur. Elle se di-

sait que Mlle de Cerias, que Mlle de Chamlaville, si fières de leur naissance, seraient trop heureuses d'être admises dans ses salons.

Elle voyait sa voiture à panneaux armoriées ; elle voyait ses mouchoirs avec sa couronne de comtesse ; elle la voyait sur son livre d'Heures. elle la voyait sur ses bijoux, sur sa vaisselle plate, elle la voyait partout.

Elle faisait, enfin, défiler devant ses yeux toutes les joies d'amour-propre, toutes les satisfactions de vanité qui allaient combler sa vie, et pas une ombre, pas un point noir ne venait ternir l'éclat du tableau.

N'allait-elle pas réunir les deux conditions auxquelles, depuis sa naissance, elle avait entendu attacher le bonheur ; la fortune et le nom. Elle n'oubliait que le mari, elle n'avait pas encore trouvé le temps de penser à Georges.

Il faut reconnaître cependant que, quand enfin elle y songea, ce fut d'abord avec plaisir, puis avec orgueil, puis son cœur s'en mêla.

Le beau, le spirituel, l'aimable, le fier comte d'Elcairet, la coqueluche du jour, le roi de la mode, l'arbitre du goût, allait être son mari ! Quelle gloire d'avoir été choisie par lui ! Mais où l'avait-il vue ? Comment la connaissait-il ? La candide enfant croyant fermement avoir été choisie. Elle en était tout émue.

Quant aux caractères, aux goûts, quant à ce qui fait le charme de la vie, elle n'y songeait pas. Elle était trop occupée de tout le reste.

Et pourtant, au fond, elle n'était pas si futile qu'elle se faisait vis-à-vis d'elle-même : sa mère l'avait soigneusement élevée, et les bons principes qu'elle avait reçus, les bons exemples qu'elle avait eus sous les yeux devaient promptement porter leurs fruits, et en faire une femme dévouée et sérieuse.

La journée se passa à débattre la toilette qu'elle porterait pour le dîner du lendemain. Mme Schulzberg, qui avait du tact, décida qu'il fallait être simplement mise, et que l'étalage serait de mauvais goût.

Le comte trouva sa future agréable, et lui dit avec ce talent qu'il avait de bien dire. Valentine fut enthousiasmée ! Elle l'avait souvent vu à la promenade et l'avait rencontré à deux petits bals, — car elle n'allait pas encore dans le monde, — et en son âme elle avait envié les femmes dont il s'occupait. Elle eût beaucoup donné pour attirer son attention.

Maintenant elle était au comble de ses vœux. Son cœur battait en l'écoutant. Lui, ne fut pas même ému. C'était une corvée.

Tout le temps du dîner, il songea à Laura pour la mettre bien au-dessus de Valentine. Si son esprit était à la conversation, son cœur tout entier, sans en distraire une parcelle, était à la petite maison.

Il fut pourtant deux jours sans pouvoir prendre sur lui d'y aller : sa trahison l'épouvantait, il lui semblait qu'elle devait être écrite sur son visage. Le chagrin, le remords, le regret, le bouleversaient à un tel point que Laura s'aperçut de sa préoccupation. Elle l'interrogea avec tant de tendresse, elle se montra si confiante, qu'il la quitta parfaitement résolu à rompre ce fatal mariage.

Tromper ce cœur si vrai, si dévoué, lui semblait une action indigne. Mais la réflexion, la nécessité tuèrent ce bon mouvement ; elles firent miroiter devant les yeux de sa conscience son faux dévouement, et il transigea avec elle.

Le vieux marquis fut enchanté de ce mariage. Leur écusson est d'or, dit-il, pour relever la naissance, et cet écusson-là en vaut bien un autre.

Il mit de beaux diamants dans la corbeille, et, moyennant finances, céda à son neveu le vieux et beau château d'Elcairet, demeure vraiment seigneuriale, bâtie du temps de Louis XIV. Aucun château n'avait plus grand air que celui-là.

La façade, du côté de la cour d'honneur, était splendide, et la façade du côté du parc, avec ses

grandes fenêtres et son majestueux balcon que
soutenaient les armes d'Elcairet, avait quelque
chose de vraiment royal.

Lorsque le comte fit part de son mariage à la
duchesse :

— Je ne croyais pas que le chemin de...
courût un aussi grand danger, lui dit-elle ironiquement. Il vous faut donc bien des millions
pour le relever ?

Georges se sentit blessé au vif. Mais sa blessure se referma bien vite, car il s'aperçut que
c'était l'aiguillon de la jalousie qui, pour la première fois, piquait Isabelle, et il en fut flatté.

— Ne vous troublez pas de mes paroles, reprit-elle presque aussitôt avec le sentiment d'a-
mitié qu'elle n'avait cessé de lui témoigner,
votre mariage n'est point de ceux dont un homme
puisse être embarrassé. Le père vaut son pesant
d'or, la mère est acceptable, et la petite n'est pas
mal. Avec vous, elle deviendra très bien, et
sera promptement des nôtres. Puis, M. Schulzberg est un étranger, cela sauve tout.

Cette union eut l'approbation du monde où vivait Georges. L'argent n'est-il pas une puissance ?

Une semaine avant son mariage, M. d'Elcairet
prétextant un voyage en Espagne, où il avait,
disait-il, d'importants intérêts, cessa d'aller à la
petite maison.

Comme il lui avait été impossible de dissimuler sa préoccupation à Mlle d'Astri, il l'attribua à la douleur que lui causait la pensée de cette séparation qu'il prévoyait depuis quelque temps.

Les adieux furent déchirants ; lui, savait la cause de cette douleur, qui paraissait excessive, puisqu'il ne s'agissait que d'une séparation de deux mois ; elle, ne cherchait pas à s'expliquer pourquoi elle éprouvait une si terrible angoisse, elle subissait l'influence d'un affreux pressentiment.

— Que deviendrai-je sans vous, pendant ces deux longs mois, disait Laura à Georges ? Comment pourrai-je vivre sans vous voir ? Vous êtes tout ce que j'ai au monde.

— Et Renée, reprit le comte.

— Oui, Renée me reste, mais elle ne pourra me consoler. Il me faut tous les deux pour être heureuse. Quand l'un est absent, celui qui reste saurait si peu me faire oublier l'autre, qu'il me semble que tous les deux à la fois m'ont quittée.

Quand vous serez parti, Georges, rien ne me sera plus. Tout me pèsera, me fatiguera, m'accablera.

Je compterai d'abord les jours, puis les heures, puis les minutes. Mon cher Georges, vous êtes notre vie à toutes les deux. Nous ne sommes que par vous sur cette terre. En vous j'ai mis ma foi, mon espérance ! Georges, vous n'oublierez pas votre fille ! Vous ne m'oublierez pas.

Les larmes qui la suffoquaient l'empêchèrent de continuer.

Le comte endurait la plus cruelle torture. Il se laissa tomber aux pieds de Mlle d'Astri. Il ne trouvait pas de paroles pour la tromper ; l'aveu, encore une fois, lui vint aux lèvres ; le courage lui manqua. Mais il lui fut impossible de renouveler ses serments, sa douleur était trop vraie : il ne pouvait mentir.

Laura fut effrayée de la violence de cette douleur. Il me cache quelque chose, pensa-t-elle ; ce voyage doit se rattacher à quelque événement relatif à ses affaires. Il n'ose me le dire. Et, se penchant vers lui :

— Georges, vous le savez, n'est-ce pas, le peu que je possède appartient au père de Renée ; qu'il en dispose : ce sera nous prouver à toutes les deux qu'il nous aime.

Et se levant précipitamment, elle sonna Santelle afin qu'elle apportât Renée.

Le comte était navré en présence de tant de dévouement ; il sentait qu'il en était indigne ; il avait honte de lui. Il prit sa fille dans ses bras, et, en pensant qu'il allait sacrifier son existence, il eut horreur de lui-même. Ses idées se troublèrent ; il prononça des paroles sans suite, et, sentant qu'il allait tout perdre s'il restait, il s'arracha à toutes ces tendresses.

L'ambition et l'égoïsme l'emportaient.

Le mariage eut lieu au jour marqué. Tout alla à merveille. Le comte ne fit précisément que ce qu'il était obligé de faire de sentiment. Mais son esprit sut si bien venir au secours de son cœur que Valentine s'y méprit. Elle se laissa aller au plaisir d'entendre, ce qui plaît tant aux femmes, de jolies choses bien tournées ; elle prit la satisfaction de sa vanité pour quelque chose de plus tendre, pour celle de ses sentiments, et elle fut enchantée. D'ailleurs, son trousseau, ses bijoux, sa corbeille, les félicitations, les adulations qu'on lui prodiguait tournaient sa jeune tête.

La lune de miel passa vite. Ni l'un ni l'autre ne cherchaient le recueillement. Elle, était pressée de jouir de sa vie nouvelle ; et lui, cherchait à ne pas penser.

Deux mois s'écoulèrent sans que le comte revînt à la petite maison. Il choisit un soir pour retourner chez Laura. Cette entrevue fut un des plus douloureux instants de la vie de Georges.

Mlle d'Astri lui fit un accueil qui le navra. Pas un mot de reproches sur cette absence qui s'é-

tait prolongée bien au-delà du temps fixé ; pas
de récriminations sur la rareté des lettres, — il
lui en faisait mettre à la poste de Madrid par un
de ses amis, — pas un mot de ses doutes, de ses
inquiétudes; elle avait pourtant affreusement
souffert ; mais à quoi bon en parler? S'il avait
été vraiment retenu par ses affaires, il eût été injuste de le tourmenter, et s'il était resté pour
son plaisir, les reproches n'aurait rien réparé.
Le cœur du comte eût cependant été bien soulagé, si elle lui avait fait une scène. Il eût préféré la colère de Laura à sa tendresse : il eût
moins souffert.

Il trouva Renée grandie, embellie : elle
aussi fit fête à son père. Les caresses de cette
enfant, dont il venait de briser l'existence, lui
causèrent une si intolérable angoisse que, prétextant les affaires qui l'attendaient au retour, il
abrégea sa visite et s'en alla fou de remords et
de regrets.

La jeune comtesse trouvait son existence charmante et en paraissait ravie, quoiqu'au fond elle
ne répondît pas tout à fait à celle que lui avaient
montrée ses rêves de jeune fille.

Le comte, en donnant son nom à Mlle Schulzberg, avait entendu qu'elle le portât dignement.
Aussi quand Valentine, dans sa naïveté, le fit
confident de ses goûts, il profita du désir qu'elle

avait de lui plaire, et de l'ascendant que ce désir lui donnait sur elle, pour lui faire entendre
que ces goûts-là n'étaient pas les siens, et qu'il
désirait qu'ils ne fussent pas ceux de sa femme.
Et la prenant habilement par son amour-propre,
il l'amena à adopter d'elle-même l'existence telle
qu'il l'entendait.

La passion ne l'aveuglait pas ; il voyait les
travers de Valentine, et il ne craignait pas de
lui faire entendre la vérité.

— Ma chère, lui avait-il dit un soir en rentrant de l'Opéra, où elle n'avait rien épargné
pour faire sensation, vous avez trop d'esprit
pour ne pas comprendre que, dans la haute position que vous occupez maintenant, tous les
yeux sont naturellement fixés sur vous. Vous
êtes assez charmante pour être remarquée pour
vous-même : soyez donc calme dans votre conversation, dans vos manières et dans votre mise.
Je vous parle en ami. Ne vous accablez pas de
bijoux, ne mettez pas tant de diamants : vous en
aviez trop ce soir. Le monde est méchant. Ne le
faites pas souvenir de votre oncle qui, je crois,
vend des pierreries ; c'est tout à fait inutile.
Soyez ce que j'aime par-dessus tout : simple et
réservée, cela vous va si bien !

Le compliment sauvait tout.

Georges n'était pas assez indulgent. Il ne se

rendait pas assez compte de ce plaisir de jeune
femme qui, dans l'enchantement que lui causent
ses premiers bijoux, ne sait auquel donner
la préférence, et voudrait, s'il était possible, les
porter tous à la fois. Il ne sentait pas que dans ce
besoin de montrer ses parures, il y avait bien
plus d'enfantillage que de vanité et de coquetterie réelle.

Mais le comte, gâté par le goût exquis de la
duchesse et par le tact si parfait de Laura, se
montrait trop exigeant envers sa jeune femme,
et sans lui laisser le temps d'acquérir, il la voulait, tout de suite, telle qu'il désirait qu'elle
fût.

Il y avait chez la jeune comtesse un mélange
de grandeur et de mesquinerie qui était insupportable à son mari. Elle avait des habitudes de
grande dame et des idées de bourgeoise qui l'irritaient au suprême degré, et il le lui faisait sentir même assez sèchement. Valentine en était
parfois vivement blessée; mais comme aux plus
aimables qualités elle joignait de la finesse et du
bon sens, et qu'elle sentait que son mari voulait qu'elle fût de ce monde dans lequel elle allait entrer, comme si elle en avait toujours été,
elle se servait de sa finesse pour le comprendre,
et de son bon sens pour ne pas laisser voir à
quel point il la froissait.

Tout en étant avec Valentine d'une politesse accomplie, tout en ayant pour elle de ces aimables prévenances qui sont la délicatesse du savoir-vivre, et qui le faisaient citer comme un mari exceptionnel, en fait de sentiments, il était d'une froideur glaciale.

Valentine y fut d'abord insensible. Elle s'était mariée sans aimer Georges. Il lui plaisait seulement, et il lui plaisait toujours. Son amour-propre lui faisait goûter ses soins, et sa vive intelligence lui faisait prendre un plaisir extrême à sa conversation, car le comte respectait dans sa femme son propre nom, se croyait tenu à ne pas paraître s'ennuyer avec elle, et il avait assez d'esprit pour avoir avec la comtesse toute seule ce même esprit qui lui valait ses succès de salon.

Mais peu à peu, et presque sans qu'elle s'en aperçût, Valentine se prit à aimer passionnément son mari, et se laissa aller à des élans de tendresse qui furent reçus, par lui, avec plus de politesse que d'affection.

— Vous ne m'aimez donc pas, lui dit-elle un jour ?

— Au contraire, ma chère, lui répondit-il avec ce sourire railleur qui la glaçait toujours, je vous aime infiniment. Mais le mariage est chose sérieuse. Nous sommes assurés de nous

8

voir tous les jours de notre vie. Si notre affection
était par trop vive, elle pourrait diminuer. Je ne
veux pas m'exposer à ce déplaisir.

Il y avait quelque chose de si dédaigneux dans
le ton avec lequel il prononça ces derniers mots
que Valentine s'en trouva justement offensée.
Elle, l'enfant chérie, adorée ; elle, l'orgueil de
la maison de son père ; elle, dont les caresses
faisaient la joie de tous les siens ; elle, que tant
d'hommes eussent été heureux d'avoir pour
femme, comme elle souffrait en voyant le peu
de place qu'elle tenait dans le cœur de ce fier
comte qu'elle s'était tant réjouie d'épouser, et
en sentant qu'il attachait si peu de prix à sa
tendresse.

Elle aussi avait du caractère et de la fierté :
elle se le tint pour dit et vécut désormais avec
son mari sur le pied de réserve dont il lui donnait l'exemple. Cependant, elle continuait à
l'aimer ; peut-être même, sans le vouloir, l'ai-
mait-elle d'autant plus qu'il paraissait moins y
tenir, mais elle ne le lui laissait pas voir.

Le premier hiver de la jeune comtesse fut très
brillant ; il lui donna beaucoup de satisfactions
d'amour-propre, mais elle trouva que Georges
lui mesurait trop le plaisir. M. d'Elcairet, sans
éprouver d'amour, avait de la coquetterie pour
Valentine. Il savait fort bien ce qu'elle valait et

la dirigeait avec un soin jaloux. Il la laissait jouir
des plus belles heures d'une fête, mais il ne l'y
laissait jamais jusqu'à la fin : — Ce n'est pas
savoir aimer le plaisir, ma chère, lui disait-il,
que d'aller jusqu'à cette satiété, qui de belles
que vous étiez en arrivant, vous montre fanées
et fatiguées aux premiers rayons du jour.

Elle se soumettait, mais elle avait des regrets,
et pourtant elle sentait que son mari devait avoir
raison. Elle était trop persuadée de la supériorité
de Georges pour ne pas plier sa volonté devant la
sienne. Il entendait d'ailleurs si bien la vie du
monde qu'elle le regardait comme un juge in-
faillible.

Le comte avait entouré sa femme d'une société intime qui, aimable, spirituelle et gaie,
sans être frivole, devait contribuer à lui donner
les goûts qu'il désirait lui voir prendre.

M. d'Elcairet accompagnait toujours sa femme
dans le monde, et ne la confiait même pas à sa
mère. Quand Valentine était invitée dans la société qui était celle de Mme Schulzberg, Georges
l'y accompagnait de la meilleure grâce. Il ne
lui avait fait rompre aucune de ses relations, il
l'avait seulement amenée à comprendre, quand
elle donnait des fêtes, à réunir les personnes du
même milieu.

On parlait beaucoup de la comtesse d'Elcairet,

mais c'était pour vanter sa réserve, ses manières simples et élégantes, ses toilettes tranquilles et par cela même d'un goût parfait.

Georges accompagnait souvent sa femme lorsqu'elle sortait en voiture, et toujours lorsqu'elle sortait à pied. Quand, à son bras, elle descendait les Champs-Elysées, ou quand elle parcourait quelque sentier du bois de Boulogne, comme elle faisait des envieuses ! Elles eussent moins souhaité d'être à sa place, si elles avaient pu savoir que Georges promenait la comtesse et non la femme. Souvent, même quand la promenade se prolongeait, il était sur des charbons ardents et grillait d'impatience, car, tout en étant avec Valentine, il était aussi et bien plus encore avec Laura. Il aspirait au moment de liberté qui allait lui permettre de la rejoindre.

Ce qui tuait la comtesse, ce qui l'empêchait d'entrer dans le cœur de son mari, c'était la comparaison. Sans cesse Mlle d'Astri était entre elle et lui ; et Laura lui apparaissait avec ce charme inexprimable qui faisait partie d'elle-même et qu'elle répandait sur tout.

Valentine, au contraire, quoiqu'elle aussi fût très séduisante, n'avait pour Georges aucun attrait. Sa personne et son esprit lui semblaient ordinaires, ce qu'il appelait ses enfantillages lui était insupportable. Pour un peu, il lui eût repro-

ché ses dix-huit ans. Il était sans pitié pour cette
grâce et cet esprit qui s'essayaient.

Son éducation avait été soignée. Elle était
plus savante que Laura, mais il la trouvait moins
agréablement instruite. Elle, avait l'esprit
plus vif, et, à son avis, elle causait moins bien.
Elle, avait sur le piano une exécution plus brillante ; les notes étincelaient sous ses doigts ;
mais Laura leur faisait doucement parler un langage qui lui remuait le cœur. Elle, avait une
belle voix dont l'étendue et la légèreté excitaient
l'admiration ; Laura en avait à peine, mais le
timbre de cette voix était si doux, si suave, si
pénétrant, qu'elle le faisait délicieusement fris-
sonner et rêver. Aussi, plus que jamais était-il
épris d'elle, plus que jamais souffrait-il d'en être
séparé. Cette vie en partie double lui était odieuse : il y avait des instants où il se sentait pris de
haine contre sa femme, contre les obligations
qu'elle lui imposait ; il y avait des instants où, en
passant près d'un pauvre, il enviait sa misère.
Il est libre, au moins, pensait-il.

Qui sait cependant si, libre de nouveau, il
n'eût pas une seconde fois succombé à la même
épreuve ?

Un jour Laura, entraînée par la tendresse excessive que Georges lui témoignait, lui parla
avec confiance et bonheur de l'avenir.

8.

— Georges, lui dit-elle avec le plus charmant abandon, quand je serai votre femme, vous me conduirez en Italie, n'est-ce pas ? J'aimerais tant à revoir mon pays. Puis, je vous garde une surprise...

Il lui arrivait bien rarement de prononcer ce « quand je serai votre femme, » mais lorsque par hasard elle s'y laissait aller, Georges l'accueillait avec transport.

Etonnée de son silence, elle leva les yeux et le regarda. Une pâleur mortelle couvrait le visage bouleversé du comte.

— Qu'avez-vous, Georges ? s'écria Laura.

— Je me sens mal, très mal, balbutia-t-il, et, se levant brusquement, il ouvrit la fenêtre.

La secousse avait été si violente que la vie l'abandonnait.

Mlle d'Astri prodigua ses soins à Georges, sans concevoir le moindre soupçon. Dès qu'il fut un peu remis, il la quitta.

Ce rôle d'hypocrite lui devenait odieux.

VIII

Le jour où Valentine mit au monde un fils la fit grandir dans l'estime de son mari. La mère du vicomte d'Elcairet, de l'enfant destiné à perpétuer ce nom dont le comte était si fier, devint pour lui la première des femmes. Il lui donna en considération et en égards tout ce qu'il lui refusait en tendresse.

Cependant, malgré cette froideur apparente, il était parfois obligé de se défendre vis-à-vis de lui-même pour ne pas trouver sa femme charmante. Valentine avait infiniment gagné, et quand les sentiments de Georges l'emportaient sur sa volonté de n'en point avoir, il était touché de sentir qu'elle était devenue ce qu'elle était uniquement pour lui plaire.

Elle n'avait plus ce ton léger, ce désir de paraître et de faire de l'effet, qui lui avaient tant déplu. Elle était aimable dans le monde, parce

qu'elle l'était naturellement, et qu'elle l'eût été
par la seule expression de son visage ; mais son
amabilité avait une réserve pleine de grâce qui,
jointe à un je ne sais quoi de mélancolique et de
réfléchi, donnait à la jeune femme un charme
tout particulier.

Valentine, sans être précisément malheureuse,
n'était point heureuse. Ce mari presque toujours
aimable sans être jamais affectueux, était pour
elle une énigme qu'elle cherchait en vain à expliquer et dont elle ne pouvait détacher sa pensée. Il la faisait à la fois souffrir dans son cœur
et dans son amour-propre, et pourtant elle l'adorait. Sa confiance en lui était absolue, elle ne la
lui témoignait pas en lui confiant ses pensées,
elle n'eût pas osé, mais elle avait foi en tout ce
qu'il lui disait et lui conseillait.

Elle avait fini par s'expliquer ce qui, au commencement de leur mariage, causait la différence
de leurs goûts. Son mari avait trente-huit ans, et
elle en avait vingt-deux. Georges avait l'air plus
jeune que son âge ; mais quoiqu'il eût l'esprit charmant, cet esprit naturellement positif l'était devenu encore davantage par l'expérience qu'il avait
acquise. Il ne pouvait donc voir les choses
comme elle les voyait, elle qui ne connaissait
rien de la vie, elle qui se fût laissé entraîner par
le plaisir, sans calculer les conséquences de cet

entraînement. Quoique souvent, surtout pendant
la première année de son mariage, Valentine
eût trouvé son mari plus sévère qu'elle ne l'aurait souhaité, elle avait fini par reconnaître qu'il
était un guide sûr, et lui avait abandonné le soin
de la conduire.

Valentine idolâtrait son fils, elle en était fière;
elle était l'esclave de cet enfant que le comte
aimait passionément. Il semblait à la jeune mère
qu'elle et son mari se rapprochaient par ce même
amour.

La naissance d'une fille fut encore une grande
joie pour la comtesse ; elle espérait que la tendresse de ses deux enfants l'empêcherait de
sentir aussi vivement que Georges lui refusait la
sienne.

Il y avait dans la manière d'être du comte une
étrangeté qui la frappait douloureusement. Quelquefois, il lui semblait qu'il était sur le point de
se laisser attirer vers elle ; puis, un je ne sais
quoi inexplicable le glaçait tout à coup. Qui donc
pouvait être entre elle et lui ?

Quelque empire que Valentine eût sur elle-
même, quelle que fût sa volonté de cacher le
chagrin qu'elle ressentait, elle avait des moments
de tristesse que Mme Schulzberg avait surpris et
qui l'inquiétaient.

La comtesse était un jour venue demander à

dîner à sa mère, son mari se trouvant invité à un dîner officiel. La jeune femme, mise avec une grande simplicité, était délicieusement jolie; Mᵐᵉ Schulzberg le remarquait avec bonheur. Elle le fit remarquer au comte qui regarda sa femme d'abord avec une évidente satisfaction d'amour-propre, puis d'un air épris. Il était debout et allait s'en aller. Il se pencha vivement vers Valentine, puis il lui baisa froidement la main et sortit.

— Encore! se dit Valentine en le suivant des yeux.

Il y avait dans son regard une expression si douce, mais si triste, que sa mère, qui était auprès d'elle, en fut péniblement frappée.

— Si j'étais le comte d'Elcairet, ne put s'empêcher de dire Mᵐᵉ Schulzberg, et que j'eusse le bonheur d'avoir une aussi charmante femme que la sienne, voilà comme je l'embrasserais; — et elle embrassa tendrement sa fille. — Ton mari est bien cérémonieux avec toi, ma Valentine, ma fille chérie; quelquefois j'ai peur que...

— Ma mère, n'achevez pas! interrompit vivement Valentine; je suis la plus heureuse des femmes. J'adore mon mari, je suis orgueilleuse de lui, je suis folle de mes enfants. Vous ne voyez donc pas les soins, les prévenances dont il me comble?

— Certainement si, je les vois, mais...

—Oh ! pas de mais, chère mère, je n'en veux pas, il n'y en a pas, il ne peut pas y en avoir. — Son animation était extrême. — Je n'en veux pas entendre quand il s'agit de Georges. Et, encore, ce que vous ne voyez pas, et ce que vous ne sauriez imaginer, c'est la sollicitude avec laquelle il veille sur moi; chaque jour je la comprends mieux. Quelquefois, dans les premiers temps de mon mariage, je lui en voulais de ce que mes goûts n'étaient pas les siens. Vous savez, chère mère, que vous aussi vouliez calmer ce que vous appeliez ma tête. Vous avez toujours été un modèle de raison, vous, j'ai tant de fois entendu mon père le dire ; mais moi, j'avais des idées passablement folles. Jamais cependant mon mari ne me les a reprochées, mais il a su, sans me le faire sentir, m'amener de moi-même à en prendre d'autres qui me rendent bien plus heureuse.

— Il est vrai qu'il serait impossible d'avoir fait de toi une plus charmante et plus raisonable femme que tu ne l'es devenue, mais est-ce là du bonheur ?

— Qu'appelez-vous du bonheur, chère mère?

— Quand on a comme toi, ma fille, le rang et la fortune, il ne s'agit que du bonheur du cœur, et celui-là est insaisissable ; il est dans tout, il n'est dans rien précisément : il se trouve dans ces mille nuances de sentiment qu'il me serait impossible de te dire.

— Eh bien, ces mille nuances je les réunis, je suis heureuse.

— Chère enfant, que tu me fais de bien. Mieux que qui que ce soit, j'apprécie ton mari; je sais ce qu'il vaut, je connais ses grandes qualités; mais que veux-tu! tes tristesses m'inquiétaient; je me figurais que tu me cachais quelque chagrin, et je ne vivais plus.

Mme Schulzberg, emportée par l'excès de sa tendresse maternelle, avait manqué de prudence; elle avait provoqué une confidence que sa fille n'avait pas voulu lui faire; elle avait touché sans ménagement à la plaie vive que la comtesse mettait tous ses soins à dissimuler, et l'avait fait saigner inutilement.

La jeune femme avait été vivement émue; mais, quoiqu'elle eût éprouvé un grand soulagement à parler à cœur ouvert à sa mère, elle avait néanmoins eu le courage de garder son secret et de ne pas même laisser soupçonner son mari.

Valentine l'avait dit à sa mère; en toute vérité, elle était orgueilleuse de Georges. L'homme de mérite, l'homme supérieur, la rendait indulgente pour le mari. Elle était fière de partager sa vie, fière du rang qu'il lui donnait dans le monde, fière de la considération qui s'y attachait et fière de porter son nom qu'elle tâchait de porter dignement.

Et tout en souffrant de ce qu'il ne l'aimait pas comme elle aurait voulu être aimée, elle lui savait gré de ne le laisser voir qu'à elle seule. Elle lui savait gré de la tenir en si grand honneur et estime, que le monde l'enviait; et le bonheur qu'on lui croyait lui donnait la force de cacher, même à sa mère, qu'elle n'en avait pas.

Quand, de retour chez elle, la comtese put réfléchir, à tête reposée, à la conversation qu'elle avait eue avec sa mère, elle lui en voulut de l'avoir interrogée, elle lui en voulut d'avoir deviné son chagrin, et elle s'en voulut à elle-mème de n'avoir pas mieux su le garder. Et elle pensa que, plus que jamais, il fallait qu'elle s'étudiât à la dissimulation, car elle sentait qu'elle devenait jalouse.

S'il ne m'aime pas, avait-elle fini par se dire, trop souvent pour son repos, c'est qu'il en aime une autre. Mais quelle pouvait-être cette autre? C'est à la trouver que son esprit s'acharnait sans relâche.

Georges, fort recherché dans le monde, y était en coquetterie d'esprit avec toutes les femmes, sans être en coquetterie réglée avec aucune. Là n'était donc pas le danger. Vivement attiré par celles qui étaient l'expression la plus raffinée de l'élégance, il les trouvait toutes charmantes, mais les cherchait si peu qu'il avait apaisé chez sa femme le vif désir qu'elle éprouvait d'en faire sa société intime.

Comme une infinité de maris, c'était toujours la femme qu'il paraissait admirer le plus à laquelle il souhaitait que sa femme ressemblât le moins. De ce côté non plus, il n'y avait rien à craindre. Et pourtant elle épiait, elle surveillait, mais ne découvrait rien.

Le comte l'estimait trop : il portait trop haut le respect dû à la femme à qui il avait donné son nom pour ne pas entourer son secret du plus grand mystère. Il adorait Laura, il croyait ne pas aimer Valentine, et pourtant, sans hésiter, il eût sacrifié Mlle d'Astri à la comtesse d'Elcairet.

Aussi Valentine, fatiguée de chercher, avait fini par se dire : il n'est que spirituel et galant, il n'a pas l'ombre de cœur, et, sauf ses enfants, il est incapable de rien aimer.

Cependant la moindre circonstance ranimait ses soupçons.

Un après-midi, par une de ces délicieuses journées qui ont fait la réputation du mois de mai, Valentine était dans son petit salon. Elle

venait d'être fort souffrante et était couchée sur
sa chaise longue. La porte-fenêtre qui donnait
sur le jardin était ouverte. Une tente abritait les
marches du perron sur lesquelles jouaient les
enfants. La petite Marguerite était dans les bras
de sa nourrice. Jean montait et descendait acti-
vement : il allait cueillir des fleurs qu'il apportait à sa mère. Il grimpait auprès d'elle et la
couvrait de ses bouquets.

La jeune femme était vêtue d'un peignoir de
mousseline de l'Inde, rattaché par des nœuds de
rubans de taffetas bleu de ciel, une petite pointe
d'Angleterre était négligemment jetée sur ses
beaux cheveux blonds. Jean, sans la moindre
crainte de chiffonner sa mère, trépignait sur sa
robe, et sans souci de sa coiffure, piquait des
roses dans ses cheveux.

Le comte, qui paraissait lire le journal, suivait cette scène avec intérêt.

L'amour de ses enfants passe avant l'amour
d'elle-même, pensait-il, il y a sous cette délicate
enveloppe une force de caractère et une persistance de volonté pour le bien qui est chose rare.
Il y a un attachement à ses devoirs remarquable
dans une si jeune femme. Elle dirigera ses
enfants avec une tendresse intelligente. Elle en-
tend sérieusement la religion et s'en sert bien.
Elle est religieuse pour elle et non pour les au-

tres. — Et une foule de pensées passèrent, en une seconde, dans l'esprit du comte qui arriva à se dire : comme j'aurais pu l'aimer, si.....

Par une suite de la perversion de son sens moral, le comte s'imaginait que ne pas aimer sa femme, c'était être fidèle à Laura. Il ne sentait pas que, malgré sa volonté de se borner aux sentiments d'estime et de respect, les qualités de Valentine la faisaient, malgré lui, entrer dans son cœur.

Des visites arrivèrent, c'était le jour où Valentine recevait ses intimes. Le comte, qui s'était oublié, fut retenu malgré lui.

Plusieurs femmes de sa famille se trouvèrent réunies. Il remarqua le vif intérêt, les paroles affectueuses qu'à l'envi elles prodiguaient à la comtesse et la considération qui accompagnait leurs témoignages d'amitié. Son orgueil en fut flatté. Sa femme avait su prendre la place qu'elle devait occuper et la tenait à merveille.

M. d'Elcairet allait se retirer, quand on annonça Mme d'Espilles, une de ses cousines, dont l'étourderie et la vivacité d'esprit l'amusaient beaucoup.

— Vous allier sortir, mon aimable cousin, lui dit-elle après avoir tendu la main à Valentine, et c'est pour moi que vous restez? En vérité, je dois en être très flattée et je le suis.

Voyons, que dit-on? Quelles nouvelles? Vous
savez tout. C'est votre club qui alimente tout
Paris. A propos, y êtes-vous allé hier au
soir?

— Certainement.

— Ah! certainement non, mon beau cousin;
je vous y prends. Valentine, croyez-moi, il n'y
a pas paru de toute la soirée. M. d'Espilles, qui
n'a point quitté le whist, ne l'a pas vu.

— Il s'est trompé, reprit le comte avec calme;
je l'engagerai, ma belle cousine, à vous mieux
renseigner.

— Eh bien! si vous y étiez, quelle était la
grande nouvelle, la nouvelle à sensation?

— Est-ce la dernière?

— Quelle finesse! quelle manière de vous la
faire dire, — et elle baissa la voix : le prince
Fabiani a été forcé de quitter Paris. Il s'agit de
cartes, de jetons, d'une affaire de jeu, enfin.

— Ah!

— Comment, cela ne vous fait rien?

— Absolument rien.

— Je croyais que... je croyais que vous le
détestiez.

— Il ne mérite pas tant.

Le comte allait dire : je le méprise; mais il se
retint. Il lui sembla que Valentine écoutait. Elle
ne savait rien du passé, il ne voulait pas qu'il en

fût question devant elle. Il se leva, tendit la main à sa cousine.

— Encore un mot. Dites-moi, je vous prie, mon aimable cousin, — la jeune femme avait un air malicieux, — ce que vous alliez faire hier à cinq heures aux environs du Luxembourg ?

— Et vous-même, ma belle cousine, qu'alliez-vous faire dans ce quartier perdu ?

— C'est mon secret, et je le garde, dit gaiement Mme d'Espilles.

— Et moi aussi, je garde le mien, répliqua Georges en riant, quoiqu'il fût, au fond, très contrarié.

— Georges, je meurs d'envie de posséder ce secret. Je voue en prie, livrez-le moi.

— Oh ! s'il s'agit de votre vie, mon incomparable cousine, elle m'est bien trop précieuse pour que je risque de la mettre en danger... J'allais tout simplement à la pépinière du Luxembourg, où j'ai des protections. Je fais planter une nouvelle avenue à Elcairet.

— Où donc ? demanda négligemment la comtesse, qui, tout en paraissant fort occupée de la femme avec qui elle causait, n'avait pas perdu une parole de cette conversation.

— Au bout du mail, ma chère, là où vous trouviez qu'il manquait des arbres, reprit le comte d'un air empressé.

Valentine sourit, mais ce sourire pouvait dire bien des choses.

Les visiteuses le prirent pour un sourire de satisfaction.

Elle doit demeurer aux environs du Luxembourg, pensa la jeune femme, et son cœur se gonfla à l'étouffer.

M. d'Elcairet, tout en s'en allant chez Mlle d'Astri, réfléchissait à ce qui venait de se passer. Il frémissait en songeant aux conséquences qu'une indiscrétion pourrait avoir. Valentine, qu'il avait vue très pâle toute la matinée, était très rouge quand il avait quitté le salon. Aurait-elle attaché de l'importance au babillage de cette étourdie qu'il maudissait sincèrement.

Georges était encore tout ému en arrivant chez Laura. Il éprouvait la même impression que s'il venait de courir un danger. Son trouble, sa préoccupation n'échappèrent point à Mlle d'Astri. Elle l'interrogea avec une tendre sollicitude, elle fit tous ses efforts pour dissiper le nuage qui assombrissait à la fois le visage et l'humeur du comte. Elle-même était inquiète. Depuis deux jours Renée était un peu languissante. Elle ne courait plus. Elle ne jouait plus. Georges s'en alarma aussi.

Ce ne fut qu'au moment de quitter Laura qu'il se rappela ce que Mme d'Espilles lui avait appris sur le prince. Mlle d'Astri l'écouta attentivement.

— Moi aussi, lui dit-elle, j'aurai une révélation à vous faire sur lui. Le moment est venu. Mais je la remets à notre premier revoir ; vous et moi, aujourd'hui, sommes trop tristement préoccupés.

En effet, le comte, en lui disant adieu, paraissait encore plus sombre qu'à son arrivée. Il était dans un de ces jours où l'on a presque peur de vivre. Il semble que tout doit tourner à mal. On est accablé et dominé par les plus lugubres pressentiments.

La comparaison de l'intérieur de la comtesse avec celui de Laura l'avait poursuivi pendant toute sa visite. Il avait laissé sa femme entourée, recherchée, considérée ; tout chez elle était luxe et élégance. L'abandon, la solitude où il trouvait Mlle d'Astri, solitude et abandon auxquels la position qu'il lui avait faite la condamnait désormais, lui déchiraient le cœur. Puis, malgré cette élégance de bon goût qui entourait Laura, quelle tristesse ! Il était le seul être vivant dont la présence vînt égayer cette demeure. Et elle ne se plaignait pas ! Et elle était heureuse !

Et qu'avait-il fait pour reconnaître cette tendresse absolue ?

Il ne voulut pas rapporter chez lui une humeur aussi chagrine, et, avant de rentrer, il alla faire une visite à la duchesse qu'il n'avait pas vue depuis un assez long temps. Il la négligeait et se le reprochait.

En entrant dans l'hôtel, il fut frappé de l'air de tristesse qui, pour lui, à chaque visite, se marquait davantage.

Ce n'était plus ce mouvement, ce bruit, cette agitation qui donnaient, jadis, à la demeure de Mme de Miranda l'apparence d'être perpétuellement en fête.

Les voitures ne roulaient plus dans la cour d'honneur, dont le sable, soigneusement ratissé, était vierge d'empreintes.

Dans le vestibule, plus de laquais attendant leurs maîtres. L'huissier de service, enfoui dans son fauteuil, y reposait paisiblement. Le registre où il inscrivait le nom des visiteurs était fermé. La plume ne servait plus. L'encrier était sec. Au bruit des pas de Georges, deux valets de pied en grande tenue se levèrent de la banquette où ils étaient endormis.

L'un d'eux, après avoir fait traverser au comte l'enfilade de ces salons autrefois si animés, si brillants, maintenant si mornes, si sombres, l'introduisit dans le boudoir de la duchesse.

Le comte y entra sous la plus pénible des impressions.

La duchesse lui tendit la main et lui dit quel-

9.

ques paroles aimables, mais l'expression froide
et glacée de son visage n'y répondait pas.

Mme de Miranda avait quarante ans passés.
Elle était encore belle, quoiqu'elle eût beaucoup
vieilli. Ses traits gardaient leur pureté de lignes,
mais ils avaient pris une inflexible rigidité. Ses
yeux ne souriaient plus, son regard était dur.
Ses lèvres avaient pâli, elles s'étaient amincies,
un pli amer marquait le coin de sa bouche. Son
teint était jauni, c'était encore du marbre, mais
du marbre sur lequel un siècle aurait passé. Sa
taille s'était épaissie, sans que pour cela la duchesse eût pris de l'embonpoint. Il y avait dans
toute sa personne une raideur qui lui donnait
l'apparence d'une statue.

Elle écouta Georges lui parler de tout sans
prendre d'intérêt à rien. Elle l'interrogea sur
sa femme, sur ses enfants, mais elle écoutait ses
réponses avec une parfaite indifférence.

Georges l'examinait tout en causant. Elle ne
lui faisait plus l'effet de la duchesse de Miranda
qu'il avait connue autrefois, mais d'une automate
faite d'après elle.

Jamais le caractère véritable de la duchesse
ne s'était révélé à lui comme en ce moment.
Ses vêtements noirs, forts riches, avaient une
prétention à la sévérité. Une mantille de den-
telle noir l'enveloppait et encadrait son visage,

dont la beauté mortuaire donnait le frisson au comte. C'est en vain qu'elle prend le costume d'une dévote, pensait-il, jamais la dévotion ne lui viendra. Il n'y a rien dans cette âme. C'est ce vide qui l'a toujours rendue impuissante à sentir et à aimer.

En effet, la duchesse avait essayé de tout pour dissiper l'ennui et le dégoût qui s'étaient emparés d'elle, à mesure que les années arrivaient. D'abord elle avait eu un salon littéraire, puis un salon politique, puis on avait joué chez elle, puis elle avait fini par jouer à la bourse. Tout cela n'avait pu lui ôter l'ennui qui la rongeait.

Du jour où elle s'était aperçue, car elle était trop positive pour ne pas voir la vérité, que sa beauté pâlissait ; du jour où elle avait entendu dire : la duchesse est encore admirable, elle est étonnante pour son âge, elle avait été atteinte dans ce qu'elle avait de plus précieux et de plus cher. Elle n'avait pas lutté, elle était trop fière, mais peu à peu elle avait éloigné de chez elle les jeunes femmes, afin d'éviter la comparaison, et elle avait encore régné quelques années. Mais il avait fallu se soumettre à l'arrêt du temps, et cet arrêt, en la frappant dans son unique amour, sa beauté, l'avait frappée aux sources même de sa vie.

Elle dit à Georges qu'elle était très malade. Il la crut et la quitta rempli de pitié, mais sans qu'aucun sentiment se réveillât en lui.

Cette femme, riche à millions, qui périssait d'ennui sans se souvenir qu'il lui restait la suprême consolation de faire le bien, lui inspirait une sorte de dégoût. Quelle différence avec Valentine qui était la providence du village d'Elcairet : il n'y avait plus de malheureux depuis le jour où elle était devenue sa femme.

Comme son idole d'autrefois était descendue des nuages où elle planait, comme elle lui semblait, cette duchesse qu'il avait tant admirée, aujourd'hui peu digne de cette admiration. De tout ce passé si brillant, elle n'avait rien à elle, il ne lui restait rien que l'argent, et elle y était devenue insensible. Quelle leçon? Un frisson lui passa.

Ainsi finit toute comédie humaine, se dit Georges, et, faisant un brusque retour sur lui-même, il ne put s'empêcher de se demander si celle qu'il jouait ne se dénouerait point par un drame.

La visite du comte avait laissée à Mlle d'Astri un profond sentiment de tristesse : que peut-il avoir, se disait-elle ? Il me témoigne autant d'affection, il aime plus que jamais Renée, mais cette affection a parfois une vivacité fébrile qui touche presque à la douleur, je l'ai souvent remarqué avec inquiétude ; puis, il y a dans sa manière d'être une contrainte qui devient pour moi de plus en plus évidente. Il semble ne pouvoir plus maintenant disposer de lui-même. Il a toujours une raison qui l'empêche de venir à l'heure où je désirerais le voir. Il regarde souvent la pendule comme si, à un moment fixé, il était obligé de me quitter.

Autrefois ce n'était pas ainsi. Je le crois plus que jamais lancé dans les affaires. Là peut-être se trouve la cause de ses préoccupations. Aurait-il des embarras d'argent ? Et elle soupira en pensant que la mauvaise fortune serait bien amère à Georges...

Mais si par hasard ce n'étaient pas ses affaires qui le rendaient aussi soucieux, aussi peu libre de disposer de lui-même, qu'est-ce que cela pourrait être ?

Quand elle parlait de l'avenir, il lui répondait toujours avec la même tendresse, mais il lui semblait qu'elle le faisait souffrir. En pensant à toutes ces choses, son cœur se brisa... Et sa fille... sa fille chérie...

Santelle entra dans ce moment, et lui dit que Renée, qu'elle venait de mettre au lit, avait une forte fièvre. Laura courut auprès de sa fille. La pauvre mère passa alors des douleurs qu'elle ne faisait que pressentir à une douleur trop réelle.

Le lendemain soir, Georges et sa femme allaient aux Français. La voiture était déjà avancée, la comtesse descendait les premières marches du perron, lorsqu'un commissionnaire, que le concierge s'efforçait en vain de retenir, se précipita vers le comte et lui remit un billet. M. d'Elcairet, à la vue de cet homme, se sentit involontairement troublé ; mais il se domina.

— C'est bien ; allez, dit-il en prenant la lettre.

Son ton était bref et presque dur.

Il décacheta le billet, y jeta un rapide coup d'œil, et le mit précipitamment dans sa poche. Son visage avait pâli. Pourtant, sans faire attendre la comtesse qui était déjà montée en voiture, il la rejoignit.

Valentine n'avait rien perdu de cette scène, et l'émotion de son mari avait éveillé sa curiosité. Elle s'attendait à ce qu'il lui dît ce qui la préoccupait, mais il ne le fit pas. Ils échangèrent à peine quelques paroles sans suite, puis le silence s'établit.

La jeune femme était intérieurement fort agitée, car elle rapportait tout à ses soupçons, mais elle prit sur elle de conserver un air aussi calme que si elle n'eût rien remarqué. Georges, d'ailleurs, ne lui accordait aucune attention ; il regardait obstinément dans la rue.

Le jour finissait. Ils approchaient du théâtre.
Le comte, en tirant son portefeuille pour prendre
le coupon de la loge, fit tomber le billet qu'il
venait de recevoir. Le cœur de Mme d'Elcairet
battit à se rompre ; elle se prit à souhaiter ardemment ce billet, quelque chose lui disait que
là était le mystère qu'elle voulait pénétrer.

Elle désirait tant avoir cette lettre, que la
crainte que son mari ne s'aperçût qu'il l'avait
laissée tomber lui donna toute la présence d'esprit dont elle avait besoin pour réussir à s'en
emparer. Elle indiqua au comte la première
chose qui se présenta à ses yeux, et pendant qu'il
regardait par la portière, elle mit le pied sur le
papier, l'attira doucement sous sa robe, le poussa dans un coin, et avec la pointe de son pied le
fit entrer sous le tapis de la voiture.

Ils arrivaient au théâtre.

Le comte descendit ; elle descendit à son tour,
mais avec quelle précaution ! Elle ramassa soigneusement ses jupes, elles posa à peine les
pieds sur le tapis, de peur de déplacer la lettre
et de l'entraîner à sa suite. Une fois descendue,
un rapide coup d'œil suffit pour la rassurer. Le
papier était resté là où elle l'avait fait entrer.

Pendant toute la représentation, elle ne regarda et n'entendit rien de ce qui se passait sur
la scène. A peine s'aperçut-elle de l'absence de

Georges qui ne reparut qu'au dernier entr'acte.

— Est-ce que vous êtes malade, comte? lui demanda sa belle-mère, qui ayant, elle, toute sa liberté d'esprit, trouva un air si défait à son gendre, qu'elle en fut inquiète.

— Oui, madame, lui répondit-il ; j'ai un violent mal de tête.

Alors, seulement, Valentine s'informa de son mari. Mais son intérêt n'était que dans ses paroles : le billet l'absorbait tout entière. L'ardent désir de savoir la rendait indifférente au reste.

Jamais spectacle ne lui avait paru aussi insupportablement long. Combien elle fut soulagée quand elle entendit sa mère qui engageait le comte à rentrer. Valentine s'empressa de joindre ses instances aux siennes. A peine Georges eût-il consenti à se retirer, qu'elle se leva, prit le bras de son père, et l'entraîna avec une rapidité si en dehors des habitudes de M. Schulzberg, d'ordinaire assez majestueuses, qu'il l'en plaisanta. Mais, arrivée dans le vestibule du théâtre, la comtesse dut attendre sa mère. Alors elle commença à s'inquiéter, à se demander de quel côté il fallait qu'elle montât en voiture pour avoir auprès d'elle le billet. C'était à gauche. Et si par malheur le cocher avait tourné la tête de ses chevaux de manière à ce qu'elle se trouvât à droite ! Et si le valet de pied, par fatalité, avait aperçu le billet et l'avait ramassé !

Enfin, elle dit bonsoir à sa mère. Elle s'assit du côté gauche, et la voiture roula.

Elle regarda Georges. Il était tout à son mal ou à ses réflexions. Elle en profita, laissa tomber son mouchoir, se baissa vite pour le ramasser, y enveloppa prestement le papier, puis le fit glisser dans sa poche.

Alors elle respira comme elle ne l'avait pas fait depuis des heures.

— Vous souffrez toujours autant ? dit-elle à son mari qui continuait à être silencieux.

— Oui, toujours ; je vous remercie, répliquat-il laconiquement, et il retomba dans son mutisme.

Chaque soir, quelque fût l'heure, le comte et la comtesse entraient dans la chambre de leurs enfants, avant de se coucher.

M. d'Elcairet regarda avec tristesse sa jolie petite fille.

— Prenez bien garde qu'elle ne prenne froid, nourrice, dit-il, la saison est si mauvaise ; et, au risque d'éveiller l'enfant, il l'embrassa, ce qu'il ne faisait pas d'habitude.

Valentine, rentrée dans son appartement, profita d'un moment où sa femme de chambre était occupée à ranger, pour introduire le billet dans son coffre à bijoux. Elle voulut ensuite hâter son déshabiller, mais il lui fallut endurer avec patience l'excès d'ordre de Mlle Clotilde, qui était une personne fort méthodique.

Quitte enfin de ce supplice, la comtesse alla sur la pointe du pied mette le verrou à sa porte, et revint s'asseoir auprès du feu. Elle attira à elle la table, approcha la bougie, et certaine d'ê-tre seule, certaine de ne pas être interrompue, elle étendit la main vers le coffret pour prendre le billet. Mais sa main retomba sur la table.

Valentine avait peur.

Mon Dieu ! s'il en aimait une autre ! se dit-elle avec avec engoisse.

Alors, elle ferma le coffret à clef, et prit la ré-solution de ne pas ouvrir cette lettre qui allait, en lui ôtant le doute, lui donner peut-être la cer-titude de son malheur.

Elle se leva et commença à se préparer pour se mettre au lit ; puis l'idée lui vint que mieux valait brûler ce billet que de le conserver. Si, par un hasard impossible à prévoir son mari le trouvait, il ne voudrait jamais croire qu'elle ne l'avait pas lu. Elle ouvrit de nouveau le coffret, y prit la lettre, la chiffonna pour la jeter au feu. Soudain le souvenir de ce qu'elle avait souffert depuis quelque temps lui revint à l'esprit : Tout vaut mieux que cette incertitude, se dit-elle alors, et, par un mouvement si rapide qu'il fut presque machinal, elle déplia le papier, l'approcha de la bougie, et lut : « Venez vite, Renée se meurt. »

C'est elle qu'il est allé voir ce soir, se dit la malheureuse Valentine, et le déchirement de son cœur lui fit sentir combien elle aimait Georges.

C'était cette Renée qui, sans doute, la séparait de son mari ! Depuis quand la connaissait-il ? Où avait-il pu la connaître ? Où demeurait-elle ? Elle voulait le savoir. Elle le saurait. Elle ferait tout au monde pour y arriver, et quand elle la connaîtrait, alors... oh ! alors... alors, comme à présent, elle pleurerait, elle souffrirait, et voilà tout. Irait-elle se plaindre de son mari ? jamais. Irait-elle l'épier ? jamais. Descendrait-elle jusqu'à s'occuper de cette femme ? jamais. Et pourtant elle conservait la volonté bien arrêtée de connaître toute l'étendue de son malheur. Mais elle n'aurait pas même cette consolation, si ce pouvait en être une ; elle partait le lendemain pour Elcairet, où elle allait passer l'été. Il lui faudrait donc attendre six mois, et demeurer tout ce temps livrée à l'inquiétude ? Il lui faudrait donc les laisser... tandis qu'elle souffrirait.

Valentine regretta alors amèrement d'avoir satisfait sa curiosité. Puis elle reprit le billet ; elle le relut ; elle l'examina soigneusement. Il était écrit d'une main tremblante. Il n'était point signé.

Elle passa le reste de la nuit à se désespérer. Quand le jour parut, elle se mit au lit afin qu'on ne pût s'apercevoir qu'elle avait veillé ; mais il lui fut impossible de s'endormir.

Le billet était de Mlle d'Astri qui, en toute hâte, avait envoyé chercher le comte. Renée se mourait. Le mal de gorge dont l'enfant se plaignait depuis quelques jours était tout à coup devenu d'une gravité extrême. Le comte l'avait vue le matin même, et rien encore, dans l'état de sa fille, ne pouvait faire présager qu'elle courût le moindre danger.

Georges ayant recommandé à Laura de n'envoyer à son hôtel que dans un cas extrême, c'était la première fois qu'elle le faisait demander. Bouleversé par cette funeste nouvelle, et par la manière dont elle lui était arrivée, il s'échappa du spectacle dès qu'il put le faire.

Il trouva Renée très mal, et le médecin ne lui cacha point la gravité du mal.

Ce fut avec ce désespoir dans l'âme qu'il vint retrouver sa femme au spectacle.

Malgré sa veille prolongée, Valentine se leva à son heure ordinaire. Elle ne se ressentait plus des agitations de la nuit ; elle était calme et résolue. Son caractère ferme et arrêté lui avait

promptement fait prendre une décision. J'irai
trouver mon mari, s'était-elle dit; je lui avoue-
rai que j'ai lu le billet et je le prierai de me dire
la vérité. Cette vérité sera ce qu'elle sera. Je
suis prête à tout entendre. Rien ne peut me rendre plus malheureuse que je le suis.

Elle se disposait à passer dans l'appartement
du comte, quand sa femme de chambre l'avertit
que M. d'Elcairet était sorti de grand matin.

Il est encore allé la voir, pensa la jeune
femme. Il y passe sa vie. Eh bien, je ne parlerai
de rien. J'attendrai, j'observerai. Son émotion
était bien voisine de la colère.

Ce fut en vain que Georges voulut, au déjeuner, affecter sa liberté d'esprit ordinaire. En dépit de lui, sa conversation trahissait l'effort qu'il
s'imposait. Ses idées n'avaient pas de suite. Il
passait d'une chose à une autre, sans attendre la
réponse de la question qu'il adressait à sa
femme. Elle en eut pitié, quoiqu'elle fût fort irritée, et ne prolongea pas la conversation,
comme ils le faisaient d'ordinaire, après le repas. Elle fit emporter les enfants, qui en étaient
le prétexte, en parlant de vêtements à essayer.

L'heure de la promenade étant venue, le
comte tint à y accompagner Valentine. Elle n'a-
vait pas été assez habile pour cacher à Georges
qu'elle l'observait. Malgré sa préoccupation, il

s'en était aperçu. La pensée lui vint alors que le
billet remis devant sa femme, la veille au soir,
pourrait bien y être pour quelque chose, et
tous ses soins tendirent à effacer cette impression, dans le cas où elle existerait.

Cependant, comme il ne s'était point aperçu
de la perte du billet de Laura, il finit par se rassurer en se rappelant que le commissionnaire
qui en était porteur n'avait parlé à aucun de ses
gens, insistant seulement pour le remettre à
lui-même.

Mais si le comte parvenait à calmer le trouble
de son esprit, il ne pouvait apaiser la souffrance
de son cœur. La nécessité de sauvegarder le
repos de Valentine, la nécessité non moins impérieuse de ne pas compromettre vis-à-vis de
sa femme sa dignité de mari, lui donnaient la
force de cacher ses inquiétudes, mais la torture
morale qu'il éprouvait n'en était que plus violente. Il lui fallait rester éloigné de l'enfant qu'il
allait perdre ; il lui fallait abandonner à sa douleur la femme qu'il aimait plus que tout au
monde. Qu'est-ce que Laura va penser? se de-
mandait-il avec angoisse. Elle va me trouver
froid, indifférent ! Et si elle allait enfin se douter de la vérité?

Et il sentait que sa tête s'égarait.

Cependant, afin d'ôter toute méfiance à Valen-

tine, il prolongea la promenade et la conduisit ensuite chez Mme Schulzberg.

Puis, prenant vite une voiture de place, il se
fit mener auprès de sa fille ; mais, l'heure du
diner venue, il lui fallut s'en aller.

Laura ne fit rien pour le retenir. Elle parut indifférente à son départ. Sa douleur avait quelque chose de contenu, de glacé, qui fit mal au
comte. Elle se multiplait autour de son enfant ;
elle avait des raffinements de tendresse, mais
pour lui elle ne trouvait pas une parole.

Georges sentit, avec désespoir, qu'elle devait
l'accuser et penser qu'il était indigne à lui, dans
un pareil moment, de ne pas laisser de côté toutes les affaires, toutes les invitations du monde,
de ne pas enfin tout sacrifier à sa fille.

Il voulut s'excuser. Mlle d'Astri ne le lui permit pas.

— Je suis persuadée, Georges, lui dit-elle
froidement, que c'est en effet un bien impérieux
motif que celui qui vous oblige à vous éloigner
de votre fille.

Et elle ne lui accorda même pas un regard.

Quand le comte, de retour à son hôtel, vint se
mettre à table, il se trouvait le plus malheureux
des hommes. Tout lui était insupportable. Sa
douleur le rendait nerveux et irascible.

Il éprouvait une sorte de rage en voyant de-

vant lui Valentine calme et gaie. Elle allait le
soir au bal. Elle était déjà coiffée, et sa coiffure
lui allait à merveille. Il en prit de l'impatience
et lui trouva un air triomphant qui l'exaspéra. Il
fut d'un insupportable esprit de contradiction
pendant tout le dîner. Avec la plus exquise politesse il la contraria sur toutes choses et imagina mille moyens pour lui dire ce qui pouvait
la piquer davantage.

Plusieurs fois les larmes vinrent aux yeux de
Valentine; mais ce ne fut pas ce qui mit un
terme à l'accès d'humeur de Georges, ce fut
l'étrangeté des paroles qu'elle laissa échapper.

— En vérité, Georges, lui dit-elle à bout de
patience, je voudrais bien savoir d'où vous venez, et qui a pu vous donner cette humeur de
combat? En tout cas, vous ne me voyez pas en
beau! Est-ce que par hasard vous auriez été
vous promener au Luxembourg?

L'expression de sa bouche était railleuse, et
son regard demeurait impitoyablement attaché
sur son mari.

Mais le comte était sur ses gardes.

— Et qu'irai-je faire au Luxembourg? reprit-
il si naturellement que Valentine s'y laissa prendre. Mes arbres sont achetés, expédiés, et mes
plantations sont sans doute à moitié faites, car
M. Buller est à Elcairet depuis deux jours.

Valentine ne put cacher sa surprise.

— Je lui ai particulièrement recommandé les corbeilles d'héliotropes qui sont maintenant sous vos fenêtres. Vous aimez par-dessus tout ces fleurs, je le sais, ma chère Valentine, et lorsqu'au printemps je suis allé au château, j'ai commandé à Journau ce changement dans votre parterre.

— Que vous êtes aimable, Georges, dit vivement la comtesse, à qui cette attention faisait, pour un moment, oublier tout le reste.

— Je suis vraiment heureux de voir que je vous ai fait plaisir, car demain je serai privé de jouir de votre surprise qui m'eût été si agréable. Je ne pourrai vous accompagner à Elcairet. Je suis retenu ici pour quelques affaires, — ceci fut dit négligemment, — mais j'irai bientôt vous rejoindre.

Un nuage passa sur le front de Valentine ; Georges s'en aperçut.

— Il ne faut pas, ma chère, que j'oublie de vous dire, continua-t-il, afin qu'au besoin vous me remplaciez, que j'ai recommandé à M. Buller de faire vis-à-vis de l'appartement de votre mère une percée dans le parc, afin qu'elle ait la vue de ce coin de montagne qui, dit-elle, seule à Elcairet, manque à son bonheur.

Ils quittaient la table.

— Georges, que vous êtes bon, s'écria la

10

jeune femme, et elle pressa la main de son mari dans les siennes.

— Et votre Saint-Claude s'annonce-t-elle bien? continua le comte.

— Oh! oui, ce sera charmant; et elle lui raconta tous ses projets, et Georges eut le courage de partager la gaieté de Valentine.

Dans la soirée, le comte quitta le bal pour venir auprès de Renée. Vers minuit, la chère petite créature cessa de souffrir et retourna à Dieu.

Il n'y a pas de paroles pour exprimer la douleur de la jeune mère. Dans ce moment suprême, Georges fut cependant obligé de l'abandonner à son désespoir. Il lui fallut aller chercher sa femme au bal.

Dès qu'il eut ramené Valentine à l'hôtel, il voulut retourner près de Laura. Mais il lui fallut attendre que tout le monde fût couché. Que diraient ses gens s'ils s'apercevaient qu'il avait passé la nuit hors de chez lui?

Il défit son lit, il mit sa chambre en désordre, puis, quand toutes les lumières de l'hôtel furent éteintes, quand le silence fut bien rétabli, le comte, furtivement, comme un criminel, se glissa dans le jardin et, avec mille précautions, gagna une porte par laquelle il sortait souvent le matin.

X

Lorsqu'après la douloureuse cérémonie, Georges revint près de Laura, il la trouva d'une tranquillité qui faisait peur. Ses yeux étaient secs, son regard était fixe ; elle ne paraissait pas avoir conscience de ce qui se passait autour d'elle. Il la prit dans ses bras, il lui parla, il la serra contre son cœur et chercha à la ranimer.

Elle le repoussa.

— Dieu me l'avait donnée, Dieu me l'a ôtée, dit-elle, avec une navrante résignation, qu'il soit mille fois béni pour l'avoir enlevée à une existence de douleurs !

Ses mains se raidirent convulsivement.

— Qu'est-ce que la vie pour une pauvre enfant qui n'a pas de père... pas de famille ?...

— Pas de père... s'écria Georges avec un effroi involontaire.

— Pas de père... reprit la jeune femme. N'ê-vous pas marié ?

Georges, frappé d'épouvante, se leva, regarda autour de lui avec égarement, s'élança vers la porte, puis revint se jeter aux pieds de Laura. Il sanglotait. Il voulait parler, il ne pouvait pas.

Son désespoir était effrayant.

Mlle d'Astri le regardait froidement. Cette douleur ne la touchait pas. Elle y resta longtemps insensible.

Elle finit pourtant par en avoir compassion, car elle l'aimait toujours.

— Pour moi, lui dit-elle lentement, et d'une voix brisée, je vous pardonne... Je ne m'étais pas vendue à vous... je m'étais donnée... Pour elle... pour ma chère enfant... jamais je n'aurais pu vous pardonner... ajouta-t-elle avec énergie. Vous étiez libre de briser mon existence... Mais briser la sienne !... la sienne... et après tant de promesses, faites avec toute votre volonté, toute votre liberté... Mais c'était un crime... le plus affreux des crimes... Ce crime, les hommes cependant vous l'eussent peut-être pardonné... mais il fût resté justiciable du tribunal de Dieu, si vous n'aviez maintenant un ange près de lui qui lui demande grâce pour vous.

Georges demeurait accablé. Le remords le brisait.

Il sentait que ce n'était point parce qu'il avait

perdu sa vie, à elle, que cette Laura, qui s'était donnée à lui avec tant de confiance et d'amour, ne pourrait jamais lui pardonner, mais parce qu'il avait été parjure envers son enfant. Il sentait que, le voulût-elle, jamais il ne lui serait possible d'oublier. Il sentait qu'elle avait l'âme trop élevée et qu'elle avait trop de fermeté pour ne pas rompre les liens qui l'attachaient à lui, et il sentait qu'il ne supporterait jamais cette séparation.

Dans ce moment suprême, son égoïsme l'emportait encore sur sa douleur. Lui, et toujours lui.

Pour diminuer sa faute, il lui avoua alors ce qu'il s'imaginait être la vérité. Il lui dit que ce fatal mariage avait été, de sa part, un sacrifice, et dans son désespoir il se mit à le maudire.

— Ne maudissez pas votre mariage, interrompit-elle sévèrement, car ce serait maudire votre femme. Elle est innocente : vous et moi sommes les seuls coupables. Vous, parce que vous avez douté de moi... douté de moi... qui vous aimais tant... Et qui vous en avait donné le droit? dit-elle avec dignité, qui avait pu vous faire croire que la pauvreté m'aurait effrayée? Mais la pauvreté avec vous, Georges, la pauvreté, si j'avais été votre femme, je l'aurais appelée du bonheur... Combien cette nécessité de me tromper a

10.

dû vous faire souffrir, combien elle a dû répugner à votre nature !... Combien je vous plains, mais combien je m'accuse, car c'est moi la vraie coupable. J'aurais dû vous prouver que je vous aimais en vous résistant.

Elle se couvrit le visage de ses mains. Elle n'avait plus la force de parler. Laura s'accusait en elle-même, elle y prenait une cruelle satisfaction. Elle cherchait ainsi à atténuer les torts de Georges. Elle l'avait placé si haut qu'elle ne pouvait consentir à le laisser descendre.

— J'ai péché, reprit-elle avec douceur, et Dieu me punit suivant l'étendue de ma faute, puisque le châtiment m'est infligé par votre main.

Georges, ajouta-t-elle encore, si vous aviez eu assez de confiance en moi, pour me parler de de votre sacrifice, j'en aurais pris ma part. Je ne vous aurais plus rien demandé pour elle... Je serais partie avec mon enfant chérie, et toutes les deux nous vous aurions prouvé notre tendresse, en vous empêchant de vous parjurer et de tromper celle que, devant Dieu, vous alliez prendre pour femme.

M. d'Elcairet, en face de tant de générosité, se trouvait si misérable, si coupable qu'il demeurait anéanti. Il avait cru connaître Mlle d'Astri, mais ce n'était que le moment présent qui lui

faisait réellement mesurer la noblesse et l'élévation de ce cœur que son égoïsme avait si impitoyablement broyé.

Ils restèrent longtemps sans parler. Ce fut
Laura qui rompit le silence. Elle rappela l'heure
à Georges. Il osait maintenant lui dire la vérité :
il avait un dîner d'adieu chez sa belle-mère.

Dans l'état de cœur et d'esprit où il était, quel
supplice ! Comme le rôle qu'il s'était lui-même
imposé le faisait maintenant souffrir ! Et quelle
jnste punition !

Mlle d'Astri, voyant que le courage de la quitter manquait à Georges, l'y engagea doucement.

Lui persistait dans son immobilité. Il écoutait
cette voix qui tant de fois avait ému son âme ; il
l'écoutait comme s'il devait bientôt ne plus l'entendre.

— Allons, ajouta-t-elle, partez, Georges, ne
risquez pas d'augmenter ses soupçons et de
compromettre son bonheur à elle.

Son bonheur à elle ? se répéta plusieurs fois la
pauvre femme quand elle fut seule. Tout à coup
ce mot : à elle ! la brûla, comme si un fer rouge
lui eût traversé le cœur. Elle... elle... il ne l'aimait pas, et pourtant elle est sa femme... Et
moi, à qui il avait donné tout son amour, il a
fait de moi... la plus malheureuse et la dernière
des...

A cette pensée, l'angoisse de Laura devint si violente, si aiguë, qu'elle tomba dans un état de prostration complète.

Lentement, bien lentement, la vie lui revint, et avec la vie les tortures de son amère douleur. C'était maintenant qu'elle était seule au monde, vraiment seule et sans espoir. Son enfant adorée, morte !... L'homme qu'elle aimait, mort !... Pour elle... plus rien !... Cette passion, qui avait fait la joie de sa vie, en faisait maintenant le désespoir et la honte.

En pensant à ce qu'elle était devenue, la rougeur lui monta au visage. Il ne lui restait qu'un parti à prendre : fuir... et dérober à Georges la retraite où elle irait se cacher. Il fallait que, sans souci de son propre cœur, elle s'arrachât à lui. Il fallait le rendre à sa femme, à ses devoirs. Là, seulement, était pour lui le vrai bonheur... Quant au sien... à elle... il lui fallait sans pitié le fouler aux pieds. Car elle l'aimait encore, et elle sentait qu'elle l'aimerait toujours.

En vain elle l'accusait, en vain elle se rappelait les maux qu'il avait attirés sur elle, son amour était le plus fort et demandait grâce pour le coupable. Alors elle s'indignait contre sa propre faiblesse ; elle se reprochait sa lâcheté ; elle se disait des vérités qui la faisaient frémir ; elle voyait où sa sincérité, où son dévouement l'a-

vaient conduite. Elle ne cherchait plus à se faire
illusion, il l'avait trompée comme si jamais elle
n'avait été pour lui qu'une liaison passagère, **un
simple caprice.**

L'image de la femme de Georges passait et
repassait devant ses yeux. Elle ne l'avait jamais
vue, mais elle se la figurait charmante, adorée
des siens, et peut-être plus aimée de Georges
qu'il ne se l'avouait à lui-même. Elle songeait,
avec effroi, à l'opprobre qui se fût attaché à son
nom, à elle, si la comtesse avait découvert la
passion de son mari. Comme on l'eût accusée,
méprisée ; comme on lui eût reproché d'avoir
compromis, détruit le bonheur du jeune ménage.
Et cependant, elle était bien innocente ; c'était
elle qui avait été trompée !... Et pas une voix
ne se fût élevée pour la défendre !... Et c'était
Georges qui lui avait infligé une pareille igno-
minie ! Il avait trouvé le courage de manquer à
ses serments, mais il n'avait pas trouvé la force
de lui dire la vérité. Il l'avait condamnée à un
rôle méprisable, odieux, qui la révoltait.

Et son cœur se gonflait, et elle ne pouvait pas
pleurer.

Peu à peu Laura passa à d'autres idées. Sa
douleur fit silence. Son âme flottait dans le vague,
le passé, le présent s'y confondaient. Elle se
remit à penser à la comtesse. Elle se représenta

l'intérieur de Georges, la considération qui devait entourer sa femme, l'existence heureuse qu'elle devait mener avec lui... Ce n'était cependant ni sa richesse, ni sa vie brillante qu'elle enviait, c'était le bonheur, la gloire de vivre auprès de lui. Ce bonheur, elle l'avait longtemps considéré comme devant être le sien. Cette espérance seule l'avait soutenue... Maintenant, tout était fini.

Avait-elle des enfants, cette femme ? C'était la première fois que cette pensée venait à Laura. Alors une effroyable jalousie s'empara d'elle. Les aimait-il, ces enfants ? les aimait-il autant qu'il avait aimé...

Elle sentit un si terrible mouvement de haine contre cette femme, qu'elle l'eût tuée...

Puis elle eut honte...

Mais cette femme qu'elle enviait, était-elle heureuse ? Non, si elle aimait son mari ; car elle devait sentir qu'il ne l'aimait pas, et alors... « Ah ! » dit-elle en se parlant à elle-même, « ce doit être affreux ! Jamais, jamais, volontairement je n'imposerai à une autre ce que j'ai souffert, ce que je souffre en ce moment. Il faut partir... partir tout de suite, et sans le revoir, car il m'ôterait mon courage. Son amour l'empêcherait de comprendre la honte qui s'attacherait à moi, si j'étais assez faible pour rester. »

Elle jeta un regard d'adieu sur ce qui l'entourait ; elle se leva et se traîna dans la chambre de
sa fille.

Là s'était écoulée la vie si courte du cher
petit être ; là tout était souvenir. Elle réunit tout
ce qui lui avait appartenu. Chaque objet, chaque
jouet était une relique qui lui rappelait les jours
de bonheur où elle avait près d'elle son enfant.
Comme elle était heureuse, alors ! Et pourtant,
bien souvent, elle s'était trouvée à plaindre ; à
plaindre ! quand elle avait auprès d'elle sa fille
bien-aimée ! quel blasphème ! Mais pour racheter un de ces jours, une de ces heures, tout le
bonheur qu'elle avait rêvé fût-il devant elle,
qu'elle y renoncerait.

Sa douleur l'étouffait, l'épuisait. Ses yeux secs
avaient le vertige, ses idées devenaient indé-
cises ; elle perdait jusqu'à la conscience de son
malheur.

Elle avait précieusement enveloppé la poupée
favorite de son enfant ; elle l'attira à elle, la prit,
lui écarta les cheveux du front, y passa les
mains, la coucha sur ses bras, la berça, lui parla
comme faisait sa fille, lui répéta tout ce qu'elle
lui disait... Elle souriait... elle avait tout oublié.

L'âme fut un instant absente de ce pauvre
corps.

Soudain le collier de corail que portait tou-

jours l'enfant frappa ses regards. « Renée, dit-
elle... Renée... » Elle écouta. La voix aimée ne
répondit pas à la sienne. Alors la mémoire lui
revint, elle pressa le collier contre ses lèvres :
Mademoiselle d'Elcairet !... mademoiselle d'Elcairet !... répéta-t-elle.

Et ce nom, cause de tous ses maux, fit enfin
couler ses larmes.

Elle pleura longtemps. Puis, ses lèvres s'agi-
tèrent : « Mon Dieu, n'est-ce pas qu'une pauvre
mère ne peut plus vivre, quand elle a perdu son
unique enfant ? »

Et elle pria...

Son courage lui était revenu. Sa résolution
était irrévocable. Elle allait partir. Elle sonna sa
femme de chambre et lui dit de préparer, immédiatement et en secret, tout ce qui lui était nécessaire pour un long voyage. Santelle, le dévouement même, obéit sans faire la moindre
question.

Laura, ayant réfléchi à la manière dont elle
préviendrait Georges de son départ, se décida à
lui écrire.

Elle avait la tête pesante, ses pensées s'y
pressaient en désordre, il lui semblait qu'elle
avait la fièvre. Elle avait si brusquement appris
que Georges était marié ! Et depuis lors, elle
avait été si horriblement frappée.

Le commissionnaire qui s'était chargé de porter la lettre au comte, avait rapporté la brève réponse qu'il en avait reçue.

— Comment, il ne vous a pas dit autre chose ? demanda Laura.

— Non, madame ; M. le comte paraissait très pressé ; il allait monter en voiture avec Mme la comtesse.

Et elle avait eu la force de rester parfaitement calme. Et, chose étrange, cette révélation l'avait surprise sans l'étonner. A l'instant même, le jour s'était fait dans son esprit. Une quantité de bizarreries, incompréhensibles pour elle jusque-là, s'étaient subitement expliquées. « Voilà pourquoi, tout en se montrant plus tendre, plus passionné que jamais, ses yeux si souvent s'arrêtaient sur la pendule ; voilà pourquoi, quand j'insistais pour qu'il prolongeât sa visite, il y avait en lui une sorte de lutte. Il n'était plus libre. »

Cette foudroyante révélation l'avait d'abord laissée presque insensible. Son cœur tout entier était rempli par son angoisse maternelle. Sa fille était tout, son amour n'était plus rien. Mais quand son premier malheur fut accompli, l'autre l'accabla encore plus cruellement.

Assise près de la table, le front appuyé sur la main, elle cherchait à rassembler ses idées :

11

c'était, pour elle, un douloureux effort. Elle aurait voulu pouvoir, en paix, s'abandonner aux chagrins qui la dévoraient, et cela lui était impossible.

Comment allait-elle s'y prendre pour annoncer sa détermination à Georges. Elle savait bien que, malgré ses torts, il lui était attaché, et toute sa crainte était de briser ce cœur qui avait si impitoyablement brisé le sien.

« Ce n'est point parce que je ne puis vous pardonner, Georges, lui écrivait-elle, que je pars, c'est parce que votre bonheur m'est plus cher que le mien, c'est parce que je serais une indigne si j'acceptais cet amour qui appartient à votre femme, c'est parce que, je dois vous... »

Ses larmes l'empêchèrent de continuer, ses sanglots la suffoquaient ; la plume s'échappa de ses mains, sa tête alourdie tomba sur la table. Elle ne sentait plus rien qu'une intolérable douleur aux tempes.

La nuit vint, et quand Santelle, inquiète de ne point entendre sa maîtresse sonner pour avoir de la lumière, entra dans la chambre, elle trouva Mlle d'Astri dans le même accablement, et elle la mit au lit sans qu'elle lui apportât la moindre résistance.

Pendant la soirée, le comte vint passer un instant. La malade avait une fièvre violente.

Pour se rassurer, il s'efforça d'attribuer la fièvre et l'accablement à un excès de fatigue et de chagrin ; mais il la quitta rempli d'inquiétude.

Le lendemain, dans la matinée, Georges, après avoir conduit sa femme et ses enfants au chemin de fer, revint en hâte à la petite maison. Il lui avait été impossible, avant le départ, de s'échapper de l'hôtel.

Le médecin avait reconnu que Laura était atteinte du même mal qui avait enlevé sa fille.

Lorsque le comte arriva, la gorge était déjà tellement prise, que Mlle d'Astri ne pouvait plus se faire entendre. Il eut la triste consolation d'être tout à elle et la soigna avec une tendresse pleine d'angoisse. Car, il ne se faisait pas d'illusion, il sentait qu'elle était perdue, et que chaque minute qui s'écoulait avançait la séparation éternelle.

Lui, qui ne savait plus prier, priait avec ferveur. Il suppliait Dieu de la lui laisser ou de permettre que le mal qui la tuait les emportât tous les deux. Mais, tout en priant, il sentait bien qu'il était indigne que Dieu l'écoutât. Sa propre conscience l'accablait. Il s'accusait de ses propres maux. « J'ai été au devant du malheur, je l'ai défié, je l'ai provoqué, il m'accable, c'est justice. » Mais quand il regardait ce beau visage, où la mort avait déjà mis son em-

preinte, quand il se disait : « Elle était mon
idole, et voilà ce que j'en ai fait. Je l'ai aimée
uniquement pour moi, pour mon bonheur, pour
mon plaisir ; mais elle, je l'ai torturée, trompée,
déshonorée, et enfin je l'ai tuée. » Le remords
lui étreignait alors le cœur avec une telle violence, et son désespoir était si visible, que c'é-
tait Laura qui cherchait à relever son courage.
Ne pouvant plus parler, elle écrivait. Il lisait, lui
serrait la main, mais sa douleur restait la même.

« Rendez-la heureuse, et vous remplirez mon
dernier désir, » fut la dernière pensée qu'elle exprima.

Mlle d'Astri sentait approcher la mort avec une
résignation voisine de la joie. Quand elle ouvrait
les yeux, son regard rayonnait. Ce regard torturait Georges. Combien il faut que je l'aie fait
souffrir, se disait-il avec déchirement, pour
qu'elle soit heureuse de me quitter.

Elle mourut en chrétienne. Et le pardon qui
remplissait son cœur, quand elle quitta la terre,
dut être la mesure de celui que lui accorda le
divin Juge.

Lorsque Georges eut réuni à l'enfant qu'il
avait chéri la femme qu'il avait le plus aimée,
il rentra dans la petite maison, afin, suivant la
volonté de Laura, de recueillir tout ce qui lui
avait appartenu.

En ouvrant le livre de prières dont elle se servait habituellement, il s'aperçut qu'elle l'avait marqué à ce verset : « En vous seul, éternel et souverain Dieu, je dormirai et je me reposerai. »

Ce passage lui arracha des larmes, car c'était lui qui avait détruit son repos.

Le comte fit graver ce verset sur la tombe de Mlle d'Astri.

Il demeura deux jours à Paris, livré à un désespoir qui touchait à la folie. Il se répétait sans cesse qu'un jour, par le seul effet de sa volonté, en se préférant à elle, son égoïsme avait signé l'arrêt de sa mort.

Il lui fallait cependant songer à partir.

Je suis riche, je suis puissant, je tiens dans mes mains beaucoup de destinées, se disait-il avec rage, et pourtant je ne suis pas libre de pleurer dans le recueillement.

Et il maudissait la puissance, la fortune ; il maudissait tout ce qu'il avait si chèrement acheté.

Son cœur débordait d'amertume.

XI

Le lendemain de son arrivée, après le déjeuner, la comtesse alla se promener au mail. Elle
voulait voir les nouvelles plantations. Elle fut
émue en regardant cette allée qui, en effet, répondait au désir exprimé par elle. Mais cette
allée avait-elle bien réellement été plantée pour
complaire à ce désir? Ce doute raviva tous les
autres, et ses pensées devinrent bien tristes.
Elle se mit à préparer en elle-même tout ce
qu'elle dirait à son mari, quand elle le rever-
rait, et qu'elle pourrait avoir avec lui l'explica-
tion que, de nouveau, elle se reprenait à souhaiter. Et elle se laissait aller à la dangereuse
tentation d'écouter tout ce que lui disait son
cœur blessé. Soudain sa raison éleva la voix et
lui donna un avis salutaire. Mais si vous essayez
de faire entendre une seule de ces choses à votre mari, lui cria-t-elle, il ne vous écoutera
même pas. Il vous arrêtera tout de suite : grâce,

ma chère, vous dira-t-il, vous savez que je hais
le sentiment à faux. Je vous aime sincèrement,
je vous honore, que voulez-vous de plus? Peut-
être même ne répondra-t-il pas à votre question,
et peut-être cette question établira-t-elle, entre
vous et lui, une froideur que rien ne pourra plus
effacer. Il vous en voudra si vous avez tort, il vous
en voudra, peut-être encore davantage, si vous
avez raison : et votre vie deviendra intolérable.

Tout cela est parfaitement juste, pensa la
jeune femme. Georges a un caractère si entier,
si absolu, qu'il ne me reste qu'à plier. Je ne
puis lutter contre cette inconnue que par ma
manière d'être, et non par mes paroles. Il me
faut avant tout être mère de famille : là est mon
bonheur, mon salut et le repos de mon ménage;
et il faut que je l'aime, lui, comme on aime un
ami : voilà tout.

Elle soupira ; c'était dur à vingt-trois ans.
Mais la comtesse était une femme de devoir, et
l'amour du devoir soutint son courage.

S'il ne m'aime pas avec passion, il a, au moins
réellement, pour moi, une sérieuse affection et
une grande estime. Et, inspirer ces deux sentiments à un homme tel que Georges, n'est-ce pas
déjà du bonheur? Celui-là, personne ne me l'en-
lèvera. Puis, je suis la mère de ses enfants, —
elle releva fièrement la tête, — de ses enfants

qu'il adore. Et ne m'a-t-il pas dit, il y a peu de
temps : Valentine, je veux que Jean vous obéisse;
je veux qu'un jour vous soyez pour lui, comme
vous êtes pour moi, la première et la plus res-
pectée des femmes.

Et il m'a donné d'excellents conseils pour l'é-
ducation de mon fils, que je gâte beaucoup trop,
c'est vrai. Je les suis, maintenant, ces conseils,
quoiqu'il m'en coûte, parfois, et Jean devient adorable. Il ressemble à son père, mais son cœur...
son cœur est plus... plus ouvert, pensa-t-elle
tout bas.

Puis elle se reporta à quelques années en
arrière : elle sourit en se rappelant que le mariage s'était offert à elle comme une satisfaction
à toutes ses vanités, à tous ses instincts de luxe
et de monde. Elle aimait, seule avec elle-même,
à revenir sur ce temps. Georges avait soufflé
là-dessus, et il n'en était rien resté.

Elle s'était trompée ; le mariage avec un mari
comme le sien était chose sérieuse, très sérieuse.
Et elle se trouvait heureuse qu'il en eût été ainsi. Que serait-elle devenue si, avec la déception,
le chagrin qu'elle rencontrait dans sa vie, elle
eût été lancée dans la voie qui d'abord l'attirait?

Tout en suivant le cours de ses idées, elle se
dirigeait vers le château. En passant devant les
corbeilles d'héliotropes, elle en cueillit un bou-

quet en se disant : ces fleurs, je les aime, car
elles sont vraiment là en souvenir de moi.

Et elle les attacha à son corsage.

En entrant au salon, elle trouva sa mère, arrivée le matin même, et quelques amies venues
en même temps que Mme Schulzberg. La jeune
femme avait à la fois un air si grave et si doux,
il avait tant de charme dans sa personne, qu'en
la voyant les sympathies affectueuses s'éveillè-
rent.

L'accueil qu'elle reçut lui fit du bien; la raison,
tout en ayant pris la direction de son cœur, ne
le guérissait pas.

Bientôt elle subit l'influence de la gaieté qui
régnait autour d'elle.

Tout était à la Saint-Claude. On ne parlait,
on ne s'occupait que de la Saint-Claude. On allait jusqu'à rêver que la fête qui s'apprêtait sur-
passât toutes celles qui l'avaient précédée. On
allait jusqu'à prendre un grand souci de la manière dont on la célébrait avant la Révolution...
la grande.

On fit venir tout de suite le régisseur, très
fort sur ce chapitre. C'était son père qui, jadis,
avait la haute main sur la fête et qui en réglait
les cérémonies d'après les anciennes coutumes.
On apprit une foule de choses dont on décréta
le rétablissement. On apprit, entre autres, que

11.

Mme la marquise, la grand'mère de Georges, se conformant aux traditions, ouvrait le bal avec un de ses tenanciers.

— Alors, j'ouvrirai le bal avec le père Baptiste, dit gaiement la jeune comtesse. Mais Georges, ajouta-t-elle.

Tout à coup elle était devenue pensive.

— Georges fera comme vous, madame, répliqua d'un air d'enfant gâté, sûr de lui, le jeune vicomte, Henri de Chérussac.

On était au jeudi, et c'était le dimanche suivant que le village d'Elcairet fêtait Saint-Claude, son patron.

Depuis que le château était château, c'est-à-dire depuis 16... jusqu'à la grande Révolution, la fête s'était toujours célébrée dans le parc, laissant par ses magnificences toutes les autres fêtes des pays environnants bien loin derrière elle.

Après la grande Révolution, il y avait eu un long repos, plus d'un demi-siècle.

Le marquis d'Elcairet, à qui appartenait alors le château, avait horreur du populaire, et, à la faveur de cette opinion, hautement énoncée, il s'était dispensé d'ouvrir son parc. Il avait sans regret renoncé à l'honneur et lui avait préféré son argent.

La sotte dépense que cette fête, disait-il, et il

prétendait avoir pensé ainsi dès son enfance.

Mais depuis que le comte était devenu possesseur d'Elcairet, depuis que le château était restauré, la fète avait cessé d'ètre simplement une tradition pour faire de nouveau et la joie et l'orgueil du pays.

Ce bienheureux jour, le parc était ouvert aux paysans; on y établissait des jeux de toute sorte, des tirs, des loteries, des mâts de cocagne.

Il y avait des boutiques d'indiennes, de mousselines, de fleurs, de rubans. Il y avait des bonnets, des châles, des fichus, et les paysannes étaient libres de choisir. Leurs achats étaient payés par la châtelaine.

Le comte et la comtesse étaient ordinairement secondés pour l'ordonnance de cette solennité, par le vicomte Henri de Chérussac, dont la fertile imagination n'était jamais en défaut, et qui avait toujours quelque nouveauté à ajouter au programme.

Henri de Chérussac, quoique beaucoup plus jeune que le comte, était intimement lié avec lui. Georges avait un grand ascendant sur le vicomte, et le dirigeait avec une affection quasi paternelle. La comtesse, de son côté, le voyait avec plaisir, et le trouvait fort commode et fort agréable.

Il était au courant de tout : rien ne l'embarrassait; rien ne lui semblait difficile. Valentine

voulait-elle arranger un concert? Le vicomte
trouvait moyen de réunir toute l'aristocratie du
chant. Persistait-elle à vouloir assister à une
première représentation, même s'il ne restait
pas une loge? Le vicomte parvenait à s'en procurer une. Personne, comme lui, ne s'entendait
à improviser une fête, ou à arranger une partie.

De plus, il était spirituel, aimable, bon enfant,
et le baromète de son humeur se maintenait toujours au beau fixe. Il avait le cœur excellent,
l'esprit peut-être un peu léger; mais, malgré
cette légèreté, son caractère était sûr, généreux
et chevaleresque.

A cause même de ses qualités, le vicomte
avait commencé par mener à grande vitesse la
fortune que son père lui avait laissée. Il l'aurait
certainement dissipée si, par ses bons conseils,
Georges ne l'eût arrêté à temps, et il lui gardait de ce service une reconnaissance sincère.

M. de Chérussac aidant, la comtesse avait
joint au bal champêtre un bal au château. A
chaque instant il arrivait du monde de Paris, et
le mouvement gagnait tout le voisinage qui se
trouvait invité.

Quand le comte arriva chez lui, le samedi, dans
l'après-midi, il n'était naturellement question que
de la fête. Il fut désagréablement surpris; son
chagrin la lui avait fait oublier; mais s'en fût-il

souvenu, qu'il n'aurait pas moins été dans l'obligation d'y assister. Seulement, il aurait eu la perspective de cette corvée quelques jours plus tôt. Il se sentait si abattu, si désespéré, que, dès l'abord, cette joie lui fut insupportable, et sa douleur le rendant injuste, au fond de l'âme, il s'en prit à Valentine, comme si elle eût pu deviner ce qu'il éprouvait.

Son bonjour à sa femme fut donc sec et froid.

— Vous devez être heureuse, lui dit-il, il y a assez de bruit ici. Moi, ce bruit me fait horreur. Il me donne le spleen.

Et, sans rien ajouter, il passa chez ses enfants.

La comtesse fut excessivement froissée, car elle avait accueilli son mari avec les meilleures et les plus indulgentes dispositions.

Ah! pensa-t-elle dans le mécontentement qui s'ensuivit, il paraît qu'il n'a pas été satisfait de Mlle Renée, et c'est sur moi que cela retombe. C'est par trop injuste.

Comme toute personne qui a une idée fixe, elle y rapportait tout.

L'indifférence et la sécheresse de son mari lui parurent être une preuve nouvelle de l'existence de ce sentiment qu'elle accusait de ses chagrins. Ce n'était d'ailleurs point la première fois qu'elle remarquait l'air d'ennui avec lequel Georges semblait, à certains jours, revoir son chez lui.

Intérieurement irritée, Valentine contint cependant son ressentiment. Elle comprit que, dans l'état d'esprit où paraissait être Georges, il lui serait difficile de faire, d'une manière aimable, les honneurs de chez lui, et elle tâcha d'y suppléer en redoublant de bonne grâce envers ses hôtes.

Dès l'aube du lendemain dimanche, ce ne furent qu'allées et venues. Les voitures, les tilburys, les victorias, les paniers roulaient dans les cours et traversaient devant le château. Ce n'étaient que partants et arrivants. Les uns venaient des châteaux environnants, car toute la société d'Elcairet était réunie ; les autres allaient au chemin de fer chercher des toilettes, les autres en rapportaient.

Puis c'étaient les marchands qui établissaient leurs boutiques, puis c'étaient les jeux qu'on installait, les ânes qu'on amenait, — il y avait des courses d'ânes ; — puis encore on disposait le feu d'artifice ; puis, enfin, c'étaient les provisions de bouche : il en entrait, il en entrait toujours.

Enfin, il y eut un moment de calme : ce fut pendant la messe.

La chapelle était si remplie que la prairie était couverte de paysans et de paysannes qui,

n'ayant pu trouver place dans l'église, assis-
taient du dehors à la messe.

A la sortie de l'église, le tapage recommença
de plus belle, mais il avait gagné l'intérieur du
château. On courait dans les corridors, on s'appelait, on se visitait, on allait voir les toilettes ;
on avait toujours à se dire. On se consultait, et
comme les réunions nombreuses se subdivisent
en coteries, les coteries tenaient des conciliabu-
les et le plus gaiement, avec une grâce infinie
donnaient de petits coups de langue aux coteries voisines. Mais, en somme, tout le monde
s'unissait dans la même pensée : s'amuser.

Quand on se mit à table, à midi, pour déjeuner, toutes les femmes étaient rassurées et
rayonnantes : le chemin de fer avait fait des
prodiges d'exactitude.

La fête de jour fut très bien réussie. On la
trouva charmante, sans un mais, chose rare. Les
heures passèrent comme passent les songes heureux, trop vite. On eût volontiers reproché au
soleil la hâte qu'il mettait à se coucher.

Jusqu'au moment du dîner, Valentine n'avait
pas eu le loisir de s'occuper de son mari, dont
l'humeur, le matin, ressemblait fort à celle de la
veille au soir. Elle fut donc bien agréablement
surprise, en se mettant à table, de voir que le
comte était redevenu gai et causeur. Il s'occu-

pait de ses invités avec cette recherche de politesse à laquelle il savait donner un charme particulier. Il était très empressé pour ses voisines,
il trouvait pour chaque femme une chose aimable, pour chaque toilette une remarque flatteuse.
Mais son regard avait une animation fébrile;
malgré l'excessive chaleur, il était extrèmement
pâle. Par moments il se mêlait à la conversation
générale et y apportait une verve railleuse, une
sorte d'âpreté qui ne lui était pas habituelle. Sa
langue ne coupait pas, elle déchirait. Il s'agissait, il est vrai, de sujets qui ne touchaient en
rien ses hôtes ; mais il y avait bien loin de là au
ton réservé dont il ne se départait jamais.

Valentine le regardait avec surprise.

Peu à peu le mécontentement qu'elle ressentait depuis la veille fit place à l'inquiétude. Que
peut-il avoir ? se demandait-elle avec anxiété.

Cette anxiété fût devenue de la terreur si elle
eût pu pénétrer dans l'âme de son mari.

Le comte, que sa passion pour Laura avait en
quelque sorte transformé, revenait à sa nature
véritable, non pas à celle que sa jeunesse ne
laissait que deviner, mais à celle qui devait être
le partage de l'homme fait, si rien de nouveau
ne venait en tempérer la rudesse. L'égoïste, le
despote, le superbe reparaissait.

Son cœur, que la douleur n'avait pas amolli,

était redevenu insensible et dur ; c'eût été un véritable soulagement pour lui que de pouvoir s'en
prendre à l'humanité tout entière, et de lui faire
souffrir ce qu'il souffrait.

La nuit venue, le parc se trouva illuminé
comme par enchantement : c'était une innovation.
La fête recommença, le bal s'ouvrit, et bientôt
le salon, de même que le parc, présenta le coup
d'œil le plus animé et le plus gai.

A onze heures et demie, quelques fusées an-
noncèrent le feu d'artifice. On sortit en foule
dans le parc. Des feux de Bengale éclairaient les
plus beaux points de vue.

La comtesse, enveloppée d'un ample manteau, se tenait un peu en arrière d'un groupe de
femmes. Henri de Chérussac et son mari, qui
ne la reconnurent pas, s'arrêtèrent tout près
d'elle.

— Réellement vous m'inquiétez, disait le vicomte ; êtes-vous gris, mon cher, ou êtes-vous
malade ? Ce n'est pas là de la gaieté. Ma parole,
vous me faites peur !

— Venez chez moi, Henri, dès que le bal sera
fini ; nous causerons, répondit le comte. J'ai un
service à vous demander.

Et ils s'éloignèrent sans qu'elle pût entendre
le reste de la conversation.

Il a un service à lui demander : c'est bon à savoir, et je le saurai, pensa Valentine qui continuait à tout rapporter à son idée fixe.

Et elle regarda mélancoliquement le bouquet du feu d'artifice, qui s'élança avec fracas vers le ciel qu'il couvrit de ses gerbes lumineuses ; puis tout d'un coup le silence se fit, et le ciel redevint un tranquille ciel d'été tout rempli d'étoiles que l'éclat du feu d'artifice avait un moment fait pâlir.

Voilà l'image de la vie, se dit Valentine en soupirant : la joie passe comme ces fusées capricieuses, et on se retrouve aux prises avec la réalité, qui est souvent bien sombre.

Il était une heure du matin quand la comtesse rentra dans son appartement. Chacun étant plus ou moins fatigué de la journée ; le bal ne s'était pas prolongé. Sous le prétexte que sa femme de chambre, qui n'avait pas quitté la danse, devait avoir besoin de repos, Valentine l'envoya se coucher, lui disant qu'elle se déshabillerait toute seule.

Elle ne se déshabilla pas. Elle commença par se promener, avec agitation, dans sa chambre, puis elle vint s'accouder sur son balcon et, sans souci de ses épaules nues, elle s'abandonna au tumulte de ses pensées.

Elle demeura longtemps ainsi absorbée dans sa rêverie ; mais tout d'un coup elle revint à elle, et rentrant précipitamment dans sa chambre, elle courut à la pendule. Déjà deux heures moins un quart, se dit-elle; et s'il allait être rentré chez lui.

Alors, traversant avec rapidité son petit salon, elle en ouvrit la porte avec des précautions infinies, se glissa dans le corridor à pas de loup, et, s'arrêtant devant la chambre de son mari, elle écouta. Il y est encore, pensa-t-elle; et, avec les mêmes précautions, elle regagna son appartement et s'assit, dans son salon, tout près de la porte qu'elle laissa ouverte.

Elle écoutait toujours. Le temps lui semblait sans fin. Elle frémissait d'impatience. Enfin la porte de la chambre du comte s'ouvrit, puis se ferma. Des pas firent crier le parquet, car la personne, au lieu de marcher sur le tapis, marchait sur le parquet qui longeait le mur des chambres.

Valentine s'avança alors : Monsieur de Chérussac, murmura-t-elle, et, saisissant la main du vicomte, elle lui fit traverser son salon et l'entraîna dans sa chambre dont elle ferma la porte. Une fois chez elle, il lui sembla qu'elle était en sûreté. La clarté des bougies la ranima, car sa chambre était encore parée de fleurs comme elle l'avait été pour la journée, et éclairée en cérémonie, comme elle l'avait été pour la soirée.

Son cœur cependant battait si violemment qu'elle fut quelques secondes sans pouvoir parler.

— Vicomte, dit-elle soudain, avec une animation fébrile, vous êtes mon ami, n'est-ce pas? Je puis compter sur vous.

— J'espère, madame, que vous n'en doutez pas, répliqua le jeune homme, qui avait peine à cacher la surprise que lui causait la démarche de la comtesse.

— Non, je n'en doute pas, puisque vous êtes ici, et je vais tout de suite mettre votre amitié à l'épreuve. J'ai une question à vous faire. Donnez-moi votre parole que vous y répondrez en toute vérité.

— Mais, madame,... je voudrais savoir...

Sans s'expliquer pourquoi, ce serment inspirait une sorte de défiance à M. de Chérussac.

— Comment, monsieur, vous êtes mon ami et vous voulez savoir... Vous hésitez. Je vous inspire donc bien peu de confiance.

— Oh ! madame, quelle injure, mais j'ai en vous une confiance entière, absolue... S'il vous faut ma parole pour être assurée de mon dévouement... je vous la donne tout de suite.

— Merci, dit la comtesse en lui tendant une main qui tremblait bien fort ; qu'est-ce, je vous prie, que mademoiselle Renée ?

Et elle attacha sur le vicomte un regard perçant.

— Mademoiselle Renée !

Il rougit et se déconcerta. Il ne savait rien, mais l'animation excessive du comte pendant la soirée, son irritabilité, quelques mots qui lui étaient échappés pendant la conversation qu'ils venaient d'avoir, lui faisaient pressentir qu'il pouvait être survenu un trouble grave dans sa vie et peut-être dans son ménage.

— Mademoiselle Renée, reprit-il ; ce nom ne me rappelle rien, absolument rien.

— J'ai votre parole, monsieur, répliqua impérieusement la comtesse, et je veux savoir.

— Je vous jure, madame, que j'ignore...

— Vous devez savoir, vous devez savoir, interrompit-elle avec impatience. Entre vous, est-ce que vous ne vous confiez pas toujours ces choses-là ? Georges a dû tout vous dire.

— Je vous proteste, mad...

— Et moi, je vous en supplie, vicomte, — sa voix avait l'accent de la prière, — dites-moi la vérité. J'aurai le courage de tout entendre ; je ne puis plus supporter le doute.

— Madame, croyez-en ma parole d'honneur...

Tout à coup le vicomte et la comtesse se regardèrent consternés.

Ils reconnaissaient le pas sec et nerveux de Georges qui traversait le salon.

— J'étais certain, mon cher Henri, que la comtesse vous avait attendu, dit M. d'Elcairet en entrant dans la chambre. Valentine, que de fleurs, que de lumières ! Vous serez malade si vous dormez ici.

Il y avait tant de calme, tant d'aisance dans la manière dont le comte s'exprimait; il était si bien à ce qu'il était toujours, qu'Henri de Chérussac n'éprouva plus le moindre embarras. La comtesse, elle, ne s'y trompa point, et elle chercha à déguiser son trouble.

— Vraiment, Valentine, reprit le comte sans laisser ni à sa femme ni au vicomte le temps de prendre la parole, vous êtes une trop consciencieuse maîtresse de maison, et vous ne vous rendez pas assez justice. Vous êtes trop charmante, trop habile, pour ne pas être certaine de réussir et pour prendre autant de souci. Mais, comment, vous restez les épaules nues ?

— Je n'ai pas froid, Georges. J'ai trop chaud, répliqua-t-elle sans se rendre compte de ce qu'elle disait :

— Trop chaud !

Ce disant, M. d'Elcairet mettait un burnous sur les épaules de sa femme.

Mais comme ce mouvement était nerveux !

Mon Dieu, se dit Valentine, qu'est-ce que

cela va devenir? Il est furieux contre moi, je le sens bien.

— Vous avez voulu savoir, n'est-ce pas, ma chère, reprit le comte, si la journée de demain était arrangée à votre satisfaction ou plutôt à celle de vos hôtes. Un peu moins de méfiance de vous, un peu plus de confiance en moi, et vous auriez laissé ce pauvre Henri prendre le repos dont il a tant besoin.

— Pour cela, mon cher, répliqua gaiement le vicomte, n'ayez pas le moindre souci. Je suis si peu fatigué que j'ai envie de ne pas me coucher. Tenez, voilà le jour qui commence à poindre. Je vais, dès qu'on donnera signe de vie à l'écurie, faire seller Bethsabé et aller faire une promenade en forêt.

— Voyons, Henri, du calme; cette ardeur sied à votre âge, mais moi j'ai le calme qui convient à un patriarche; approfondissons d'abord la grave question de la fête. Voici, ma chère Valentine, ce que nous avons arrêté, sauf votre sanction, que vous ne m'avez pas laissé le temps de venir réclamer. Le déjeuner aura lieu au carrefour de l'Epinette, et le tir aux pigeons sera établi tout près de là, à la Croix-Rouge. Je l'ai exprès éloigné du château, à cause de votre mère, qui n'en aime pas le tapage. Elle sera libre de le fuir si bon lui semble, et toutes les femmes nerveuses pourront suivre son exemple. Êtes-vous satisfaite, ma chère, approuvez-vous ?

Ceci fut dit du ton le plus courtois.

— Certainement. Tout est parfait, répondit la comtesse dont l'esprit était bien peu à la fête. Je vous remercie pour ma mère, ajouta-t-elle.

— Henri, si j'étais chez moi, reprit le comte, je vous dirais que je vous engage à vous livrer au tête-à-tête que vous réservez à Bethsabé ; mais nous sommes chez la comtesse, et elle seule a le droit...

— Bonne promenade, vicomte, interrompit la jeune femme en faisant un effort pour paraître enjouée.

Et, se levant, elle lui tendit la main avec un geste plein de grâce, mais en même temps de réserve.

Georges reconduisit M. de Chérussac jusqu'à la porte de la chambre qu'il occupait, et, avant de le quitter, il resta un instant à causer avec lui.

Il parlait assez haut pour qu'on reconnût bien sa voix.

Valentine avait d'abord écouté anxieusement ; puis elle s'était rassurée ; puis ses angoisses lui étaient revenues. Va-t-il rentrer dans ma chambre ? Et s'il me demande pourquoi le vicomte était ici? Jamais, maintenant, je n'oserai le lui dire. Quelle folie j'ai faite! Il est affreusement irrité, je le sens.

Tout à coup le bruit des pas de Georges mit un terme à ses perplexités. Plus de doute, il revenait. Qu'allait-il lui dire?

Le comte se promena un instant de long en large dans la chambre; puis, soudain, croisant ses bras sur sa poitrine, il s'arrêta devant sa femme.

Son front était pâle. Ses traits étaient contractés. Il avait le regard dur. Ses lèvres serrées souriaient ironiquement.

Il la regarda un instant en silence.

— Comment vous, vous madame, lui dit-il enfin, vous avez pu commettre une aussi impardonnable légèreté! A trois heures de la nuit, vous avez introduit Chérussac dans votre chambre. Qu'aurait-on dit, demain, dans le château, si je n'avais veillé sur vous?... Demain, reprit-il en s'animant, demain on se serait confidentiellement, et tout bas, raconté la chose au château; puis, après-demain, on l'aurait racontée tout haut à Paris, et mon nom fût devenu la fable, la risée... Vous êtes folle, madame. Pourriez-vous me dire au moins pourquoi Chérussac était chez vous? La fête n'y était pour rien. Mais je devais avoir l'air de le croire. Je devais, avant tout,

12

établir que, pour moi, vous étiez au-dessus des soupçons.

Valentine sentait qu'elle avait eu en effet un tort très grave, et le courage de dire la vérité lui manquait. Elle resta muette.

— Mais répondez-moi donc, madame; — la voix du comte, quoique contenue, tremblait de colère. — C'est plus qu'une imprudence que vous avez commise, c'est une faute, et vous m'en devez compte !

— Une faute ! une faute ! répéta Valentine en se redressant fièrement. Et je vous en dois compte !... Eh bien, monsieur, ce compte, le voilà, dit-elle avec énergie.

Et, ouvrant le coffret, elle en tira la lettre et la tendit à son mari.

— C'était pour savoir ce que c'est que cette Renée que j'ai appelé M. de Chérussac. Croyez-vous donc, monsieur, que je n'aie pas le droit de vous demander à mon tour quelle est la femme qui a pu vous écrire ainsi ?

Mais Georges ne l'écoutait plus. Entendre prononcer tout haut, par sa femme, ce nom qu'il ne devait plus dire que dans le secret de son cœur, l'avait comme étourdi.

Eh bien ! monsieur, me répondrez-vous? vous expliquerez-vous ? répéta résolûment la jeune femme qui n'avait plus peur. Qu'est-ce que cette Renée ?

Il la regarda d'un air égaré ; puis, d'une voix brisée par la douleur :

— C'était ma fille ! dit-il. Elle et sa mère sont mortes depuis quatre jours.

Il cacha son visage dans ses mains et pleura.

Il était vaincu par la douleur.

La vue de cet homme si fier, si fort, si ferme, pleurant comme un enfant, déchira l'âme de Valentine. Elle comprit tout. Mais, n'écoutant que son cœur, elle s'approcha de son mari, lui détacha les mains, releva sa tête, l'attira sur son épaule, essuya ses larmes, appuya ses lèvres sur ses yeux.

— Georges, Georges, lui dit-elle les mains jointes, en se laissant glisser à ses pieds, dites, dites, dis-moi ce qui te rend si malheureux. Ce n'est pas ta femme, c'est une amie qui te demande à partager ta peine.

Ces paroles apaisèrent subitement la douleur qui torturait Georges. Il ne souffrait plus tout seul.

Il serra Valentine contre son cœur.

— Tu es un ange de bonté, lui dit-il. Tu pourras peut-être me pardonner ; mais moi, je ne me pardonnerai jamais.

Il lui parla alors de ce passé qui le faisait tant souffrir. Il lui en parla avec un repentir plein de noblesse, et il lui parla de ses résolutions pour l'avenir avec une fermeté qui ne laissait pas de place au doute.

— Et moi qui croyais que tu n'avais pas de cœur, dit-elle en portant à ses lèvres la main de son mari.

Combien j'aurais été heureuse s'il m'avait aimée ainsi, se dit Valentine quand elle se retrouva seule. Par délicatesse, il a glissé sur les sentiments qu'il lui a portés... Mais il l'a beaucoup aimée... et pourtant... pauvre, pauvre femme, quelle triste fin !

La comtesse était si généreuse, qu'elle plaignait sincèrement Laura. Puis elle fit un retour sur elle, sur son ménage. Je savais bien qu'il ne faisait pas un mariage d'amour, ni moi non plus... mais...

Ce mais la fit longtemps rêver...

Un mariage de raison et de convenances, quand un mari s'occupe de sa femme, quand il la comble d'égards, quand il lui témoigne une sérieuse affection, quand personne ne se doute que... est déjà chose rare...

Quelques larmes silencieuses coulèrent le long de ses joues.

Jamais, c'est certain, il n'aura pour moi la tendresse qu'il avait pour elle ; mais, jamais maintenant il n'en aimera une autre.

Elle s'arrêta sur cette pensée. C'était une sorte de consolation.

En se retrouvant vis-à-vis de lui-même, le comte ressentit de nouveau la plus cruelle agitation. C'était douleur sur douleur, remords sur remords. Il ne pouvait songer à Laura, il ne pouvait songer à sa femme sans s'indigner contre lui-même. Il les avait impitoyablement sacrifiées l'une à l'autre : toutes les deux étaient ses victimes.

Et Valentine n'avait pas trouvé un mot de reproches. Encore une fois cette bonté, cette indulgence avaient transformé le cœur du comte et l'avaient adouci.

Elle a vingt ans, elle est charmante, je l'ai offensée... et elle m'aime encore ; et elle excuse mon amour pour une autre... et elle m'a consolé. Moi... moi... qui en acceptant son affection avais repoussé sa tendresse, moi qui l'avais dédaignée... combien j'ai dû, elle aussi, la rendre malheureuse !

Dieu m'avait donné l'intelligence, se dit-il douloureusement, et je ne m'en suis servi que pour faire le mal ! Et parce que je n'ai pas su, parce que je n'ai pas cherché à dominer mes passions mauvaises, elles ont fait de moi leur esclave.

XII

Valentine, accablée d'émotions et brisée de fatigue, prit quelques heures de repos.

Elle sonna comme d'habitude. Dès qu'elle fut habillée, elle passa chez son mari, mais elle n'y amena pas ses enfants, ainsi qu'elle le faisait chaque matin ; un sentiment de délicatesse la retint.

A peine était-elle avec Georges qu'une multitude de petits coups qui auraient voulu être très forts furent frappés dans la porte de la chambre. La porte s'ouvrit, et Mlle Marguerite, qui commençait à marcher, arriva ses petits pieds écartés, frappant dans ses petites mains ; puis elle perdit l'équilibre et tomba assise : Pouf ! dit-elle en éclatant de rire.

Le comte la releva, l'embrassa, non pas avec les paroles gaies qui accompagnaient d'habitude son bonjour à sa fille, mais avec une tendresse profonde et contenue. Puis, il fut à l'armoire aux joujoux, en tira un ménage, et Mlle Marguerite, enchantée, s'assit par terre de sa propre volonté, et commença l'inventaire des trésors contenus dans sa boîte.

— Mon père, emmenez-moi à la chasse, s'écria alors M. Jean. Mon père, dites, voulez-vous?

— Viens, lui dit le comte ; mais à une condition : dès que tu ne pourras plus marcher, la chasse sera finie. Est-ce convenu ?

— C'est convenu, mon père.

Et l'enfant courut chercher son petit fusil de bois ; puis il voulut du plomb, il voulut de la poudre. Le père se prêta à tout.

— Betzy, vous allez nous accompagner, dit M. d'Elcairet à la bonne anglaise, et après avoir serré la main de sa femme, il prit celle de Jean, et Valentine, les larmes aux yeux, les suivit jusqu'au perron, et les regarda s'enfoncer dans le parc.

Une demi-heure après, M. Jean revenait porté par Betzy. Pour ses débuts, le chasseur de cinq ans avait traversé le parc résolûment ; mais arrivé à la grille d'entrée, de lui-même, il avait dit : Adieu, père, je vais voir maman ; elle s'ennuierait peut-être.

L'homme sait ménager son amour-propre, dès qu'il sait parler.

L'enfant se dépêcha de raconter ses hauts faits

à sa mère, et le mot papa, répété cent fois, lui prouva combien Georges s'était occupé de son fils.

Il les aime toujours autant, pensa-t-elle avec un bonheur infini. Et elle espéra.

———

XIII

Deux mois avaient passé sur ces événements sans ramener le bonheur à Elcairet.

Le comte faisait d'inutiles efforts pour dominer sa sombre tristesse, et la comtesse souffrait en voyant qu'elle ne pouveit le consoler. Elle aussi avait le cœur bien triste ; mais, soutenue par sa tendresse, elle cachait à son mari son propre chagrin, et se dévouait tout entière à apaiser celui de Georges. Cette quasi enfant s'était subitement faite femme. La vie s'était tout à coup révélée à elle avec toutes ses aspérités, et ses soins tendaient désormais à en préserver le comte et à écarter de lui tout ce qui aurait pu le blesser.

Elle éloignait les visiteurs importuns ; elle remplissait les obligations envers le monde et établissait autour de Georges ce silence qu'il aimait et dont il paraissait avoir l'impérieux besoin. Ce silence n'était pourtant ni le vide, ni la

solitude. Comme un bon ange Valentine veillait
sur son mari. Elle ne lui imposait jamais sa présence ; mais elle semblait deviner quand il souhaitait quelle fût là.

Elle était avec lui plus tendre, plus déférente,
plus soumise qu'elle ne l'avait jamais été. Elle
sentait que la confession qu'elle avait reçue lui
avait été faite dans un excès de douleur et qu'elle
devait humilier la fierté de Georges. Aussi,
jamais il ne lui arrivait de paraître s'en souvenir.

En effet, si Georges avait eu l'âme remplie
d'une vive reconnaissance, pour l'admirable
tendresse avec laquelle Valentine avait accueilli
son aveu, il ne lui était pas moins resté un
grand malaise quand le premier moment d'effusion fut passé.

La réflexion lui fit craindre de s'être amoindri,
d'avoir compromis sa dignité de chef de famille,
et aussi que son autorité n'eût reçu une irréparable atteinte. Mais il fut bientôt rassuré, et plus
que jamais il put apprécier le cœur et les sentiments élevés de sa jeune femme. Mais, malgré
toute l'admiration qu'elle lui inspirait, la mort
avait divinisé, pour lui, Laura, et le regret et
les remords le tuaient lentement.

Il n'avait plus de sommeil ; il venait prendre
sa place à table, sans pouvoir participer au repas.
Sa santé s'altérait ; ses traits portaient la trace

de ses souffrances. Et pourtant, par moments,
il éprouvait un bien-être indéfinissable : il n'était
plus obligé de ruser, de tromper. Pendant six
ans, tous ses soins, toute son intelligence s'étaient
concentrés sur cette fatale nécessité qui dominait impérieusement sa vie.

Honteux de ne plus se sentir que du dégoût
pour toutes les occupations qui forçaient son
esprit à sortir de sa douleur et de ses regrets, il
résolut de se vaincre et essaya d'abord de se
procurer le sommeil à force de fatigue.

Il se mit à chasser, à monter à cheval, à faire
de longues courses à pied ; mais il brisait son
corps sans pouvoir calmer l'agitation de son
âme.

Valentine était inquiète. Elle le lui laissait
voir afin de l'obliger à se soigner ; mais il trouvait les meilleures raisons pour la rassurer. Il
le faisait avec une bonté, une affection qui la
touchaient vivement. Elle sentait avec bonheur
que chaque jour l'amenait à elle, elle espérait
qu'il y viendrait tout à fait, et elle l'aimait plus
que jamais elle ne l'avait aimé.

Georges, en s'affaiblissant, ne laissait plus
voir que ses bonnes et grandes qualités. Il n'é-
coutait plus ni l'ambition, ni l'égoïsme, ces deux
perfides conseillers ; tout ce qu'il y avait de noble
en lui semblait s'être pris d'une vie nouvelle.

Un matin, le comte s'éveilla avec des idées moins sombres, et avec l'esprit plus calme que de coutume. La nuit avait été passable : quelques heures de sommeil l'avaient reposé.

Le temps était magnifique. Il prenait un plaisir inaccoutumé à regarder le pittoresque site qui s'étendait à perte de vue devant ses yeux. Valentine et ses enfants vinrent l'en distraire par leur tendre bonjour.

La jeune femme fut bien heureuse de trouver son mari moins souffrant ; les enfants aussi s'en réjouirent.

Leurs jeux, leur gaieté et jusqu'à leur tapage firent du bien à Georges.

Il les quitta pour faire un tour de parc. Il avait des travaux à surveiller. Tout en descendant l'escalier dérobé qui, de sa chambre, conduisait à la bibliothèque, il projetait de remplacer sa chasse de l'après-midi par une promenade en famille.

La bibliothèque d'Elcairet était une immense galerie boisée en chêne curieusement sculpté. Du côté du parc, elle occupait au rez-de-chaussée, toute l'aile droite du château. Les armes d'Elcairet figuraient au milieu du plafond, également en chêne.

Des tablettes couvertes de livres garnissaient dans sa longueur tout un côté de la galerie. De l'autre côté, dans les huit panneaux qui séparaient les fenêtres, on voyait les portraits des aïeux de la famille.

A l'une des extrémités de la galerie, celle par laquelle le comte était entré, se trouvait une immense cheminée. A l'autre extrémité, trois fenêtres donnant sur le parc.

Les rideaux et les portières étaient en vieilles tapisseries à personnages. Cette pièce avait un aspect grandiose, mais triste et sévère. Peut-être était-ce à cause de cela que Georges, depuis qu'il était malade, affectionnait cette galerie et s'y enfermait des journées entières. Il ne lisait pas, il n'écrivait pas : il pensait.

Le comte s'arrêta devant une table, couverte de livres et de feuilles éparses, qui était devant la cheminée. Il ouvrit un tiroir, en ôta des lettres qui se trouvaient sur les papiers dont il avait besoin. Mais, au moment de remettre les lettres, il n'en eut pas le courage : c'étaient les lettres de Laura. La promenade fut abandonnée. Il se mit à les relire. Bientôt cette lecture lui causa une douleur si poignante qu'il ne put la continuer. Il se cacha le visage dans ses mains et resta longtemps ainsi. Quand il le découvrit, ses traits bouleversés accusaient ce qu'il avait souffert. Il se leva, réunit toutes les lettres, les plaça dans le foyer : Pour sa mémoire, pour

13

Valentine, se dit-il, j'en dois faire le sacrifice. Et bientôt les lettres aimées ne furent plus qu'un peu de cendres. Alors, ouvrant une cassette : Aujourd'hui, se dit-il encore, il faut... que j'aie le courage d'accomplir la fin de ma tâche. Et il lut et brûla une quantité de papiers.

Il restait encore un casier où il savait que Mlle d'Astri conservait ses papiers de famille. Il le souleva. Une enveloppe frappa soudain sa vue. Elle portait cette suscription : « Pour Georges, à notre mariage. »

Le comte laissa tomber la lettre. Son front se couvrit d'une sueur glacée, sa vue se troubla, ses oreilles s'emplirent d'un immense bruissement, un nuage s'étendit devant ses yeux; il voyait, au milieu de ce brouillard, ses aïeux et les personnages des tapisseries qui semblaient venir à lui; il voyait des choses comme on en voit dans les rêves; il lui semblait entendre une musique lointaine. Mais, au milieu de cette hallucination, son remords toujours vivant, toujours implacable, lui criait : Elle avait foi en toi, en toi, parjure, qui as manqué à tous tes serments, en toi qui l'as tuée...

Et, tout en n'ayant plus conscience de la vie, il souffrait encore.

Peu à peu le sentiment de sa situation réelle lui revint. Il jeta autour de lui un regard épou-

vanté. Tout était dans l'ordre accoutumé. Un
beau soleil éclairait la galerie. Alors le calme lui
revint. Il décacheta l'enveloppe : c'était le testament de la comtesse Fabiani ; c'était celui qu'elle
avait fait quelques jours avant sa mort et qu'elle
n'avait pas eu la force de remettre au marquis
d'Elcairet. C'était celui dont elle avait entrete-
nu Laura.

Il détruisait le testament à l'aide duquel le
prince Julio avait hérité ; car, par excès de
précaution, le prince avait fait remonter à quelques mois en arrière celui qu'il avait forcé la
malheureuse comtesse à signer.

Laura, par une note, indiquait avoir trouvé
ce testament dans la cassette à bijoux, caché
dans un sachet, au commencement de l'année
présente.

C'était là, sans doute, le secret qu'elle voulait
confier à Georges le jour où il lui parla de l'affaire de jeu du prince Julio. La maladie et la
mort de sa fille l'avaient empêcher de le faire.

Le comte, bouleversé jusqu'au fond de l'âme,
demeurait livré au plus horrible désespoir qu'il
eût jamais éprouvé. Elle était riche... elle aussi
était riche... Il n'avait qu'à suivre le droit chemin pour arriver au comble de ses vœux... Et
inutilement il avait été déloyal et trompeur. Il
avait sacrifié à son ambition, à son amour de

l'argent, la femme la plus adorable... les deux
femmes, se dit-il avec horreur de lui-même,
car Valentine ne peut plus être heureuse. Et,
ne pouvant supporter l'excès de sa douleur et
de ses remords, il ferma en hâte le coffre et s'é-
lança dans le parc.

Il y marcha longtemps, puis gagna la forêt,
entra chez le garde, prit un fusil, fit dire à la
comtesse qu'il ne rentrerait pas pour l'heure du
déjeuner, et s'en alla devant lui, sans penser où
il allait.

Il gagna ainsi des marais qui se trouvaient
fort éloignés du château. Il faisait très chaud.
Georges, accablé de lassitude, se coucha sous
un arbre et s'endormit. Il se réveilla avec un
grand mal de tête. Mais, voulant rapporter du
gibier, afin de justifier sa longue absence, il tira
un canard sauvage qui alla s'abattre au bord du
marais. Le comte, certain de l'endroit où l'oiseau était tombé, entra dans l'eau. Il en sortit
glacé. Malgré la longue route qu'il fut obligé
de faire et malgré la hâte qu'il y mit, il n'était
pas réchauffé quand il rentra au château.

Le lendemain, il fut pris d'un accès de fièvre
si violent, que Valentine, déjà inquiète, s'en
alarma. Elle envoya immédiatement chercher le
médecin. On ne put l'avoir tout de suite ; quand
il arriva, la fièvre était tombée. Soit ignorance,

soit crainte d'effrayer la famille, il ne considéra
pas cet accès comme le commencement d'une
maladie sérieuse. Il l'attribua à une fatigue excessive suivie d'un refroidissement, et il se contenta d'ordonner le repos.

La forte nature du comte sembla prendre le
dessus. Le lendemain, il se trouva mieux, et
put aller au devant de son oncle, qui, après
avoir remis sa visite d'année en année, s'était
enfin déterminé à venir à Elcairet.

Le marquis n'avait pas vu son neveu depuis
trois mois; il fut épouvanté du changement qui
s'était opéré en lui, et, comme il ne faisait jamais de sentiment, il le considéra tout de suite
comme un homme perdu. Il ressentit alors la
seule émotion douloureuse qu'il eût éprouvé
dans toute sa vie. Et le nom, ce nom d'Elcairet,
qui allait le porter maintenant? Tout d'un coup,
il se souvint de son petit-neveu, qui jusque-là
n'avait pas existé pour lui, et aussitôt il retrouva
sa quiétude d'esprit. Cet enfant, pensa-t-il, aura
une fortune colossale et fera honneur à notre
nom.

Georges, tout en se sentant mieux, mettait,
d'instinct, ordre à ses affaires, et songeait à la
mort avec ce sincère repentir qui devait le puri-
fier de ses fautes.

Mlle d'Astri l'ayant institué son légataire, il

laissa des instructions pour que le prince Julio
fût forcé à rendre la fortune qu'il avait dérobée,
et avec le conseil de la comtesse, il décida que
cette fortune serait employée à fonder un hos-
pice à ..., où Laura était née.

Deux jours passèrent sans que rien fît présager un nouvel accès.

Le comte désira faire une promenade en voiture. Il sortit avec sa femme et ses enfants. Son
oncle voulut les accompagner. Valentine, pendant la promenade, eut pour son mari des soins
et des attentions qui prouvaient qu'il l'absorbait
tout entière.

Georges l'en remerciait par des regards remplis de tendresse. Ses yeux humides de larmes
s'arrêtaient tantôt sur elle, tantôt sur ses enfants,
avec amour; mais il s'y mêlait un sentiment de
tristesse anxieuse. Puis il regardait le château
et le parc : jamais Elcairet ne lui avait semblé
aussi beau.

La fatigue l'empêchait d'exprimer les pensées
qui se pressaient en foule dans sa tête; d'ailleurs, la plupart étaient si tristes, qu'il n'aurait
pu les dire.

Valentine, inquiète de son silence, lui parla.
Il y avait dans sa voix une douceur et un charme qui lui rappela une autre voix... Il ferma
les yeux. Puis, comme pour demander pardon

à sa femme, il lui prit la main et la porta à ses
lèvres. Son fils et sa fille se jetèrent dans ses
bras pour réclamer leur part de caresses. Alors,
pour la première fois le cœur de Georges s'épa-
nouit. Il sentit combien il aimait Valentine, il
sentit qu'il pouvait encore être heureux. Mais, au
même moment, un frisson de mauvais augure le
glaça. Je ne mérite pas tout ce bonheur, se dit-
il. Dieu est juste. Après l'avoir tuée, qui sait? je
l'aurais peut-être oubliée.

La voix sèche de son oncle le rappela à lui.

Mon Dieu, faites, dit mentalement le comte,
que mon fils ne soit jamais entre les mains de
cet homme. Ne permettez pas qu'il en fasse ce
qu'il a fait de moi. Pour se rassurer, il regarda
Valentine. Une femme qui a un pareil cœur
saura élever son fils, pensa-t-il.

En rentrant, Georges dut se mettre au lit. Valentine, épouvantée du retour de l'accès, envoya
un télégramme à sa mère, et demanda, en toute
hâte, un médecin.

Quand la famille et le médecin arrivèrent, le
comte n'existait plus,

Dieu, pour sa punition, lui avait fait entrevoir le bonheur.

CONFESSION

D'UNE

JEUNE NOVICE

CONFESSION

D'UNE

JEUNE NOVICE

I

A Monsieur l'Abbé ***

Monsieur l'Abbé,

Vous voulez qu'avant de prononcer mes vœux
je jette encore un regard sur le passé, et qu'une
dernière fois je considère ce monde, auquel je
vais renoncer, afin d'être bien certaine qu'il ne
me laissera point de regrets. Je vous obéis.
Mais ce regard, je vous en prie, jetons-le ensemble. Je désire que, pour me mieux juger,

vous me connaissiez, comme Dieu lui-même me
connaît.

Je ne renonce pas au monde par dégoût ou
par fatigue, je n'y renonce pas à cause de sa
perversité ; car, si j'y ai vu faire le mal, j'y ai
vu aussi faire le bien. J'y renonce parce que j'ai
tant souffert, que mon cœur en garde l'ineffaçable trace, et que je n'ai pas voulu chercher un oubli impossible dans des distractions
qui m'eussent fait gaspiller ma vie sans profit ni
pour moi, ni pour les autres.

Complétement détachée de moi-même par
l'excès de ma douleur, j'ai senti qu'il me restait
encore une suprème et ineffable' consolation,
celle de m'attacher à ceux qui souffrent. C'est
pourquoi, de tout mon cœur, je suis venue à
Dieu, et me suis donnée à lui dans la personne
de tous les affligés d'âme et de corps.

Je commencerai en prenant ma vie du plus
loin qu'il m'en souvienne.

J'étais fille unique, bien aimée, bien gâtée, et
cependant le temps de mon enfance est resté
pour moi voilé de tristesse.

Ma mère était toujours souffrante, et son cher
visage, qui m'est encore présent, portait non-
seulement l'empreinte de la maladie, mais encore celle d'une mélancolie profonde.

C'était une nature douce, grave et réfléchie ;

elle m'adorait sans que cela l'empêchât de surveiller avec soin mon développement moral.

Mon père, qui lui aussi m'adorait, le faisait d'une tout autre manière. Il autorisait mes caprices, il me créait des fantaisies; rien ne lui coûtait pour les satisfaire. J'étais pour lui la perfection : ce que je faisais, ce que je disais lui semblait toujours charmant. J'étais son idole, et il était la mienne.

Cependant je n'en avais pas moins une grande tendresse pour ma mère, et toute petite fille que je fusse, — j'avais six ans, — je sentais fort bien que malgré les soins dont mon père l'entourait, elle avait du chagrin. Le mot heureuse ou malheureuse était trop savant pour moi.

Mon père était le plus aimable des hommes, mais c'était précisément cette excessive amabilité qui rendait ma pauvre mère malheureuse. Elle aimait mon père avec passion, et aurait voulu être la seule à l'aimer et à en être aimée.

Plus tard, quoique d'une manière toute différente, je devais fatalement être appelée à connaître et à éprouver une partie des maux dont elle avait tant souffert.

Un soir d'été, — je m'en souviens comme si c'était hier, — après avoir beaucoup joué avec mon père, dans le jardin de notre hôtel, j'étais rentrée dans la chambre de ma mère, qui ouvrait sur le jardin; je m'étais couchée sur le canapé qui faisait face à son lit, et, de fatigue, je m'y étais promptement endormie. Mon père, qui m'avait suivie, était venu s'asseoir au chevet de la malade : elle ne se levait presque plus.

Il y avait déjà un instant que je reposais, quand un accès de toux de ma mère me réveilla. Je ne sais pourquoi je ne fis aucun mouvement. Aussi, lorsque mon père l'eut aidée à se remettre sur ses oreillers, elle reprit la conversation, croyant que je dormais toujours.

— Oui, dit-elle, j'y tiens et je vous le demande comme une grâce.

— Non, c'est impossible, répliqua vivement mon père, jamais je ne consentirai à éloigner ma fille. Mais vous, comment cette pensée a-t-elle pu vous venir? Je ne le comprends pas.

— Vous ne le comprenez pas? — Et ma mère baissa la voix, mais point assez pour que je ne pusse l'entendre. — Vous ne comprenez pas que je ne veuille point, même au prix du plus cruel sacrifice, que mon enfant me voie mourir?

Ces paroles me frappèrent tellement que je n'entendis plus rien : je restai anéantie.

Ma mère mourir! Je ne comprenais rien à la mort; je savais seulement qu'on ne se revoyait plus jamais. Les larmes me suffoquaient. Je les retins. J'eus le courage de rester immobile jus-

qu'à l'heure ordinaire de mon coucher. Ma bonne
vint alors me chercher, et, me croyant endormie,
elle m'emporta dans ses bras. Une fois dans mon
lit, je me cachai la tête sous ma couverture, et
je pleurai jusqu'à ce que le sommeil endormît
mon chagrin.

Deux jours après, mon père, sous le prétexte
de me faire promener dans un beau jardin,
m'emmena voir celui du couvent de ..., rue
Saint-Louis, au Marais.

C'était l'heure de la récréation. Mes futures
compagnes me proposèrent en vain de partager
leurs jeux, elles ne purent me faire sortir de ma
sauvagerie et de ma tristesse. Je sentais que
mon sort était décidé, et j'étais inconsolable.
Cependant je me gardai bien, en rentrant, de
laisser voir que je me doutais de la vérité ; je ne
fis pas la moindre question, ce qui étonna ma
mère, car, d'habitude, je voulais le pourquoi de
toute chose.

Pendant deux jours mon père me ramena à la
même heure. Le troisième jour, il me laissa sans
avoir le courage de me dire adieu.

Comme j'étais fort mignonne, on m'avait passée par le tour, afin d'éviter que je fusse effrayée
de la porte de clôture ; car le couvent était cloî-
tré.

Quand je fus bien convaincue qu'on ne vien-

drait pas me chercher, je ressentis un véritable
désespoir. Je criai, j'appelai, je m'emportai,
j'allai jusqu'à trépigner, ce qui n'était guère
dans mes habitudes. J'eus même des crises
nerveuses qui effrayèrent Mme la Supérieure.
Enfin, l'excès de chagrin fut suivi d'une prostration complète, pendant laquelle on me raisonna;
puis on mit auprès de moi une charmante petite
fille qui parvint à me distraire. Mais le dîner,
mais le coucher, en me rappelant à la réalité de
ma situation, renouvelèrent mes accès de désespoir. Car, tout en croyant que j'allais être mise
au couvent, je m'étais, jusqu'au dernier moment, flattée que mon père ne pourrait se résou-
dre à se séparer de moi.

Il fallut aux religieuses une grande patience
et une grande douceur pour parvenir à m'appri-
voiser.

On a grand tort de plaisanter de la douleur des
enfants. La douleur est aussi réelle, aussi violente
à six ans qu'elle l'est à vingt ans : la seule différence consiste dans le sujet qui la cause. Mais la
perte d'une poupée bien aimée, le chagrin d'être
grondée, l'humiliation de l'être mal à propos
sont tout aussi vivement sentis par l'enfant que
le seront par lui, plus tard, les grandes épreuves
de la vie.

Quand je fus un peu accoutumée au régime

du couvent, les religieuses ne tardèrent pas à s'apercevoir que je n'avais point la gaieté que comportait mon âge et la vivacité de mon caractère.

Parfois, je commençais à jouer avec entrain, puis subitement je m'arrêtais : les larmes me venaient aux yeux, souvent même je ne pouvais les retenir. Je m'en allais alors à l'écart, et aucune prière ne pouvait me faire reprendre mes jeux. On m'accusait d'être fantasque, capricieuse, et on avait tort. C'était le souvenir des paroles de ma pauvre mère qui me revenait soudain et me causait une angoisse.

A ma première sortie, je ne voulus pas la quitter un instant, et je la suppliai à plusieurs reprises de me garder auprès d'elle. Les larmes l'empêchèrent de me répondre. On m'emmena ; on me dit que je la fatiguais, que je lui faisais mal ; que si je continuais, je ne sortirais plus. Je promis de ne plus recommencer, et je tins ma parole. Mais au moment des adieux, mes sanglots me suffoquèrent ; je ne pus les retenir ; il me semblait que je la voyais pour la dernière fois.

Chaque jour mon père venait me voir. Un jour il ne vint pas ; je l'attendis longtemps. Les heures me semblaient bien longues. Il me fut impossible de faire aucuns des petits devoirs auxquels je commençais à m'habituer. Vers le

soir, lorsqu'enfin j'avais pris mon parti de mon
bonheur perdu, et que je commençais à jouer,
Mme la Supérieure me fit appeler. Elle m'accueillait toujours si gaiement, qu'à son air grave et
triste, je compris tout de suite qu'elle avait un
malheur à m'annoncer. Je me jetai dans ses bras
tout en larmes ; elle me prit, m'assit sur ses
genoux, et m'embrassa avec tant de tendresse
que, sans qu'elle me dît une parole, je sentis
qu'elle voulait me consoler.

La plus grande douleur de la vie me frappait :
j'avais perdu ma mère !

Mon affliction fut plutôt celle d'une jeune fille
que celle d'une enfant. Je gardai pendant longtemps un abattement et une tristesse qui témoi-
gnaient déjà avec quelle constance, plus tard, je
saurais être fidèle à ma douleur.

Toutes les fois que j'entendais une de mes
compagnes dire : maman, ce mot me faisait
mal. Je souffrais tant de ne plus pouvoir le dire,
que souvent le soir, quand j'étais couchée, je me
cachais la tête dans mon lit, et alors, tout bas,
je répétais maman, maman, jusqu'à ce qu'un
déluge de larmes vînt soulager mon pauvre
cœur.

Et quand, au parloir, je voyais les mères embrasser leurs filles, de toute mon âme je leur
enviais ces maternelles caresses.

Le regret d'avoir perdu ma mère, loin de diminuer, s'accrut avec le temps : la raison me faisant encore mieux comprendre l'irréparable perte que j'avais faite.

Je restai au couvent dix années. Elles me furent très douces. J'étais toujours l'idole de mon père qui me gâtait plus que jamais. Chaque fois qu'il venait me voir, c'était une pluie de bonbons et de gâteaux ; sa visite était une fête pour mes compagnes. Les plus éveillées venaient risquer le petit bout de leur nez à la porte du parloir, dès qu'on m'appelait. C'est lui, mesdemoiselles, revenaient-elles crier aux autres ; des bonbons, des dragrées ! M. de Villedieu est là !

Je recevais encore une autre visite; mais celle-là ne réjouissait personne, pas même les religieuses, et moi, si c'est possible, encore moins qu'elles.

Mme Doberives, tante de ma mère, était une grande personne, sèche, maigre, brune de peau, grise de cheveux, la voix haute, le timbre dur, et aussi anguleuse d'esprit que de corps. Elle passait sa vie à compter non-seulement pour elle, mais encore pour les autres. Ce qui faisait que mon père, qui avait une profonde aversion pour les comptes, la redoutait jusqu'à la fuir.

Chaque premier jeudi du mois, régulièrement, j'avais sa visite. C'était une véritable séance

d'inquisition. Travail, tenue, toilette, lui fournis-
saient le sujet d'une réprimande ou d'un inter-
minable sermon. Elle venait conter à Mme la Supérieure, à notre mère, comme nous disions, des
choses de l'autre monde sur la manière de vivre
de mon père et sur ses dépenses : il fera d'elle
une petite mendiante, si on n'y met ordre ; c'é-
tait son invariable conclusion.

Elle gâtait mes jours de sortie, à cause de la
visite obligée que je lui devais ; elle troublait la
joie de mes vacances, car il fallait, bon gré, mal
gré, — sous peine de la fâcher, — aller passer
huit jours chez elle à la campagne. Et quels
jours ! Mari, fille, gendre, personne n'osait souf-
fler. Elle nous menait tous au doigt et à l'œil. Mais
aussi, comme on s'en dédommageait à huis-clos.

Ma tante Doberives, qui était douée d'une volonté de roc, avait fait un mariage qui, sous le
rapport du nom et de la position, avait déplu
à la famillle. M. Doberives, petit avocat inconnu,
sans clients, sans nom, sans talent, — croyait-
on, — avait été regardé du haut en bas. Ma
tante, qui était fière, n'avait pas deux fois enduré
ce regard. Elle ne s'était pas plainte ; mais, sous
le prétexte de sa fille à élever, de son intérieur
à surveiller, elle s'était effacée. Dans les occasions solennelles, elle ne paraissait même pas :
elle écrivait.

Cependant, peu à peu le petit avocat avait grandi. Son talent, mis en évidence par plusieurs causes heureusement et habilement défendues, lui avait conquis une des premières réputations du barreau ; puis la fortune lui était venue. Possesseur d'une terre importante en Nivernais, il avait d'abord été élu conseiller général, puis enfin député.

A un mérite réel, à une réputation sans tache, il joignait un caractère vraiment élevé. Car à la mort de ma grand'mère, sans tenir compte de la froideur avec laquelle il avait été accueilli par la famille, il lui avait rendu d'importants services. Il avait, de plus, grandement agi quant aux questions d'intérêt, et son exemple avait apaisé les discussions qui commençaient à s'élever. Depuis lors, on avait compté avec lui.

M. Doberives avait eu le bon goût de ne point paraître se souvenir qu'il en eût jamais été autrement ; mais ma tante s'était montrée moins généreuse. Elle avait gardé une rancune qui se traduisait par des mots aigre-doux. « Ah ! il paraît que maintenant nous sommes des gens qu'on peut avouer, et même au besoin, dont on peut se parer, » disait-elle en sourdine, quand nous l'invitions à quelque fête. Ou bien, s'il s'agissait d'un dîner sans cérémonie : « Décidément, nous sommes tout à fait de la famille, maintenant ; » et elle

accompagnait ces paroles d'un sourire aigu,
comme un couteau bien affilé. Néanmoins elle
acceptait, et avec plaisir, car elle était justement
glorieuse de son mari, et elle triomphait de le
voir enfin apprécié.

On lui passait toutes ses boutades, parce qu'au
demeurant, c'était une personne douée de qualités estimables et d'un grand sens ; malheureusement l'âpreté de son caractère gâtait tout.

En dehors des visites de ma tante, le couvent
fut un bon temps dont j'aime à me souvenir. Je
travaillais sous une excellente direction qui me
rendait l'étude facile. A seize ans, je quittai la
classe, et j'eus une chambre à moi : ce fut mon
premier grand plaisir. J'avais la direction de mon
temps, et j'appris ainsi, chose qui plus tard me
fut bien précieuse, à régler l'emploi de mes journées. Je les partageais entre le dessin, la musique, le travail à l'aiguille et de bonnes lectures
dont ensuite je faisais des extraits. J'avais la
jouissance d'une bibliothèque dont le choix
prouvait qu'on mettait à notre disposition tout
ce qui pouvait, plus tard, faire de nous des femmes intelligentes et distinguées.

Mon père m'avait plusieurs fois assurée qu'à
dix-sept ans il me rappellerait auprès de lui. Il
me tint sa parole.

Je quittai le couvent, non sans beaucoup

pleurer, ce qui n'empêcha que je ne fusse bien
heureuse de mon retour à la maison paternelle.
La vie du monde me souriait tant! ma jeune
imagination me la faisait voir si bonne, si belle,
si amusante! Car jamais les religieuses ne m'a-
vaient présenté le monde, où allait se passer ma
vie, comme un lieu de perdition. Elles s'étaient
contentées d'insister sur les principes qui devaient m'éloigner du mal et me porter vers le
bien. Je n'ai jamais pu comprendre ni les pré-
ventions contre l'éducation du couvent, ni les
reproches de captation adressés aux religieuses.
En tout cas, il y a des exceptions : les miennes
n'essayèrent même pas de faire de moi une hypocrite. Je n'étais pas de nature dévote ; j'aimais
Dieu ; je le priais de cœur ; mais ma ferveur et
mon zèle n'étaient pas à citer. Cependant jamais
aucune insinuation ne vint me donner à penser
qu'en affectant de grands dehors de piété, je serais encore mieux vue. On me laissa être moi.
Et, quoique les religieuses m'eussent reçue chez
elles tout enfant, quoiqu'elles connussent fort
bien la fortune qui m'attendait, elles ne firent
pas la moindre tentative pour me donner le goût
du cloître et pour m'ôter celui du monde. Elles
m'appelaient, en riant, la petite mondaine : tout
se bornait là.

Le jour où la grille se referma sur moi, notre

mère, en m'embrassant une dernière fois, me
dit : « Voilà vos années de paix et d'insouciance
finies ; je prie Dieu, mon enfant, qu'il vous
épargne les tribulations et les épreuves qui trop
souvent accompagnent la vie dans laquelle vous
allez entrer. Mais, s'il ne vous les épargnait point,
je suis d'avance rassurée par la pensée que vous
avez l'âme assez forte pour les supporter dignement et courageusement.

Que de fois, depuis lors, je me suis rappelée
ces paroles. Elles ont été une sorte de pro-
phétie !

Mon retour chez mon père fut une joie de
famille ; on me fêta à l'envi ; il n'y eut pas jusqu'à ma tante Doberives qui ne se montrât presque aimable.

Notre cousine, Marthe de Chennery, m'attendait. Mon père l'avait vivement sollicitée de
venir prendre la direction de notre intérieur,
que j'étais trop jeune pour conduire, et me confiait à ses soins.

C'était une grande, mince, blonde et gracieuse
personne, d'un esprit timide, mais aimable. Elle
avait, je crois, trente-six ans ; mais au vrai, elle
n'avait ni âge, — elle-même ne se comptait
plus, — ni figure, — elle n'avait aucune régularité dans les traits, — et pourtant elle plaisait
infiniment. Elle était soyeuse dans tous ses mou-

vements, dans toute sa personne ; jamais elle ne faisait de bruit ; elle parlait doucement ; on ne l'entendait pas marcher, elle apparaissait.

Je me souvenais de l'avoir vue dans mon enfance ; elle était venue passer quelque temps avec ma mère qui l'aimait beaucoup.

Mlle de Chennery, dont la position de fortune était fort modeste, habitait d'ordinaire la campagne.

Elle avait dû se marier à un officier qui avait été tué à la guerre de Crimée. Inconsolable de cette perte, elle vivait depuis lors tout à fait retirée du monde. Elle me donnait donc une véritable preuve de dévouement en consentant à y rentrer pour me servir de Mentor.

C'était, au reste, la femme du sacrifice et du devoir, sans que rien en elle trahit jamais l'effort ou l'abnégation. Marthe s'oubliait, au contraire, avec tant de naturel, qu'on ne songeait même pas à lui en tenir compte. Elle semblait n'avoir point d'autres goûts que les goûts de ceux avec qui elle vivait. Leurs habitudes étaient tout de suite les siennes. Ainsi, elle se rendait si agréable, si facile, si commode, que, l'égoïsme aidant, famille et amis se laissaient aller à la bonne vie qu'elle leur faisait, sans se préoccuper assez de l'agrément de la sienne.

Cependant, dès que sa conscience parlait, cette

personne, qui paraissait dépourvue de volonté, en trouvait une inébranlable. Alors, avec cette persistance et cette suite dont les caractères doux et réfléchis sont seuls capables, elle marchait et arrivait droit au but.

Lorsqu'elle avait pris le gouvernement de la maison de mon père, il y régnait un fabuleux désordre. Chacun tirait à soi. Les domestiques, installés là depuis longtemps, s'y regardaient comme chez eux ; à vrai dire, mon père était chez ses gens.

Mlle de Chennery, sans paraître s'apercevoir du mécontentement qu'excitait son arrivée, parut persuadée que chacun faisait ce qu'il devait, et peu à peu, tranquillement, mit la maison sur le pied où elle aurait toujours dû être.

Quand j'arrivai, la métamorphose était accomplie.

Ma première année de ce que j'appelais ma liberté fut charmante. Je me mis à aimer follement le monde et la toilette. Mon père, loin de me retenir, m'encourageait et satisfaisait à toutes mes fantaisies. Je n'arrêtais pas. Ma pauvre cousine s'essoufflait à me suivre. Tout m'attirait, tout m'enchantait. C'était bien là cette séduisante vie que mon imagination m'avait tant de fois représentée ! Aussi, j'avais peur d'en rien perdre, je me hâtais d'en jouir. J'accumulais

tous les plaisirs qu'on permet à une jeune fille
très lancée : promenades, visites, bals, soirées,
opéra; j'étais insatiable. Mon premier hiver fut
donc un joli rêve auquel le printemps vint encore
ajouter.

J'eus un très beau cheval. Entre mille bonheurs, ce fut un de mes plus grands. Mon père
était fou de ma joie : il me menait aux Champs-
Élysées, au bois de Boulogne, et était fier de
m'avoir à son côté. Chaque jour quelques-uns
de ses amis se joignaient à nous et formaient un
cortège qui me gâtait et m'adulait à l'envi. On
relevait mes moindres paroles; on faisait aux
plus insignifiantes l'honneur de les trouver délicieuses. J'étais gaie et naturelle ; je disais étour-
diment tout ce qui me passait par la tête ; on
me déclarait adorable de naïveté, étourdissante
d'esprit et de montant. Mes mots furent cités.
Je devins à la mode. Ma petite tête n'y tint plus ;
je me crus une personne hors ligne, et, prenant
au sérieux la réputation d'arbitre du monde élégant, que se donnaient mes flatteurs, je devins
avide de leurs louanges; je m'en grisai.

Je ne me sentais pas d'aise, lorsqu'après avoir
fumé avec mon père, ils venaient passer un moment au salon, pour s'y occuper de moi. Comme
en général ils disaient peu de bien des femmes
de notre monde, qu'ils les trouvaient ennuyeuses,

et qu'ils assuraient ne pouvoir causer un instant
avec elles sans bâiller, j'étais d'autant plus glorieuse de les voir se plaire à ma conversation.

Peu à peu, sans m'en rendre compte, je per-
dais mon naturel et ma simplicité. Je prenais des
poses, j'affectais de petits airs évaporés; je parlais haut, j'adoptais certains mots, certaines
tournures de phrases qui faisaient le désespoir
de ma cousine. Enfin, je commençais à devenir
insupportable.

Un jour, j'allai jusqu'à fumer une cigarette.
J'eus un affreux mal de cœur que j'endurai hé-
roïquement, car mes admirateurs applaudissaient
à ma folie et me trouvaient pleine de genre.

En présence de ce dernier caprice, Mlle de
Chennery, qui avait le culte des convenances et
de la retenue, n'hésita plus. Elle dit nettement
à mon père sa façon de penser sur les ridicules
que je me donnais, et quoiqu'il eût commencé
par rire, — il me trouvait amusante au possible
quand je faisais le mauvais sujet, — elle l'amena à partager sa manière de voir. Alors, forte
de cette approbation, elle aborda résolûment
avec moi le chapitre de la bonne tenue, celui du
comme il faut, et me donna, avec une fermeté
dont je ne l'aurais pas crue capable, les meilleurs et les plus sages conseils. C'était la première fois que j'entendais la vérité sur moi-

même depuis ma sortie du couvent. Elle me sembla d'autant moins agréable que mon goût pour les louanges était fort prononcé.

Cependant j'écoutai ma cousine sans révolte, protestant seulement par un petit air indifférent, comme si ce n'était pas à moi qu'elle eût parlé. Et pour me dédommager de l'ennui que me causait cette mercuriale et du froissement qu'elle causait à mon amour-propre, tout en roulant et déroulant la chaîne de ma montre sur mes doigts, je me disais mentalement que ma pauvre cousine était bien provinciale et bien arriérée, et que mes amis, — je disais ainsi, — riraient de bon cœur s'ils l'entendaient.

Aussi, après m'être soumise pour la forme, je ne tins plus compte de la remontrance.

J'avoue cependant qu'étant allée, à quelques jours de là, revoir la supérieure de mon couvent, — j'avais eu le soin de faire une délicieuse toilette, afin de donner une haute idée de mon élégance aux compagnes que j'allais demander au parloir, — je fus assez mortifiée d'entendre notre mère me dire qu'il lui était revenu qu'on ne faisait point mon éloge dans le monde raisonnable, et que si je continuais, je me ferais du tort.

Cet avertissement me fut très sensible. Il m'attrista, mais il ne me corrigea point.

14.

L'excentrique avait pour moi un charme de haut goût. Je prenais malheureusement la curiosité qu'il excite pour de l'admiration.

Un jour de printemps, mon père me conduisit aux courses. Il me l'avait promis ; j'attendais cette matinée avec impatience et m'y étais préparée. J'avais une toilette rose éblouissante. Les rubans et les franges y abondaient : mon unique regret avait été de n'en pouvoir mettre davantage. Le tout était accompagné d'une ceinture avec un nœud monstre et surmonté d'un petit tricorne un peu incliné sur l'oreille ; ma voilette collait exactement sur mon visage. Ma robe, extrêmement courte, laissait voir mes jolies bottes à glands dont j'étais très fière : la demoiselle ne cachait encore qu'à demi la pensionnaire.

Mon père m'avait fait asseoir dans la tribune réservée, auprès d'un trio de jeunes femmes qui passaient pour être la fine fleur de la suprême élégance. Je ne me sentais pas d'aise de faire partie de ce groupe. Il me semblait que chacun devait le remarquer, et que cette société me donnait un grand relief. Et je m'agitais, je riais, je parlais haut. Je faisais tant enfin que tout le monde me regardait. J'étais radieuse.

Je m'étais intimement liée avec Mlle de Valrange, sœur d'une des jeunes femmes avec qui je me trouvais. Je n'avais, au fond, nulle sympathie pour elle; elle ne me plaisait même pas. Mais elle était très lancée, très recherchée, très entourée, et je trouvais que son amitié, — si cela peut s'appeler ainsi, — me posait, et j'avais la sottise d'en être très honorée.

Entre deux courses, nous descendîmes sur le turf, — j'employais ce mot avec beaucoup de désinvolture, — en passant devant les tribunes, quelqu'un dit, si haut que je pus l'entendre : Comment peut-on laisser une jeune fille s'affubler aussi ridiculement. Je devins cramoisie, un nuage passa devant mes yeux, mes oreilles bourdonnèrent; je perdis contenance. Mon cavalier, je crois, s'aperçut de mon trouble; il avait dû aussi entendre le malencontreux propos; et, se retournant, il toisa d'un air provoquant celui qui l'avait tenu. Combien j'étais enfant? Je fus si flattée de voir mon cavalier, — mais aussi quel cavalier, — tout prêt à prendre ma défense, que la blessure faite à ma vanité fut subitement guérie. J'entraînai cependant M. d'Héricourt, car c'était lui. J'aurais, au fond, été inconsolable d'être la cause d'un duel : le motif, d'ailleurs, eût été peu flatteur pour mon amour-propre.

M. d'Héricourt, c'était la première fois que je le voyais; mon père venait de me le présenter.

Mais, dès en arrivant, je l'avais remarqué. Son air presque grave, sa tenue réservée et même un peu raide, contrastaient si fort avec le sans-façon et le laisser-aller des jeunes gens qui formaient notre cour! Aussi m'empressai-je de demander à Mlle de Valrange qui il était.

— Comment, vous ne le connaissez pas, ma chère, me répondit-elle? c'est vraiment inconcevable, car il n'est question que de lui.

Et avec une volubilité excessive, elle me raconta qu'il avait fait au Mexique des merveilles de bravoure et de témérité; qu'il s'y était si bien couvert de gloire, qu'il venait d'être nommé capitaine, capitaine d'artillerie, et qu'il n'avait pas vingt-six ans.

A la manière enthousiaste dont elle m'en parlait, à la manière dont notre société s'en occupait, je vis que M. d'Héricourt était le héros à sensation de la matinée, qu'il en avait tous les honneurs. Car on faisait presque plus attention à lui qu'aux chevaux et même qu'aux paris engagés : nous avions chacune un petit livre sur lequel ils étaient inscrits.

Je fus donc très flattée quand, après sa présentation, il m'offrit le bras pour descendre sur le champ de course, me préférant à Mlle de Valrange, qui m'en parut très mortifiée.

L'affront que je venais de recevoir, à cause

de tout cela, m'avait été si sensible que je ne
pouvais m'en remettre. Je sentais que je devais
être à mon désavantage, et mon trouble aug-
mentait. Heureusement, M. d'Héricourt ne s'en
apercevait pas, ou n'avait pas l'air de s'en apercevoir, et sa conversation était si vive, si origi-
nale, qu'elle finit par m'entraîner, et je retrouvai ma liberté d'esprit pour lui répondre.

L'espèce de peur qu'il me causait s'effaça.
Son regard froid s'animait en causant et devenait très aimable : il attirait et retenait le mien,
comme pour lire jusqu'au fond de ma pensée.
Pourtant, par moments, ses yeux et son sourire
prenaient une expression railleuse qui me causait une sorte de gêne.

Pour regagner la tribune, il nous fallut passer
encore devant le libre-parleur qui avait si mal
traité ma toilette. Soit désir de réparer son mal-
veillant excès de franchise, soit par pure fantaisie, il dit assez haut pour que je n'en perdisse
rien : Je ne l'avais pas vue ; elle est vraiment si
jolie qu'elle peut tout oser.

Je devins encore une fois très rouge, mais ce
fut de plaisir. M. d'Héricourt avait dû entendre :
j'étais réhabilitée. En effet, il avait entendu,
car, se penchant vers moi, il me glissa presqu'à
l'oreille : Ce monsieur a raison quant à la première partie de sa phrase ; mais il a tort quant

à la seconde. Excusez ma sincérité, mademoiselle, mais une femme ne doit jamais oser : elle
y gagne bien rarement, et y perd presque toujours.

— Comment! repris-je tout étonnée, mais que
peut-on faire de mieux que de suivre la mode?

— On peut ne pas la suivre, répliqua-t-il en
riant, ou au moins la soumettre à sa fantaisie,
au lieu de se soumettre à la sienne.

— On voit bien que vous arrivez du Mexique,
— nous avions regagné nos places, — reprit
gaiement Mme de Grangebel, sœur de Mlle de
Valrange.

— C'est comme si vous disiez que je tombe de
la lune, n'est-ce pas, madame? Quelle ingrati-
tude! Vous voilà comme les Mexicains : je veux
vous délivrer, et vous vous révoltez contre votre
libérateur.

Nous essayâmes de nous récrier; il ne nous
en laissa pas le temps.

— Oui, votre libérateur! La mode n'est-elle
pas votre tyran? votre bourreau? Ne vous
condamne-t-elle pas à geler en vous obligeant à
vous décolleter en hiver; à étouffer, en vous faisant porter des robes exactement montantes en
été? N'est-ce pas elle qui décrète la même coiffure, ou à peu près, pour tous les visages, les
mêmes corsages pour toutes les tailles, les

mêmes robes courtes pour tous les pieds?
N'est-ce pas encore elle qui inflige les couleurs
criardes, triomphe des brunes et effroi des
blondes? N'exige-t-elle pas jusqu'au sacrifice
de vos aises, de vos goûts et, qui pis est, souvent de votre santé? Enfin, ne vous oblige-t-elle
pas à supporter, vous, frêles créatures, des fa-
tigues que ne supporterait pas l'homme le plus
robuste? Et toujours elle vous trouve soumises,
et son influence sur vous l'emporte sur la nôtre.
Si j'étais marié, — je ne sais pourquoi je me
pris à rougir, — j'en serais jaloux...

La course de haies vint l'interrompre. Quand
nous voulûmes reprendre la conversation, il
était parti.

L'impression qu'il laissa n'en fut pas moins
si favorable que, sans désemparer, on s'occupa
de lui pendant au moins un quart d'heure.

J'appris ainsi qu'il était bien né, bien posé,
qu'il avait un mérite réel, qu'il avait un brillant
avenir, qu'il avait tout, enfin, la fortune excep-
tée. Mais il était si aimable, il avait tant d'esprit,
il était si bien de sa personne, qu'à l'unanimité
l'aréopage féminin, composé de juges très sévè-
res, décida qu'il pouvait s'en passer et qu'il n'en
ferait pas moins un excellent mariage. Puis,
après avoir bien devisé sur lui, on l'oublia : moi
je ne l'oubliai pas.

Cette figure aux traits fins, nettement dessi-
nés, ce regard fier et résolu, cette physionomie
froide mais énergique passait et repassait sans
cesse devant mes yeux. En me rappelant tout ce
que j'avais entendu raconter de sa bravoure, je
le trouvais tout naturel, n'avait-il pas l'air d'un
héros? C'était tout à fait ainsi que les avais ima-
ginés.

Insensiblement sa taille haute et mince, sa
tournure élégante, son visage pâle, qu'une petite moustache très noire rendait plus pâle encore, ses yeux à qui la réflexion prêtait une
tristesse mélancolique me conduisirent involontairement à un autre ordre d'idées. Et les héros
de roman? Ils doivent être ainsi? pensai-je.

L'impression qu'il m'avait laissée était bien
étrange, car il me causait toujours une sorte de
frayeur, et pourtant je me sentais attirée vers lui.
Il n'aime pas qu'une femme se fasse remarquer!
Ce fut un monde nouveau qui s'ouvrit pour moi.
Ma cousine n'était donc pas aussi arriérée que je
le trouvais! Elle avait donc raison; car, déjà pour
moi, M. d'Héricourt ne pouvait avoir tort.

Un accident étant arrivé à la toilette que je
portais aux courses, j'y laissai faire le changement que Marthe indiqua, et je suivis ses conseils pour mes autres toilettes de printemps.

Deux mois se passèrent ; la physionomie du

capitaine commençait à pâlir dans mon souvenir,
quand, l'avant-veille de notre départ pour Villedieu, mon père me prévint qu'il l'avait invité à
dîner.

Je retrouvai toutes mes émotions en le revoyant ; lui se montra aussi empressé que sa réserve le comportait. Il y avait à la table de mon
père une douzaine de convives. M. d'Héricourt
parla peu, mais tout ce qu'il dit fut remarqué. Il
plut infiniment à Mlle de Chennery, dont l'esprit
fin et raisonneur, tout en s'accomodant de notre
société tant soit peu futile, apprécia vivement
les idées de M. d'Héricourt, qui étaient d'un ordre
plus sérieux et plus élevé.

Mon père engagea le capitaine à venir à ses
chasses d'automne ; il le promit ; et je sentis en
le quittant qu'il ne me serait pas indifférent de
le revoir. Non pas qu'aucun sentiment affectueux se fût encore éveillé en moi, mais mon
amour-propre subissait le prestige de sa supériorité ; j'étais très glorieuse de l'attention qu'il
continuait à me témoigner.

Mon père avait sa maison montée sur un très
bon pied. Plût au ciel qu'il l'eût conservée ainsi !
mais le goût du luxe, qui allait toujours ga-
gnant, le gagna à son tour.

Un matin, au déjeuner, — nous étions à Villedieu depuis quelques semaines, — on lui ap-

15

porta son courrier. Il y avait plusieurs lettres ; mais, sans les regarder, il porta tout de suite la main sur une grande enveloppe qui avait la tournure d'une lettre d'affaires. Il lut plusieurs fois la missive, et, à mesure qu'il relisait, sa figure s'épanouissait. Il jeta à peine un coup-d'œil sur le reste de sa correspondance, et se remit à déjeuner avec une bonne humeur marquée.

Au moment de quitter la table, il nous annonça qu'il allait faire un petit voyage. Deux heures après, il partait pour Paris.

Dans la journée qui suivit son retour, comme nous faisions ensemble une promenade à cheval et que je l'interrogeais sur ce qu'il avait fait et sur ce qu'il avait vu, mon père m'interrompit tout d'un coup et me dit d'un air gai et heureux :

— Laissons tout cela de côté, fillette, et causons de toi, cela vaudra mieux. Voyons, ma chère Jeanne, occupons-nous de tes affaires. Où en es-tu de ta pension ? Suis-je assez généreux ? Te reste-t-il assez pour satisfaire à tes fantaisies ?

— Certainement, cher père, puisque vous avez encore la bonté de me payer tous mes mémoires.

— Eh bien, si au lieu de cent francs par mois, je t'en donnais deux cents, que dirais-tu ?

— Oh! cher petit père, je serais ravie beaucoup pour mes pauvres et aussi un peu pour moi. Mais vous avez donc rapporté de Paris un trésor, ajoutai-je en riant?

— Oui, répliqua-t-il, ou quelque chose d'approchant. Écoute, — et mettant son cheval auprès du mien, — je viens, me dit-il en baissant la voix, afin que le domestique qui nous suivait ne pût l'entendre, d'être associé à une magnifique entreprise qui va doubler ma fortune.

— A quoi bon, repris-je; nous étions si heureux, — et il me passa un frisson, malgré mon inexpérience, mon père me semblait si peu un homme d'argent.

— Folle, répartit-il avec vivacité, est-ce qu'on est jamais trop riche?

Et il s'empressa de me faire le tableau de tout ce que cette richesse allait ajouter d'agrément à notre vie. Enfin, voyant que je ne m'enthousiasmais pas :

— Tu auras ta voiture à toi, ajouta-t-il comme dernier et irrésistible argument.

Je souris alors. Comment n'aurais-je pas souri à l'idée d'avoir ma voiture à moi ! Puis il était si bon, si affectueux, ce cher père ! Il aimait tant à me faire plaisir, et mon contentement le rendait si heureux !

Cependant ce n'était pas à la voiture que j'a-

vais souri : c'était à une pensée intime. Je me
disais : Si je suis si riche, je pourrai alors me
choisir un mari à mon gré, sans me soucier de
sa fortune ; et, quoique mon cœur laissât le
nom du mari en blanc, il se mit tout en joie.

Comme le ciel, les arbres, la forêt, comme
tout enfin me semblait beau ! Je respirais l'air
à pleine poitrine. Je me sentais si bien sur la
terre, j'étais si heureuse de vivre !

Mon père fit aussi part à Mlle de Chennery de
ses espérances, et lui dit sur quel nouveau pied
il désirait qu'elle mît le château.

Marthe, non plus, ne fut pas enthousiasmée.
Elle osa conseiller très énergiquement à mon
père d'attendre, et de toucher au moins pendant
deux années ses nouveaux revenus, avant de se
laisser aller à doubler sa dépense. Mon père l'é-
couta, la complimenta sur sa sagesse et sur sa
prévoyance ; mais il maintint sa volonté, et on
commença à mener un grand train à Villedieu.

L'automne nous amena beaucoup de monde,
et mes devoirs de maîtresse de maison, que je
partageais avec ma cousine, me semblèrent fort
agréables à remplir. Ce bruit, ce mouvement,
ce va-et-vient me charmaient davantage chaque
jour.

J'avais complétement laissé de côté toutes
mes occupations favorites. Je ne lisais plus ; je

ne touchais pas à un crayon, je ne mettais jamais les mains sur mon piano, si ce n'était pour effleurer une valse ou un air d'opéra. Je me livrais plus que je ne l'avais encore fait, si c'était possible, à la dissipation ; je l'aimais avec redoublement, et je la recherchais avec une ardeur dont, autrefois, je ne me serais jamais crue capable.

On me louait, on me flattait, on m'encensait à la journée. Je croyais à toutes ces belles paroles ; je jouissais des soins qu'on me rendait ; j'étais ravie d'être traitée en idole.

Ma tante Doberives, qui vint passer quelque temps avec nous, se chargea de me ramener à des idées plus saines.

Ayant été obligée, pour la santé de sa fille, d'aller passer l'hiver en Italie, elle ne m'avait pas revue depuis ma sortie du couvent, et, suivant son habitude, elle me dit tout net que mes débuts dans le monde ne m'avaient pas changés à mon avantage. Ma manière d'être, mon désœuvrement la choquèrent à un tel point qu'elle m'en fit toutes les remontrances imaginables. Elle n'épargna ni ma tenue, ni ma toilette, ni mes prétentions.

— Si tu savais comme tout cela te rend ridicule, me disait-elle avec une si profonde conviction, qu'elle me fit presque peur.

Elle était tellement outrée qu'elle s'en prit à Mlle de Chennery qui, me voyant très émue, laissa tomber sur elle les reproches afin de les détourner de moi ; elle me connaissait assez pour deviner que j'étais tentée d'entrer en révolte.

Mme Doberives, plutôt exaspérée que calmée par la douceur de Marthe, tourna subitement son irritation contre mon père, spectateur muet de cette scène, et l'accusa de me perdre par sa coupable faiblesse. Mon père, qui ne voulait jamais la prendre au sérieux, afin de ne pas être obligé de se fâcher, lui répondit en riant qu'il valait mieux que ma furie mondaine s'apaisât quand j'étais jeune fille que quand je serais femme. Elle répliqua aigrement qu'au train dont j'allais, avec de pareils goûts, avec un si fol amour du plaisir, je resterais longtemps fille : jamais un homme raisonnable ne voudrait m'épouser. Mon père, sans se départir de son inépuisable bonne humeur, répondit que les hommes raisonnables, en ce cas, ne le seraient guère, car c'étaient les jeunes filles mondaines qui faisaient les femmes les plus sages.

Enfin, voyant qu'elle ne pouvait piquer mon père, elle lui demanda tout à coup s'il avait fait un héritage, et sans attendre la réponse, elle ajouta qu'elle ne pouvait, sans cela, s'expliquer les folies de dépense qu'on faisait cette année à

Villedieu. Mon père, sans se fâcher, comme elle l'espérait, répondit qu'il lui était arrivé mieux que cela, puisque sa fortune avait doublé sans qu'il eût ni parent, ni ami à regretter. Mais il n'avait pas prévu que ses paroles, dites avec l'intention d'amener le calme, allaient soulever une tempête.

Tout de suite, ma tante devina la vérité. — Ah ! s'écria-t-elle, vous avez fait des spéculations, vous voilà lancé ! Ce sera votre perte, je vous le prédis. Et, une heure durant, elle lui détailla tous les dangers, tous les périls même que courait un homme du monde qui s'improvisait homme d'affaires.

Certainement elle disait d'excellentes choses, mais elle les disait d'une manière si violente, que le sermon tournait en discussion qui devenait des plus orageuses quand une visite vint heureusement y faire diversion.

Mon père mit tous ses soins à éviter la reprise des hostilités pendant le temps que ma tante passa encore avec nous, et il y parvint.

Mme Doberives, très tyrannique avec les siens, savait fort bien être charmante dans le monde, et elle prit très vite sur la société réunie au château cet ascendant qu'exerce une femme supérieure sur ceux qui l'entourent. On en médisait, mais néanmoins on recherchait son approbation, et, pour y arriver, on se pliait à ce qu'on appelait ses bizarreries et ses travers. On se calmait en sa présence, et cependant la gaieté régnait, car personne mieux qu'elle ne savait alimenter et animer une conversation, y répandant au besoin ce sel de la malice dont chacun volontiers prend un grain sur la langue. On se moquait de ce temps passé qu'elle personnifiait, et cependant on tempérait devant elle le laisser-aller du temps présent sans pour cela être ni raide, ni guindé.

Quant à moi, j'avais fini par faire tout ce qu'elle voulait pour avoir la paix. Je n'osais plus ni m'habiller avec mes toilettes à effet, ni courir les environs comme d'habitude, ni même autant causer ; car je m'étais accoutumée à décider et à trancher comme si mon âge et mon expérience m'en eussent donné le droit, et ma tante m'avait vertement fait sentir que je ne l'avais pas.

Pauvre tante ! que de fois, depuis lors, j'ai pensé qu'en tous points la raison était pour elle. Pourquoi, hélas ! la présentait-elle d'une façon si acerbe que les meilleures choses se gâtaient en passant par sa bouche ?

M. d'Héricourt arriva avant le départ de ma tante. Il passa avec elle une semaine et conquit tout de suite ses bonnes grâces, qu'elle n'accor-

dait pas facilement. Voilà, me dit-elle un jour,
l'homme que je te souhaite pour mari. Le
gendre aurait plus de bon sens que le beau-père,
et cela ferait grand bien ici.

La sympathie, je dois le dire, fut réciproque.
M. d'Héricourt avait pour ma tante une si
grande déférence et lui témoignait de tels égards,
que je commençai à me demander si je ne m'é-
tais pas trompée sur elle comme je m'étais
trompée sur Mlle de Chennery ; et ma soumission forcée devint une soumission volontaire.

Déjà, sans que je m'en rendisse compte, le
jugement de M. d'Héricourt était pour moi sans
appel.

Quand Mme Doberives fut partie, le château
reprit la vie qu'elle avait interrompue. A ce
moment, mieux que jamais, j'établis la différence qui existait entre le capitaine et nos hôtes.
Il vivait pourtant parfaitement avec eux, et on
le trouvait fort aimable. Nous pensions de
même, et c'était nous qui pouvions le mieux en
juger ; car c'était dans notre petit cercle de
femmes que cet esprit souple et fin répandait
tout son charme.

Nous le voyions peu dans la journée. Profitant de la liberté qui régnait à Villedieu, il chas-
sait, montait à cheval, quelquefois avec nous,
ou restait dans sa chambre à lire et à écrire.

15.

Mais sa soirée était à nous. Après le dîner, il se
contentait de faire une apparition au fumoir et
revenait au salon. Nous l'appelions notre fidèle,
et, dès qu'il arrivait, il s'établissait une aimable
et toujours intéressante causerie : nous l'ame-
nions même parfois, quoiqu'il s'en défendît, à
nous raconter des épisodes de ses voyages et
de sa campagne au Mexique. Puis, quand les
chasseurs quittaient le fumoir, et, à moitié endormis, venaient nous dire quelques riens, puis
vite s'en allaient au billard où ils s'endor-
maient bientôt tout à fait, ce que nous devi-
nions au roulement de plus en plus rare et de
plus en plus languissant des billes ; alors nous
faisions de la musique ou une lecture. M. d'Héricourt chantait bien, jouait agréablement du
piano, et lisait à merveille une comédie. Je ne
crois pas qu'il vînt auprès de nous pour être auprès de moi ; non, c'était vraiment son goût ;
il aimait l'intimité, la vie de famille, dont son
éducation lui avait donné l'habitude et presque
le besoin.

Toutes mes amies en avaient la tête tournée,
ce qui ne calmait pas la mienne.

Je serai franche avec vous, monsieur l'Abbé,
je vous l'ai promis ; mon cœur commençait à
s'en mêler. J'éprouvais un extrême désir de lui
plaire ; dès qu'il m'adressait des éloges, je rayon-

nais intérieurement, et rien ne me coûtait pour
me les attirer. Je faisais, je crois, beaucoup plus
attention à lui qu'il ne faisait attention à moi.
Pourtant, à ce moment, mon amour-propre
tenait encore tête à mon cœur. J'obéissais à
ma volonté de soumettre cet esprit supérieur.
Je ne me sentais pas entraînée vers lui par sa
bonté, ou par l'attrait de son caractère, ou par
ses qualités : le désir de vaincre son indifférence presque dédaigneuse me dominait. Car son
amabilité était une sorte de coquetterie d'esprit
qui, s'adressant à tout le monde, ne s'adressait
à personne, et je voulais qu'elle s'adressât à
moi. Je voulais que lui, si sévère dans ses juge-
ments, fît une exception en ma faveur. Puis il y
avait peut-être aussi en moi un sentiment plus
honorable : ce ne serait pas une femme ordinaire qui lui plairait, et je voulais être cette
femme.

Il commençait, au reste, à s'occuper de moi.
Chacun ne tarda pas à le remarquer. Je m'en
apercevais aussi ; j'en étais heureuse, mais je
cachais soigneusement mon bonheur.

Nous causions beaucoup ensemble, toujours
de choses sérieuses, ce qui me flattait ; il lui arrivait même quelquefois de me donner des conseils ; je sentais que je gagnais à les suivre.

Sous cette influence, il se fit en moi un chan-

gement rapide. Je cessai d'être évaporée ; je
devins plus simple dans ma toilette. Ce frou-
frou que j'avais tant aimé me fit peur. Je me
souvenais de ce que m'avait dit ma tante ; je
redoutais le ridicule. J'arrangeai moins ambi-
tieusement ma coiffure, je baissai l'échafaudage
qu'autrefois je prenais tant de peine à élever
chaque jour, je diminuai la profusion de mes
boucles. Enfin, un matin, je descendis au déjeuner avec mes cheveux tout bonnement nattés. Il
m'en fit compliment, et me dit que je ressem-
blais à sa sœur pour qui il professait un culte.

J'étais aux anges.

Quel sentiment emporta-t-il en me quittant ?
Il ne me le dit pas, mais son visage exprimait
une tristesse qui m'alla au cœur. Au cœur ! je
le dis maintenant ; mais alors je ne cherchais pas
à définir ce que je ressentais.

Quand il fut parti, j'éprouvai un grand vide ;
c'était comme si je fusse restée seule au château, comme si le meilleur de moi-même m'eût
manqué tout à coup. Quand ce premier étouf-
fement de tristesse fut apaisé, je charmai l'ennui qui persistait toujours en parlant sans cesse
de lui à mon père et à ma cousine. Je le mêlais
à tout ; son souvenir pour moi s'attachait si bien
à chaque chose que je trouvais cent fois le jour
l'occasion de le nommer.

Ma cousine, la prudence en personne, effrayée de me voir la tête aussi montée, comme elle me l'avoua plus tard, interrogea mon père sur ses vues à mon égard. Elle lui reprocha l'imprudence qu'il avait commise en retenant aussi longtemps M. d'Héricourt, parce qu'il était facile de voir qu'il me plaisait et qu'il était même à craindre, qu'à mon insu, mon cœur ne se trouvât engagé.

Mon père lui répondit que s'il en allait ainsi, il n'en serait pas fâché ; que le capitaine lui semblait un galant homme fait pour rendre une femme heureuse, et que parmi tous les bonheurs qu'il cherchait à me donner, il voulait que j'aie celui de choisir mon mari ; qu'il aurait préféré que le capitaine eût de la fortune, qu'il savait qu'il n'en avait pas, mais que ce ne serait point un obstacle, puisque j'en avais pour deux.

Nous restâmes encore à Villedieu deux mois qui me parurent bien longs. Cependant, peu à peu, au grand contentement de Mlle de Chennery, je me remis à mes anciennes occupations. Toutes les femmes étaient parties, et les chasseurs me laissaient la liberté de mes journées. Je lus, je dessinai, je fis de la musique, et j'y pris un réel plaisir. Je croyais certainement obéir à mon désir de plaire à M. d'Héricourt, qui blâmait la dissipation et l'oisiveté ; je me trompais. Mais alors je ne lisais pas encore couramment en moi-même, je me cherchais encore sans me trouver : je ne savais ni ce que j'étais, ni ce que je serais un jour. J'avais cédé au besoin de dissipation qui s'était emparé de moi à ma sortie du couvent, beaucoup plus parce qu'on m'y avait poussé en me disant que toutes mes folies me rendaient charmante que par un réel emportement vers le plaisir. Je devais donc, sans beaucoup d'efforts et tout naturellement, revenir à la vie calme et occupée qui répondait à mes vrais goûts. Aussi M. d'Héricourt ne fut-il que le prétexte et non la cause de mon changement.

Mais ce qui était bien à lui, c'était le sérieux et le recueillement qui remplaçait ma folle gaieté : j'avais dans le cœur une chère pensée, et j'aimais à m'en entretenir avec moi-même.

Je continuai à Paris la vie que j'avais commencée à Villedieu. Je ne donnais plus tout mon temps aux plaisirs comme l'année précédente ; je ne courais plus au devant d'eux ; je les laissais venir et je choisissais.

M. d'Héricourt, depuis qu'il avait quitté Villedieu, était resté auprès de sa mère qui habitait Nantes. J'attendais son retour avec impatience, et je ne le cachais pas à mon entourage : j'avais bien compris que ce qui me plaisait ne saurait déplaire à mon père.

Il arriva enfin et m'apporta un bonheur sur lequel je ne comptais pas ; il était attaché au ministère de la guerre et restait à Paris.

Il venait souvent passer la soirée avec nous et paraissait enchanté quand nous étions en famille. Alors il me parlait volontiers de sa mère, de sa sœur, de l'existence qu'elles menaient à Nantes. Je comprenais qu'il cherchait à me donner le goût de cette vie à la fois douce et sérieuse que sa mère aimait et qu'elle lui avait apppris à aimer, et j'éprouvais une réelle satisfaction en sentant que, ce goût, je l'avais aussi.

Quoique mon insatiabilité mondaine fût apaisée, j'allais encore assez souvent au bal : je ne sais comment cela se faisait, mais sans que je dise à M. d'Héricourt où j'allais, je l'y retrouvais toujours. Il s'occupait de moi plus que jamais ; aussi commençait-on à se dire qu'il pouvait bien songer à m'épouser.

Bientôt les conjectures se changèrent en certitude, car, encouragé par l'accueil que nous lui faisions tous, le capitaine adressa sa demande à mon père.

Une après-midi de la fin de février, la voiture était attelée, ma cousine et moi nous nous disposions à aller au bois, quand tout à coup la porte du salon s'ouvrit, et mon père, avec ce bon sourire qui le rendait si aimable, nous demanda si nous voulions accepter un cavalier pour nous conduire à la promenade. Je lui sautai au cou, croyant qu'il venait avec nous, mais, se dégageant, il alla vers la porte et ramena M. d'Héricourt. Je fis un mouvement de surprise.

— Eh bien, me dit-il, qu'est-ce qu'il y a d'étonnant à ce que ton futur t'accompagne ?

J'étais si émue, si attendrie, que je ne pus retenir mes larmes ; M. d'Héricourt me sembla bien ému, lui aussi.

— Allons mes enfants, reprit mon père, vous vous aimez, ce mariage doit vous rendre heureux ; n'ayez donc pas le bonheur triste.

La promenade fut la meilleure que j'aie faite en ma vie : il n'y avait place en moi que pour la joie et l'espérance. Ma cousine était ravie. Mon père se mettait à l'unisson de notre contentement ; mais, je le reconnais, c'était moi la plus heureuse.

M. d'Héricourt portait son bonheur avec un calme et une dignité que j'admirais comme j'admirais tout en lui : je me mentais alors à moi-même, car, au fond, je l'aurais voulu moins maître de sa joie.

Depuis ce jour, il vint de plus en plus fréquemment, et prit si bien sa place dans la famille, que son approbation, dont il n'était pas prodigue, et sa critique, qu'il exerçait volontiers, eurent un grand poids sur toutes nos décisions.

Mon père se pliait de bonne grâce à ce que M. d'Héricourt désirait ou conseillait; cependant, je suis certaine que ce n'était pas sans effort, et qu'il me donnait là une preuve de tendresse d'autant plus grande, qu'il était impossible qu'il ne souffrît pas en sentant qu'il n'occupait plus la première place dans mon affection. Car, depuis que mon mariage était décidé, celui qui allait être mon mari était devenu tout pour moi. C'était d'un amour sérieux et profond que je m'attachais à lui. Il n'y avait plus ni coquetterie, ni désir de plaire, ni calcul, il n'y avait plus en moi que la volonté d'être la meilleure et la plus dévouée des femmes.

M. d'Héricourt était pour moi un oracle devant qui je m'inclinais; sa manière de penser, ses goûts devenaient les miens; lui seul avait de l'influence sur moi. Je devais ainsi, sans m'en rendre compte, froisser à chaque instant mon père dans les sentiments si entiers qu'il me portait.

Je suis certaine encore qu'il aurait souhaité que son gendre eût un autre caractère, qu'il fût moins raisonneur, et peut-être même moins raisonnable; car, non d'âge, mais de fait, il était plus jeune que lui. Et souvent, en morale et en action, M. d'Héricourt le gênait.

Au printemps de cette année-là, des bruits de guerre vinrent jeter une grande perturbation dans les affaires. Mon père, d'habitude si gai, devint subitement soucieux et préoccupé, et nous ne tardâmes pas à en pressentir la cause.

Chaque mois mon père donnait une certaine somme à notre cousine pour la dépense de la maison. Il la donnait facilement et lui demandait toujours si elle avait assez.

D'abord, et sans en dire la raison, il commença à ne lui remettre cette somme que par à-comptes, ce qui souvent gênait Marthe, quoiqu'elle ne s'en plaignît pas ; puis, dans le courant de l'été, il n'y eut plus rien de fixe ; puis enfin, à l'automne, quand nous avions le plus de monde à Villedieu, l'argent manqua tout à fait.

Je parvins à prendre assez sur moi pour rester la même au salon ; mais mon inquiétude et mes anxiétés étaient si extrêmes que j'attendais la nuit avec impatience afin de pouvoir creuser mon chagrin tout à mon aise.

Je sentais qu'il devait y avoir un sérieux désordre dans les affaires de mon père, quoiqu'il ne nous en dît pas un mot et affectât même depuis quelque temps une grande liberté d'esprit : cette dissimulation toute seule suffisait à me prouver que je ne me trompais pas.

Plusieurs fois, Mlle de Chennery et moi avions

essayé d'aborder ce chapitre avec lui ; il nous
avait été impossible d'y arriver : ou il nous répondait que les femmes ne devaient pas s'occuper d'affaires ; ou, comme s'il n'avait pas entendu notre question, il nous parlait de choses
indifférentes : ceci nous effrayait plus que tout
le reste. Notre unique consolation, quand nous
pouvions être seules un instant, était de causer
de nos peines.

Nous avions plus de trente personnes au château, et rien ne pouvait arrêter la magnificence
de mon père. En vain, Marthe le suppliait de la
laisser pourvoir à la table avec les ressources
que lui offrait Villedieu ; il persistait à faire venir de Paris les primeurs et les délicatesses les
plus recherchées et les plus coûteuses.

Quand M. d'Héricourt arriva, nous étions
complétement découragées. Il ne s'aperçut de
rien ; en effet, tout allait d'un train qui ne pouvait faire supposer la gêne. Les anxiétés n'é-
taient que pour ma cousine et pour moi. Chaque mémoire non payé, chaque réclamation
non satisfaite nous mettait au supplice.

Heureusement la naissance d'un petit-fils
avait empêché ma tante de venir comme elle se
le proposait. Nous en fûmes toutes les deux
bien aises ; notre situation réelle n'aurait pas
échappé à sa pénétration.

Je me demandais s'il fallait ou non dire la
vérité à mon futur qui commençait à trouver
que je devenais trop réfléchie. Mon indécision
fut tranchée d'une manière inattendue.

Un jour, je me promenais avec lui dans le
parc, et j'étais douloureusement préoccupée, —
le matin, Marthe avait été forcée de demander
à mon père une somme qui lui était indispensa-
ble, et il n'avait pu ni la lui donner, ni lui dire
quand il pourrait la lui remettre, — aussi m'é-
tait-il impossible de suivre ce qu'il me disait. Il
m'en fit la remarque et me demanda si cette
préoccupation était causée par le regret de m'ê-
tre engagée à lui.

Bien certainement il n'attachait pas à ses paroles l'importance que tout de suite j'y mis. Je
les pris tellement au sérieux qu'après lui avoir
fait promettre de garder la chose secrète, je lui
confiai ce qui faisait notre tourment.

Je croyais qu'il allait me dire de bonnes paroles et trouver des consolations à m'offrir ;
mais, loin de là, il prit les choses encore plus
au tragique que je ne les prenais, les vit encore plus en noir que je ne les voyais, et finit
par me dire, avec une sorte de dureté, qu'il
avait toujours pensé que mon père était un in-
sensé qui se ruinait et me ruinerait avec lui ; que
ma tante le lui avait bien dit et que la fortune

le ma mère y passerait si je ne trouvais pas l'é-
nergie de résister. Alors, du même ton dur et
sans la moindre émotion, il me traça une ligne
de conduite qui me parut tellement blessante
pour mon père que, sans hésiter, je lui répondis
que je ne la suivrais pas.

Un de nos hôtes, qui se présenta inopiné-
ment à nous, au détour d'une allée, interrompit
notre conversation. Je laissai le capitaine et lui
achever la promenade ensemble, et je trouvai
un prétexte pour rentrer au château.

J'avoue que cette rudesse, cette impitoyable
manière d'agir et de compter m'avaient donné
froid au cœur. Mon père avait été si bon pour
lui ! Pour la première fois un nuage passa sur
mon soleil... — C'est un esprit droit et juste,
mais c'est un cœur froid, pensai-je avec douleur.

Un père est toujours un père, quelque faute
qu'il commette, il ne doit jamais être traité en
créancier. Et, surtout après la tendresse que le
mien n'a cessé de me témoigner depuis que
j'existe, ne serais-je pas la plus misérable des
filles si je n'en étais pas la plus indulgente ? De
pensée en pensée, je me laissai aller à une inexprimable tristesse.

Ce fut une heure bien douloureuse, car le redoublement de mon chagrin me venait de celui
qui aurait dû me consoler.

Marthe vint un instant près de moi, comme elle le faisait chaque jour avant le dîner. Elle me trouva plus triste que de coutume. — Qu'a-vez-vous, me dit-elle? — Je lui confiai ma peine.

— Ma chère Jeanne, reprit affectueusement ma cousine, le mariage est chose sérieuse, puis-qu'il doit durer toute la vie ; voyez votre futur tel qu'il est, si vous ne voulez avoir de cruelles désillusions. C'est un caractère positif, ce qui ne gâte en rien ses autres qualités, et si droit qu'il ne peut admettre aucun compromis avec la conscience. Je vous l'ai bien des fois entendu juger ainsi, vous ne devez donc ni vous affliger, ni être surprise, si, à son point de vue, certains actes sont impardonnables. Que vous et moi soyons indulgentes, c'est autre chose ; quant à lui, ne vous y attendez pas. Vous l'avez aimé ainsi, il faut en subir les conséquences.

— Mais s'il veut encore me parler en pareils termes de mon père, je sens que je ne le sup-porterai pas, dis-je avec vivacité.

— Je vous assure, répliqua-t-elle, qu'il ne le fera point. La plupart des hommes de son âge reviendraient cent fois sur votre confidence, afin de profiter de l'occasion pour chuchoter, pour se donner des airs de mystère et d'importance et se ménager des apartés avec vous. Lui, vous a parlé sincèrement et sérieusement ; il n'abordera maintenant ce triste sujet que si vous l'y provoquez.

Marthe avait raison ; mais la raison guérit rarement un cœur malade, et le mien l'était beaucoup.

Pauvre père ! quand je le retrouvai, je fus plus tendre que jamais. Et pourtant, depuis ma sortie du couvent, les rôles étaient intervertis entre nous : ce n'était plus lui qui me faisait de la morale, c'était moi qui le grondais. J'avais sur lui une réelle influence, dont souvent j'usais avec succès pour m'opposer à ses prodigalités. Quand il me cédait, pour s'en venger, il m'appelait petite avare : c'était sa grosse injure. Elle me rendait très fière et très joyeuse.

Mon père, comme un enfant, se laissait conduire par l'affection; malheureusement l'affection ne le conduisait pas toujours, et il se laissait quelquefois entraîner avec une facilité désespérante.

Après le dîner, me trouvant un peu souffrante, — j'avais le frisson, — je m'étais assise devant le feu. J'étais fort entourée ; c'était à qui s'intéresserait à moi ; mon père me témoignait sa sollicitude par les attentions les plus affectueuses ; près de moi, un peu de côté, Marthe était assise. M. d'Héricourt se tenait debout entre la cheminée et le fauteuil qu'elle occupait.

— Qu'a donc Mlle Jeanne, dit-il à ma cousine ?

— Elle est fatiguée, elle a mal à la tête.

— Non, reprit-il, c'est au cœur. Son extrême sensibilité la rend incapable de comprendre la raison.

Il baissa la voix ; je n'entendis plus rien.

Au bout d'un instant, je retournai la tête pour parler à Marthe et surtout pour voir ce qu'il faisait. Il avait les yeux fixés sur mon père qui, incliné vers moi, et tenant ma main dans la sienne, me disait les bonnes choses qu'il disait mieux que personne : jamais je n'oublierai l'expression à la fois dédaigneuse et presque méprisante avec laquelle M. d'Héricourt le considérait ; ce regard me traversa le cœur comme une lame d'acier.

Marthe s'étant levée, il prit sa place ; le vide se fit insensiblement autour de nous ; nous étions fiancés, et, par discrétion, on nous laissait souvent causer ensemble.

— Mademoiselle de Villedieu, me dit-il quand il fut assuré qu'on ne pouvait l'entendre, croyez-vous que celui qui ose dire la vérité n'aime pas autant que celui qui la cache ?

Je le compris ; les larmes me vinrent aux yeux ; je ne trouvai pas un mot à lui répondre. J'étais comme glacée. Il y avait dans toute sa

personne quelque chose de si sévère, de si aus-
tère même, qu'il me faisait l'effet d'un juge ; il
m'imposait. Pourtant, je me trouvai lâche, je fis
un effort. — Lui aussi, repris-je, m'aime, et rien
dans le monde ne me décidera à l'affliger, rien,
pas même le désir de suivre vos conseils, qui
d'ordinaire pour moi l'emporte sur tout, et, me
levant, j'allai rejoindre les autres femmes.

Malgré ma volonté, pendant quelques jours il
y eut de moi à M. d'Héricourt une nuance de
froideur qui ne lui échappa point. Je dois dire
qu'il ne négligea rien pour me reconquérir, et il
y parvint, jamais il ne s'était montré aussi affectueux et aussi plein de tendres prévenances.

Je ne puis dire combien j'y fus sensible. Je
jouissais de ces jours de bonheur de cœur,
comme si d'autres ne devaient point les suivre.
J'aurais pleuré chaque journée qui finissait, et
pourtant la vie semblait m'en promettre bien
d'autres. Mais j'avais de l'avenir une si indéfinissable crainte, que j'aurais voulu arrêter les
heures. Le lendemain m'effrayait, je ne le
voyais pas, j'avais devant les yeux un abîme de
ténèbres ; j'avais les plus douloureux pressentiments. Notre mariage devait avoir lieu dans le
courant de l'hiver ; tout autour de moi me
disait oui : les projets, les préparatifs allaient
grand train, et au fond de l'âme une voix me

criait non, et c'était elle seule que j'écoutais.

— Ma belle fiancée devient capricieuse, dit un jour M. d'Héricourt à Marthe ; vous en apercevez-vous, mademoiselle ? Elle est gaie, elle est triste, elle est muette, elle est communicative.

— Je ne suis rien de tout cela, interrompis-je, je suis une peureuse, et je passe par tous les états que cause la peur.

— Vous avez peur, et de quoi ? reprit-il.

— Peur de mon bonheur. Je suis trop heureuse depuis quelques jours.

Au fond de l'âme, l'état des affaires de mon père me troublait incessamment. Je craignais que le désastre de sa fortune n'entraînât avec lui toutes mes espérances. Il y a certains avertissements intérieurs qui ne trompent jamais.

Inutilement M. d'Héricourt m'affirmait avoir reçu des nouvelles plus rassurantes ; je ne pouvais le croire, et j'avais raison. Il partit. Je restai seule, livrée à mes cruelles appréhensions ; je dis seule, car Mlle de Chennery les partageait si bien qu'elle ne cherchait pas même à les diminuer. Elle pressentait le coup qui allait me frapper et m'y préparait afin qu'il me fût moins rude.

Cet automne-là, l'entourage de mon père goûta moins M. d'Héricourt que l'année précédente. Il avait davantage son franc parler ; il en usait, et peu de personnes aiment à entendre leurs vérités. On reprochait par-dessus tout à M. d'Héricourt non de trop parler de lui, jamais il n'en parlait, mais de parler trop facilement des autres pour les critiquer ; d'être trop entier dans ses opinions, trop arrêté dans ses idées ; on ne lui trouvait ni l'âge, ni l'expérience nécessaires pour entreprendre de refaire le monde.

On entortillait savamment tout ce blâme dans une quantité suffisante de louanges, mais je savais le démêler. Enfin, quand il nous quitta, je sentis fort bien qu'il laissait peu d'amis. Cette conviction, loin de m'éloigner de lui, m'y attacha davantage.

Il est trop supérieur à eux, et pour eux, me disais-je presque indignée, et ils ne sauraient le comprendre. Ils font si bien fi de la morale, ils se rient si facilement de tout, qu'ils ne peuvent supporter un homme qui prend la vie et ses devoirs au sérieux.

Plusieurs fois, pendant les deux dernières semaines qu'il avait passées à Villedieu, M. d'Héricourt avait à mon instigation essayé d'amener mon père à lui parler de l'affaire dans laquelle il avait engagé sa fortune. Mais mon père, tout en profitant d'un avis important que le capitaine lui avait donné, était demeuré impénétrable quant au reste. Nous n'avions donc

pu savoir s'il avait dans l'origine pris certaines
précautions, ou s'il s'était livré pieds et poings
liés, ce que nous avions lieu de craindre surtout
avec son caractère facile et imprévoyant.

Comme dans ces tristes circonstances on se
flatte encore au fond, tout en se criant bien des
fois le jour la vérité, la gaieté factice de mon
père avait fini par me rassurer : il serait impossible, me disais-je, qu'il eût cet entrain si réellement ses affaires étaient au pire.

Mais avec le dernier visiteur le masque tomba.
Tout d'un coup, mon père redevint sombre et silencieux : il cessa de chasser, et la campagne lui
devint si insupportable que, sans attendre l'é-
poque ordinaire, il voulut immédiatement la
quitter.

Notre retour à Paris fut des plus tristes : nous
y trouvâmes la gêne fastueuse avec toutes les
misères qu'elle entraîne à sa suite.

On était à la fin de novembre, le froid commençait à se faire sentir, et nous gelions dans
nos chambres afin d'entretenir un feu brillant
dans les deux salons. Il était évident pour nous
que mon père tenait à garder aussi longtemps
que possible les apparences, et Marthe et moi,
nous pliions à ce désir, afin de ménager ses susceptibilités d'amour-propre. Il donnait encore
de grands dîners, et nous faisions toute la se-

maine la plus maigre chère afin que le jour de gala il n'y eût pas un mets recherché de moins.

Toutefois le caractère de mon père s'altérait d'une manière qui nous était très pénible. Nous avions toujours notre voiture. Mon père, lui, n'avait plus la sienne, ayant laissé ses chevaux à Villedieu.

Une après-dînée où Mlle de Chennery et moi étions sorties pour faire des visites, un omnibus vint se jeter sur notre coupé, dont il accrocha et brisa la roue. Il nous fallut revenir en fiacre.

Mon père nous fit sa mine la plus fâchée, et, lui qui ne grondait jamais, il réprimanda durement son cocher qui ne le méritait pas.

Le carrossier, peu de jours auparavant, lui avait réclamé le montant de son mémoire avec une insistance qui l'avait irrité, et probablement qu'il lui était désagréable d'envoyer la voiture en réparation chez cet homme.

Je le compris si bien que je lui demandai instamment de réformer coupé et chevaux ; mais il me reçut fort mal. Il faisait toujours ainsi quand nous essayions d'obtenir qu'il réduisît son train de maison. Il ne supportait aucune observation à cet égard.

Enfin, le jour arriva où la triste vérité nous fut dévoilée.

Un matin, pendant le déjeuner, on nous annonça la visite de ma tante qui jamais ne venait d'aussi bonne heure. Son nom fit tressaillir mon père; il se troubla, et tout son savoir-vivre ne put faire qu'il dissimulât sa contrariété.

Mme Doberives ne sembla pas s'en apercevoir; elle m'embrassa, tendit la main à Marthe, puis à mon père, et demeura raide et gourmée jusqu'au dessert. Mais à peine les domestiques se furent-ils retirés, qu'elle éclata.

— En vérité, s'écria-t-elle, je vous admire! Vous voilà, tous les trois, déjeunant tranquillement, quand tout Paris a votre nom à la bouche, et que la ruine et la misère sont à votre porte.

Mon père demeura impassible.

— Je vous l'avais prédit, mon neveu, reprit-elle avec véhémence, — elle avait parlé avec une si grande volubilité qu'il lui avait fallu s'arrêter pour respirer. — Vous avez le sort de tous les hommes du monde qui se mêlent d'affaires, quand ils n'y entendent rien. On vous a averti, mais vous n'avez point voulu entendre. Vous avez voulu faire à votre tête, et quelle tête, grand Dieu! quelle pauvre et folle tête!

Elle fut encore obligée de s'arrêter; l'émotion lui ôtait la voix.

Ma cousine et moi étions frappées de stupeur. Elle ne nous laissa pas le temps de rassembler nos idées.

— Mais ce n'est pas vous que je plains, monsieur de Villedieu, s'écria-t-elle avec un redoublement d'animation, c'est ma pauvre nièce; chère enfant, — elle m'embrassa, — te voilà ruinée, tout à fait ruinée. Je l'avais toujours prévu. Un si beau, un si bon mariage que tu vas manquer, car je suis certaine que M. d'Héricourt ne voudra pas se trouver mêlé à tout ce...

— Madame ! s'écria mon père, mis enfin hors de lui.

— Qu'est-ce à dire, s'il vous plaît, monsieur, répliqua avec impétuosité ma tante, effrayante de colère, n'avez-vous pas ruiné votre fille ? Osez dire que la fortune de sa mère n'est pas aussi dans le gouffre que vous avez ouvert pour satisfaire à votre amour du luxe, de la dépense, de..... Mais répondez, répondez donc, s'écriat-elle en se levant.

Mon père se leva aussi, posa sa serviette sur la table et sortit de la salle à manger.

Je voulais m'élancer après lui, ma tante me retint. Alors, moi aussi, j'éclatai. Je reprochai à Mme Doberives d'avoir, sans pitié, devant moi, accablé, humilié mon père.

— Ah ! que tu es bien la fille de ta mère, interrompit-elle en s'adoucissant tout d'un coup. Excuse-le, comme elle faisait toujours : c'est elle qui l'a perdu en l'aimant trop. Si dès le com-

mencement elle avait eu de la fermeté, si elle
avait suivi mes conseils ! Si, à la fin, elle lui
avait ôté ta tutelle, tu n'en serais pas où tu en
es ! Elle aurait ainsi sauvegardé une partie de
ce qu'il vient de manger aujourd'hui ; et ce mot
ranimant sa colère, elle défila tout le chapelet
de reproches qu'elle murmurait entre ses dents
depuis si longtemps. J'eusse donné bien des
années de ma vie pour ne pas l'entendre.

— Enfin, qu'allez-vous faire maintenant, con-
tinua-t-elle apaisée par la vue de ma douleur et
touchée par mes larmes. Il faut vendre tout ceci,
— et elle promena un regard de mépris sur la
pièce, meublée avec un grand luxe. — Il faut
mettre bas immédiatement chevaux, voitures ;
prendre tout de suite la vie modeste, qu'il vous
convient de mener désormais. Le plus triste sera
de vendre Villedieu, où nous avons tous été élevés et qu'aimait tant ta mère ! Pourtant, il le
faut : il ne vous restera rien, absolument rien.
C'est une épouvantable faillite ! Si tu entendais
tout ce qu'on dit !

— Mais mon père est un honnête homme,
m'écriai-je avec indignation, il est incapable
d'avoir...

— Incapable, je le crois bien, interrompit-elle
fièrement,

— Je lui sus gré de ce bon mouvement.

— Mais voilà ce que c'est que de salir son nom avec des faiseurs d'affaires, des coquins ! Un Villedieu en faillite !

Elle essuya ses yeux d'ordinaire rebelles aux larmes. Elle était calmée.

— Ma chère tante, risquai-je alors, pour l'amour de Dieu, ne dites plus rien à mon père.

— Comment, que je ne lui dise plus rien ! Mais si je ne lui dis rien, moi, qui donc osera lui dire ?

— Personne, ma tante, personne : la force des choses l'obligera à prendre de lui-même un parti : tout ce que nous lui dirions à présent ne ferait que l'aigrir.

J'obtins enfin qu'elle s'en allât sans revoir mon père.

Quand nous fûmes seules, Marthe et moi nous jetâmes dans les bras l'une de l'autre : Et M. d'Héricourt ? lui murmurai-je à l'oreille. Elle m'embrassa comme l'eût fait ma mère, sans me répondre un mot. Je compris que, comme moi, elle doutait de lui !

La nouvelle de la catastrophe s'était en effet très vite répandue dans Paris. M. d'Héricourt accourut près de nous tout bouleversé. Il parut prendre une si vive part à notre malheur et me le témoigna en termes si affectueux que mon cœur fut soulagé et que je me reprochai vivement de m'être laissée aller à douter de ses sentiments.

Il fut aussi très bien pour mon père, mais je n'y fus pas trompée: pour être ainsi il prenait sur lui-même. Mon père ne s'en aperçut pas, et une fois délivré de cet aveu qui l'étouffait, il devint bon, tendre, comme par le passé. Il me parla de sa douleur, de son remords d'avoir détruit mon avenir, en termes si vifs, si désespérés que je le suppliai de cesser de le faire. J'étais au supplice : non-seulement il me déchirait le cœur, mais je souffrais de le voir ainsi s'humilier devant moi et s'accuser devant M. d'Héricourt dont la physionomie froide et presque hautaine démentait alors les paroles de sympathie qu'un moment auparavant il disait à mon père qui, ne voyant rien, fut très communicatif avec lui.

Quand il s'agit d'affaires, M. d'Héricourt redevint comme à son habitude ; il donna à mon père cherc nseils très sages, très mesurés, y mit une aide-de étion et l'engagea à tout confier à devoir, m

Quelques jours après, un homme très sûr, choisi par notre oncle, nous donnait l'espoir qu'il serait peut-être possible de sauver ma fortune personnelle qui me venait de ma mère.

Mon futur, qui n'avait jamais montré son inquiétude, nous permit d'en juger en laissant voir toute la satisfaction que lui causait cette espérance. Le temps fixé pour notre mariage approchait; un jour où nous étions en famille, à la suite d'une réunion pour nos affaires, il rappela à mon père sa promesse et lui en demanda l'exécution.

Dans un moment pareil, c'était agir avec une grande délicatesse. Il était impossible de mieux et de plus noblement dire qu'il ne le fit. Cependant mon père refusa et moi aussi : tous les deux nous lui dîmes que, dans des circonstances pareilles, il nous était impossible de lui permettre de s'engager davantage; que nous lui rendions sa parole jusqu'au jour où la situation serait nette. Il refusa de la reprendre, et me pria de le considérer toujours comme engagé à moi. Je le lui promis.

Pourquoi, simultanément, mon père et moi, avions-nous refusé? C'est que, dans cette mande formulée avec de grands sentir peut-être l'un et l'autre avions-nous l'honneur parlait plus haut que le

Dès qu'il fut parti, mon père me serra tendrement dans ses bras, et, sans me dire un mot, sortit du salon.

Je restai seule avec Marthe. Mon cœur se brisait, ma tête brûlait, je me levai, j'allai vers la fenêtre, j'appuyai mon front sur la vitre. Je vis

M. d'Héricourt descendre tranquillement le perron ; il avait l'air calme d'un homme qui a accompli un devoir. Un de nos amis, qui venait
nous faire visite, s'arrêta pour lui parler. Je vis
M. d'Héricourt sourire et causer avec toute
sa liberté d'esprit. Jamais on n'aurait pu croire
qu'il venait de reculer son bonheur.

Je m'échappai du salon afin d'éviter la visite ;
mais je ne pus le faire assez vite pour ne pas
entendre les premières paroles qui suivirent le
bonjour. Je viens, disait M. Dorbel, — un vieil
ami de mon père, — de rencontrer d'Héricourt,
vous lui avez parlé de mon protégé, je vous en
remercie ; il me donnera une réponse ce soir, au
bal du ministre.

Je m'enfuis le cœur plein d'amertume. Il allait
au bal le soir !

Quand la première impression fut calmée, je
ai à l'excuser en me disant qu'il était
camp du ministre; que ce bal était un
is s'il avait eu le regret profond que
je res entais, n'aurait-il pas trouvé le moyen de
se dispenser de ce bal, et ne serait-il pas venu
passer la soirée auprès de moi.

Il me donna cependant, le soir, un quart
d'heure ; fut exactement comme si rien ne s'était
passé le matin, et me demanda ce qui me rendait plus triste que de coutume.

Que de nuages voilaient alors ce radieux soleil qui avait fait ma joie. Mes beaux jours de Villedieu ne devaient jamais revenir.

M. d'Héricourt ne paraissait pas comprendre que mes chagrins me le rendaient encore plus cher, plus nécessaire, que ma vie était ce que son affection ou son indifférence la faisaient, que j'existais uniquement pour lui et par lui, que mon cœur enfin était un malade qui demandait les plus tendres soins.

Nous trouvâmes dans notre famille et dans nos amis un dévouement et une sympathie qui nous firent le plus grand bien. Quant au monde, s'il s'occupa de nous, je l'ignorai. D'abord, je m'en retirai complétement ; puis à la suite des violentes émotions qui m'avaient accablée, j'eus une fièvre nerveuse, et ma convalescence m'obligea à garder la chambre tout l'hiver. Notre changement de vie me fut donc très peu sensible. La réforme de notre intérieur était pourtant complète, et si nous habitions encore l'hôtel, c'est que la fortune de ma mère se trouvait hypothéquée sur cet immeuble, ce qui en empêchait la vente.

Pendant le premier mois de ma maladie, mon père ne me quittait pas et me donnait toutes ses soirées. Insensiblement il ne m'en donna plus que la première partie, puis il finit par un simple

bonsoir après le dîner. Longtemps il avait été
uniquement absorbé par les inquiétudes que lui
causait mon état qui était des plus graves, mais
à mesure que ses inquiétudes pour moi s'apai-
saient, ses préoccupations personnelles repre-
naient le dessus. Il était extrêmement sombre
et triste, mais d'une tristesse affectueuse, qui
faisait mal : on voyait qu'il souffrait. Marthe
s'en affligeait et ne me le cachait pas. Souvent elle causait avec lui, et elle sentait bien
qu'il ne se résignait pas à son changement de
fortune.

Mon père, le plus charmant et le meilleur des
hommes, avait toujours eu horreur de la gêne
et des mille privations qu'elle entraîne : il lui
fallait la vie grande, large et gaie. Le manque
d'argent, qui à chaque instant l'irritait et le ra-
menait au positif plus que mesquin de sa vie actuelle, lui était un intolérable supplice dont toutes les deux nous souffrions pour lui.

Ma tante, qui se montrait bien moins rigou-
reuse que je ne l'aurais cru, cherchait à lui
remonter le moral. Jamais elle ne lui faisait de
reproches ; elle se contentait de gémir quand
nous étions seules, car elle comprenait qu'il n'y
avait rien à faire. C'était en vain qu'elle lui parlait de se créer une position qui pût augmenter
le très modeste bien-être qui nous restait, c'était

en vain qu'elle lui proposait l'aide de notre oncle pour y arriver : il répondait toujours oui,
mais elle le connaissait assez pour savoir que ce
oui était un non, et moi je sentais que ses pro-
positions irritaient inutilement mon père.

Mme Doberives, depuis nos malheurs, venait
très souvent. Il semblait que notre simplicité la
rapprochait de nous. Elle n'avait certes jamais
pu être envieuse de notre luxe, puisque sa position de fortune lui eût permis, si elle l'avait voulu, de mener une très large existence, mais il
semblait toutefois que notre vie ayant diminué,
elle se sentait plus près de nous et plus à l'aise
avec nous. Elle s'était, au reste, montrée d'une
générosité dont je ne l'aurais jamais crue capable. C'était mon oncle soi-disant qui nous venait
en aide et qui, grâce à elle, arrivait toujours
avec un à-propos infini. Quand nous la remer-
ciions, elle qui avait la haute main sur les finances, avait toujours l'air d'ignorer ce que faisait
son mari. Tu sais, me disait-elle quelquefois, que
je t'ai toujours dit qu'il était la bonté même : tu
en juges maintenant, et, s'il te fait plaisir, il est
encore plus heureux que toi; c'est un cœur
comme il n'y en a pas.

L'hiver se passa ainsi. M. d'Héricourt nous
manqua beaucoup ; il avait été envoyé en mission et ne devait revenir qu'au printemps.

J'avais gardé à la suite de ma maladie une
certaine faiblesse qui n'était pas sans charmes.
Elle m'empêchait de sentir les piqûres d'épin-
gles journalières que le sort ne nous épargnait
pas et qui rendaient nos grandes douleurs encore plus insupportables. Je ne vivais plus dans
le monde réel. Mon corps était comme engourdi,
je semblais inerte, mais mon esprit vivait plus
haut que mon corps. Je demeurais des heures les
yeux fermés, abîmée dans mes pensées ; on me
croyait endormie, mais les yeux de mon intelligence étaient grands ouverts, et je voyais alors
les choses avec une lucidité que je ne m'étais
jamais connue.

Ma raison, étant dégagée de mon cœur, me
permettait de juger M. d'Héricourt, car le cœur
ne sait pas juger, il ne sait qu'admirer ceux qu'il
aime. Pour la première fois je voyais nettement
les côtés faibles de ce caractère qui présentait
tant de qualités solides et brillantes, mais mon attachement n'en souffrait pas. J'apportais une
grande justice dans mon appréciation. J'avais
été si près de la mort qu'elle m'avait pour ainsi
dire rapprochée de Dieu, et mon âme était pleine
d'indulgence. Cependant cette indulgence ne
me cachait pas la vérité ; seulement elle me permettait de la considérer avec calme.

Ce fut vers le printemps, peu de jours après

le retour de M. d'Héricourt, que les affaires de
mon père se dégagèrent pour nous des ténèbres
qui les enveloppaient. La fortune de ma mère
restait intacte, mais la dette de mon père était
beaucoup plus considérable qu'il ne le croyait.
Il avait donné des signatures sans comprendre
jusqu'où elles l'engageaient. Il me revenait six
cent mille francs ; mais, si je les exigeais, la
position personnelle de mon père, comme hono-
rabilité, se trouvait compromise, c'est-à-dire
que son nom figurerait dans la faillite.

Je n'hésitai pas, j'abandonnai tout. Je ne fus
pas satisfaite de M. d'Héricourt. Fort susceptible
quant au point d'honneur, il ne put qu'approu-
ver ma conduite ; mais, soit en parlant à mon
père, soit en parlant de mon père, il laissa per-
cer une aigreur et un mécontement qui m'allèrent au cœur.

Sa conduite n'était pas celle d'un futur qui va
épouser par inclination et pour qui la personne
aimée passe avant tout, c'était celle d'un homme
très positif, uniquement occupé de la fortune et
très peu de la femme.

Mon père fut encore plus blessé que moi. Il con-
serva un ressentiment dont je le croyais incapable,
et m'en voulut beaucoup de chercher à défendre
M. d'Héricourt, car je le défendais. J'essayais de
fermer les yeux des autres afin de les empêcher

de voir ce que les miens ne voyaient que trop.

Notre intérieur était tout ce qu'on peut imaginer de plus triste : mon père ne passait plus jamais la soirée avec nous; il évitait M. d'Héricourt qui ne semblait pas s'en apercevoir, mais était visiblement plus à l'aise quand il se trouvait seul avec ma cousine et moi. Quant à moi j'avais perdu cette confiance qui permet de dire tout ce qui passe par le cœur et par la tête, j'étais gênée avec mon père, gênée avec mon futur mari, et cela pour l'amour de l'un et de l'autre. Je souffrais tant de leur désunion, de leur mutuelle raideur : quelle vie ils me préparaient ! Mais ils ne le comprenaient pas. Tous les deux me savaient mauvais gré de ne pas me prononcer pour l'un ou pour l'autre, comme si c'était possible. Et pourtant M. d'Héricourt aimait sa mère avec passion; il est vrai que pour lui mon père n'était plus qu'un coupable. Il ne pouvait excuser ce qu'il appelait ma faiblesse ; mon manque de caractère ne pouvait trouver grâce devant lui ; son excessive droiture le rendait inflexible.

Au commencement d'avril, mon père nous pria, Mlle de Chennery et moi, d'aller passer quelques jours à Villedieu, afin d'y mettre tout en ordre, parce que, du consentement des créanciers, il allait le vendre à l'amiable.

Ce fut un triste voyage. Il nous fallut faire un

inventaire, et nous fîmes en même temps celui de nos souvenirs.

Les derniers jours heureux que j'y avais passés rendaient encore le présent plus amer. Quand j'étais loin de M. d'Héricourt, j'oubliais ce qui en lui et près de lui me chagrinait ; je ne voyais plus que les côtés séduisants de son caractère, et je souffrais de notre séparation.

Cependant le calme, le grand air, la vue de la nature mise en joie par les brises printanières, eut sur ma cousine et sur moi une salutaire influence ; nos idées étaient moins sombres ; je me serais volontiers reprise à espérer. Et, tout en voyant venir avec une sorte d'angoisse le moment de dire pour toujours adieu à cette habitation que les miens et moi avions tant aimée, la satisfaction de revoir bientôt M. d'Héricourt l'emportait au fond sur ma douleur.

Déjà le jour de notre départ était fixé, quand une lettre de mon père vint nous remettre au désespoir et renversa nos projets.

« Ma fille chérie, m'écrivait-il, je t'aime tant que le courage m'a manqué pour te dire ce que tu vas lire. J'ai eu peur de ton chagrin. C'est cependant uniquement pour toi, c'est par tendresse, c'est pour te rendre ce que ma folie t'a fait perdre que je me me suis résolu à l'acte que j'ai accompli hier. Je me suis marié.

« Reste à Villedieu qui est toujours à nous. Dans quelques semaines, tu viendras reprendre dans la maison de ton père la place qui n'appartiendra jamais à une autre et ne saurait être occupée que par toi. »

La lettre m'échappa des mains. Je ne pus lire le reste.

Une horrible et douloureuse pensée qui jusqu'à ce jour n'a jamais traversé mes lèvres, bouleversa ma tête et mon cœur. Elle doit être riche ! me dis-je malgré moi ; mon père n'a pas eu la force de supporter la mauvaise fortune ! Il s'est vendu !

Je restai pendant longtemps livrée aux plus amères réflexions. Je ne pouvais supporter l'idée qu'une autre femme allait prendre la place de ma mère, et allait porter le nom qu'elle avait porté. Et quelle était cette autre femme ?

Mlle de Chennery partageait mes douleurs et mes appréhensions ; mais nous gardions le silence sur ce qui nous faisait le plus de mal ; nous aimions trop mon père l'une et l'autre pour le blâmer tout haut ; quant à tout le reste, notre souffrance était la même : elle avait tant aimé ma mère !

Nous passâmes la fin du jour à chercher quelle était la femme que mon père avait prise pour compagne, mais il nous fut impossible d'y arriver. Le lendemain nous apporta le mot de cette triste énigme. Ce fut ma tante Doberives qui se chargea de nous le donner.

Voici sa lettre ; je ne l'oublierai jamais.

« Je regrette, ma chère nièce, que ma mauvaise santé m'empêche d'aller vous porter le témoignage de mon affection qui eût adouci, je l'espère, le nouveau chagrin que Dieu vous envoie ; votre père vient de se remarier.

« Ce sera pour vous et pour toute la famille, vous n'en doutez pas, une grande affliction de voir occupée par une autre, — et quelle autre ! — cette place que votre pauvre mère occupait d'une manière si digne et si charmante.

« Votre père a quitté Paris il y a huit jours sans nous informer du motif qui le conduisait en Angleterre. C'est ce matin seulement que son notaire, qui en avait été chargé par lui, est venu nous apprendre qu'il avait mis le comble à toutes ses folies en épousant une madame Germain !

« Madame Germain ! la connaissez-vous ? Mais qui ne la connaît pas ou ne l'a pas vue ? Elle est partout ! Il est vrai que vous ne voyez jamais rien.

« Enfin, si par hasard elle ne vous est pas présente, madame Germain est une grande, grosse femme, de cinquante-cinq ans, qui a de gros traits, une grosse taille, de gros pieds, de

17.

grosses mains. Tout cela, dit-on, a été charmant jadis; elle seule s'imagine qu'il en est encore de même aujourd'hui et continue à nourrir d'incroyables illusions de jeunesse.

« Sa démarche, son langage, ses toilettes, ses allures sont d'une jeune évaporée de dix-huit ans. Elle se manière, elle flûte sa voix de baryton; elle fait la sentimentale, la sensible, la naïve; enfin je pourrais encore remplir des pages de ses ridicules sans les y mettre tous. Aussi sommes-nous inconsolables que votre père ait été s'affubler d'une pareille femme.

« Son premier mari, richissime homme d'affaires, quoiqu'il fût parvenu à dorer une réputation plus que douteuse, ne s'était jamais fait accepter qu'à moitié : aussi l'unique souci de sa veuve était-il de se faire accepter tout à fait en donnant un nom honorable à la fortune qu'il lui avait laissée : voilà ce désir accompli !

« Le notaire, dans un discours plein d'art, a cherché à faire miroiter à nos yeux les avantages que ce mariage d'argent présentait dans la situation actuelle de votre père; il a complaisamment étalé les sacrifices que la nouvelle mariée avait dû faire pour le rachat de Villedieu, etc. A quoi j'ai sèchement répliqué que jamais la veuve de M. Germain ne saurait payer assez cher le droit de s'appeler madame de Villedieu.

« J'espère bien qu'il reportera mes paroles à votre père et qu'elles donneront à M. de Ville-dieu la mesure de l'accueil qui attend sa femme. Mais vous, ma chère Jeanne, quelle situation !..»

Je passai la lettre à Marthe, et toutes les deux nous demeurâmes confondues.

Mon père avait épousé Mme Germain ! Cette personne dont tout Paris se moquait ! Mon père avait quarante-cinq ans, et paraissait encore si jeune, que souvent, quand nous allions ensemble courir les magasins, on le prenait pour mon mari : comme cela me rendait heureuse ! J'étais si fière de mon père !... Mais il aurait l'air de son fils à elle... Il était mince et avait une tour-nure si élégante,... tandis qu'elle !... Mon père allait être ridicule,... pis que cela, il allait être mésestimé... Je ne pouvais supporter cette ter-rible et odieuse pensée ! Mais lui, accepterait-il, se résignerait-il aux conséquences qu'allait fata-lement entraîner son fatal mariage, que tout l'or du monde ne pourrait racheter ! Lui, si cha-touilleux sur tout ce qui touchait à sa dignité, si pointilleux sur le comme il faut, lui, si enne-mi du ridicule et si impitoyable pour ceux qui s'en donnaient ! Et moi, moi qu'il aimait tant, qu'il faisait passer avant tout, que serais-je pour lui désormais ?

J'étais navrée, désespérée ; rien ne pouvait

adoucir mon chagrin. L'inquiétude de ce qu'allait me répondre M. d'Héricourt y mettait le comble, car j'avais dû lui écrire notre nouvelle douleur.

La réponse que je reçus fut telle que je la prévoyais. En vain essayait-il, par ménagement pour moi, de dissimuler l'irritation que ce mariage lui causait, elle s'accusait dans toutes les phrases de sa lettre. Il me fut impossible de ne pas sentir qu'il était blessé à un tel point que je devais me préparer à un nouveau malheur. Je trouvai alors la résolution de ne pas composer avec moi-même, et j'eus le courage de me dire et de me redire que M. d'Héricourt était perdu pour moi.

Nous attendions la lettre qui devait nous rappeler à Paris, quand un matin, de très bonne heure, Marthe vint m'éveiller : — Sois forte, me dit-elle, ils sont arrivés.

Je fus si affreusement saisie que je ne pus ni pleurer ni parler.

Je me levai et m'habillai machinalement. L'entrevue que j'allais avoir avec mon père m'effrayait à un tel point, mon cœur battait si violemment, que j'espérais qu'il allait se briser. Et cette femme ?

Comme j'achevais ma toilette, mon père entra dans ma chambre. Je restai immobile. Il vint à moi, me prit dans ses bras, m'y retint longtemps avec tendresse; puis, sans me dire un mot, il m'entraîna chez Mme de Villedieu.

Elle me reçut d'abord cérémonieusement, puis tout d'un coup et comme cédant à une impulsion irrésistible, elle m'attira à elle, m'embrassa, m'embrassa encore et m'accabla d'un déluge de compliments et de tendres paroles.

Cette explosion de sensibilité, loin de m'animer, me paralysa; je n'avais plus mes idées nettes; je me disais comme dans un rêve : moi, embrassée par Mme Germain! moi, cajolée par Mme Germain! et je restais stupide d'étonnement. Car Mme Germain n'était pas encore pour moi Mme de Villedieu. Ce fut mon père qui me ramena au vrai de la situation.

Chère amie, dit-il avec l'inflexion de voix la plus tendre. Je sortis de ma torpeur et me retournait vivement; mais ce n'était pas à moi qu'il parlait! Je n'entendis pas le reste de la phrase qui ravit sans doute la nouvelle mariée, car elle se mit à coqueter avec mon père qui lui répondit de la manière la plus aimable.

Je la trouvais si affreusement ridicule, que je fus prise d'une colère sourde en voyant qu'elle rendait mon père non moins ridicule qu'elle; puis, comme c'est ma confession que je fais, je dois avouer qu'il s'y mêla une sorte de rage ja-

louse causée par ce mot : chère, adressé à cette
femme. Tout ce que je pensais, tout ce que j'a-
vais sur le cœur faillit m'échapper.

Mais mon père ne m'en laissa pas le temps :
soit qu'il devinât ce qui se passait en moi, soit
qu'il voulût abréger l'entrevue, il nous emmena
dans le parc à la recherche de Marthe. Sa présentation mit fin à la mienne.

Mon père et sa femme restèrent au château une
semaine qui me parut l'éternité.

Je ne pouvais me faire aux miévreries, aux
enfantillages, aux gentillesses de Mme de Villedieu, qui affectait d'être comme une épousée de
vingt ans. Ce colosse folâtre m'irritait. J'en voulais à mon père d'accepter avec bonne grâce
cette comédie de sentiments ; sa délicieuse humeur, car il avait l'air vraiment enchanté, me
crispait les nerfs. J'étais aigre, maussade, mor-
dante même, il ne semblait pas le voir et s'occupait à peine de moi.

A tout cela se joignit une cruelle déception :
j'avais cru qu'il me demanderait presque pardon ; au lieu de cela, je ne comptais plus. Deux
ou trois fois cependant il était venu dans ma
chambre, et alors je l'avais retrouvé le même,
encore meilleur peut-être ; mais devant sa femme
il n'osait pas. Je ne puis dire combien j'en fus
blessée, combien j'en souffris dans mon cœur et

dans mon amour-propre. — J'ai été tout et je ne suis plus rien, me disais-je avec une confusion de bons et de mauvais sentiments tels que je ne retrouvais plus ce moi-même si tendre et si dévoué à mon père.

Heureusement alors, un coup d'œil jeté sur le passé fit cesser ma révolte et apaisa mon ressentiment. Il me vint à la pensée que j'avais dû, moi aussi, faire souffrir à mon pauvre père tout ce qu'il me faisait souffrir aujourd'hui, quand j'avais donné à M. d'Héricourt la première place dans mon affection. Ce souvenir me rendit d'autant plus indulgente qu'il me rappela avec quelle bonté, avec quelle abnégation mon père avait supporté le chagrin que je lui faisais. Puis, comme une bonne pensée vient rarement sans être suivie par une autre, je me demandai si mon égoïste amour de moi-même ne m'entraînait pas, et si, au lieu de souhaiter que mon père traitât avec une sorte de froid mépris la femme qu'il avait épousée de sa pleine volonté à lui, je ne devais pas au contraire désirer que par sa manière d'être, il prouvât au monde qu'il n'avait pas seulement fait un mariage d'argent, mais un mariage de convenance.

Quelques jours après le départ de mon père, Marthe et moi revînmes à Paris. J'avais tout à la fois hâte et peur de revoir M. d'Héricourt. Son

accueil fut affectueux. Il avait l'air heureux de
me retrouver, et cependant il y avait dans ses
manières un je ne sais quoi qui, tout en n'étant ni
de la froideur ni de la gêne, me serrait le cœur.
Je sentais qu'il m'aimait, mais comme aime un
ami; je cherchais en vain cette nuance qui de
l'amitié conduit à un sentiment plus tendre, je ne
la trouvais plus. Il avait des attendrissements
subits en m'entretenant du passé; certains souvenirs lui faisaient venir les larmes aux yeux,
comme si nous n'avions pas à nous l'avenir.
L'avenir! pourquoi ne m'en parlait-il plus?

Je profitai d'un de ces moments où sa sensibilité me semblait le plus excitée pour le supplier
d'être bon avec Mme de Villedieu, à qui il allait
être présenté, et dont il me parlait avec une ironie voisine du mépris. Il me le promit; mais il
tint mal sa parole. Ce mariage le révoltait. Il ne
le montra pas ouvertement, mais il le laissa voir.
Cette entrevue me fut très pénible. La politesse
froide et hautaine de mon futur indisposa tout à
fait mon père qui ne put me cacher combien il en
était froissé.

Notre mariage était fixé au mois de juin; nous
étions au commencement de mai, une entrevue
relative au contrat était inévitable. Elle eut lieu.
M. de Villedieu et M. d'Héricourt se séparèrent
plus que mécontent l'un de l'autre.

En quittant mon père, M. d'Héricourt vint auprès de moi ; j'étais dans mon petit salon avec Marthe, — Mme de Villedieu avait aussi racheté l'hôtel, — M. d'Héricourt avait un air si grave, si solennel, que toutes les deux nous en fûmes frappées. Mlle de Chennery, prévoyant qu'il avait à m'entretenir, se retira immédiatement ! Nous restâmes seuls.

— Mademoiselle de Villedieu, me dit-il, je me suis sérieusement et sincèrement attaché à vous, et je n'ai pu vous en donner une plus grande preuve qu'en vous demandant d'être ma femme. Mais plus je vous porte de tendresse, plus j'ai la ferme volonté de vous rendre heureuse, et, à ma grande douleur, je viens d'acquérir la certitude que vous ne sauriez l'être en ménage, dans les conditions où les déplorables affaires de votre père réduiraient notre intérieur.

Je le regardai avec stupéfaction.

— Vous seriez moins étonnée de ce que j'ai à vous dire, continua-t-il, si vous aviez entendu ce que j'ai entendu tout à l'heure, et que vous n'avez jamais voulu écouter. Les choses en sont arrivées au point que votre père, qui ne peut absolument rien vous donner, m'a offert, pour vous, une dot au nom de sa femme ! J'ai nettement refusé en votre nom et au mien les offres généreuses, — il prononça ce mot avec une expres-

sion de dédain impossible à rendre, — de
Mme Germain, de Mme de Villedieu, veux-je dire;
car je crois qu'il ne nous conviendrait ni à l'un
à l'autre d'accepter ses largesses.

— Non, certes, m'écriai-je.

— J'étais certain d'avance de votre approbation, reprit-il, mais savez-vous ce qui vous reste?... De toute la fortune de madame votre
mère, il vous reste trente mille francs !

— Qu'importe, interrompis-je, avec vous, la
vie la plus simple, la plus modeste...

— Vous devez raisonner ainsi, interrompit-il
à son tour ; votre cœur est si rempli de tendresse
et de dévouement, qu'il ne vous vient même pas
à la pensée de songer à vous. Mais moi, mon
devoir est de songer pour deux, et aujourd'hui
ce devoir m'est bien cruel à remplir.

Je n'attends rien de ma mère qui n'a qu'une
existence fort modeste ; j'ai abandonné à ma sœur
le peu qui me revenait de mon père ; je n'ai donc
absolument que ma position. Elle est belle, mais
pauvre d'argent, et serait insuffisante pour un
ménage. Vous avez de grandes habitudes que
vous diminueriez sans regret, j'en suis assuré ;
mais il ne s'agirait pas seulement de les diminuer, il faudrait arriver à les rapetisser à un tel
point qu'il finirait par vous en coûter plus que
vous ne l'imaginez, et moi je ne pourrais sup-

porter de vous imposer de telles privations. Puis
nous aurions des obligations de monde, de famille et un complet manque de ressources pour
les remplir. Et si nous avions des enfants? Quel
serait leur avenir ! Je n'aurais pas même la res-
source de chercher à leur en faire un par mon
travail ! Tout, pour moi, se borne à mon grade,
et après moi, rien. Jamais je ne créerai une pareille position à ma femme.

Votre père, comme je vous l'ai dit, ne possède
plus rien ; ce dont il jouit lui vient de son nouveau mariage ; c'est pourquoi j'ai refusé la pension qu'il nous offrait. Si je l'avais acceptée, ma
mère s'en fût indignée. Elle a vu le mariage de
M. de Villedieu avec une répugnance extrême ;
moi, je ne puis supporter sa femme. Quant à lui,
je vous dois la vérité : je désapprouve tellement
sa conduite envers vous, je la désapprouve tellement à tous les égards qu'il me faut vous dire
que tous mes efforts tendraient à vous éloigner
de lui. Vous aimez si tendrement et si aveuglé-
ment votre père, que vous n'y consentiriez jamais. En présence de pareilles impossibilités de
fortune et de pareilles dissemblances dans nos
sentiments, je me suis loyalement cru obligé de
vous rendre votre parole, et, quelque douleur
que j'en ressente, je vous la rends.

Il attendit.

Je demeurai muette et glacée. Mais la fierté me rendit bien vite le courage.

— Vous avez raison, monsieur, lui dis-je, vous ne devez ni supporter les suites de ma pauvreté, ni froisser les susceptibilités de madame votre mère, ni imposer silence à vos répugnances. Jamais, en effet, monsieur, vous ne m'eussiez séparée de mon père, car jamais je n'aurais pu oublier que, quand il s'est agi de mon mariage, il m'a librement laissée prendre celui que j'aimais, sans qu'aucune considération de sa part ait, un instant, entravé mon choix.

Je me levai alors et, le saluant, je me retirai sans lui donner le temps de me faire une réponse.

Je me croyais préparée à cette douleur. Non, je ne l'étais pas. Elle me frappa avec tant de violence que je devins comme insensée. J'accusais M. d'Héricourt, j'accusais sa mère, j'accusais le sort : c'était une tempête de désespoir qui ne s'apaisa que quand, lasse d'accuser les autres, je finis par m'accuser moi-même.

N'étais-je pas en effet l'unique cause de mes maux. N'était-ce pas l'amour-propre, le désir d'être une exception, comme s'il pouvait y avoir une exception pour un caractère positif, qui avaient été le point de départ de mon attachement? Et j'avais fini par donner mon cœur à un homme qui, ayant pour unique mobile la raison, m'avait recherchée par raison et qui y satisfaisait encore en renonçant à moi. J'avais eu le temps de le connaître; il s'était montré ce qu'il était, et n'avait jamais cessé d'être d'accord avec lui-même : c'était moi qui avait fermé les yeux à la vérité.

Mlle de Chennery, inquiète de ce qui avait pu se passer, vint interrompre mes réflexions. Je lui racontai tout, mais sans plaintes, sans larmes : l'heure de la résignation était venue.

— C'est un esprit droit et juste, lui dis-je en terminant mon triste récit, mais c'est un cœur bien froid.

— Oui, impitoyablement froid, reprit-elle avec amertume. Et elle se souvint du jour où déjà j'avais ainsi jugé celui que j'aimais.

Nous gardâmes un moment le silence, puis elle reprit :

— Il faut pourtant être juste, ma chère Jeanne, ce qu'il vous a dit n'est que trop vrai. Ce n'était même pas une position modeste qu'il avait à vous offrir; c'était la gêne pour vous et la gêne pour lui. Qui sait l'effet que les privations auraient pu avoir sur lui? car son existence actuelle est aisée. Certainement son orgueil eût été froissé, et son caractère naturellement dur le serait devenu encore davantage : je crois que vous auriez fini par être fort malheureuse.

— Peut-être, répliquai-je, car sa simplicité n'exclut pas le désir de garder sa position dans le monde, et nous n'aurions pu y arriver. Combien vous étiez dans le vrai, lorsqu'un jour, me voyant triste à cause d'un manque d'attention affectueuse de sa part, vous me disiez : Jeanne, ne vous faites donc point d'illusions, ou vous ne serez pas heureuse; Mme d'Héricourt sera l'honneur de son mari bien plus qu'elle n'en sera l'amour. En effet, Mlle de Villedieu, riche, bien posée, eût été son honneur! Mlle de Villedieu, belle-fille de Mme Germain, et pauvre, ne pouvait être que l'amour de M. d'Héricourt, et il n'en avait pas pour elle. Quelle différence de lui à mon pauvre père qui, lorsque nous étions riches et qu'il pouvait exiger que son gendre apportât de la fortune, avait accepté, sans compter, ce gendre qui ne lui plaisait pas. Aussi, malgré tous mes sentiments pour ce mari que j'eusse tant aimé, jamais il ne m'aurait détachée de mon père; jamais il ne m'aurait amenée à lui en vouloir. Car, chez mon père, c'est l'excès de la générosité qui étouffe la raison, tandis que chez M. d'Héricourt, c'est l'excès de la raison qui étouffe la générosité. J'aurais immensément souffert de ce triste côté de sa nature, et certainement c'est à lui que j'aurais fini par en vouloir. Que la volonté de Dieu soit donc faite, je m'y soumets. Cependant, je ne saurai jamais oublier M. d'Héricourt, car, dans un peu de temps, je ne me souviendrai plus de ses défauts, tandis que ses grandes qualités ne cesseront pas de me rester présentes.

Je priai Mlle de Chennery d'obtenir de mon père qu'il ne me parlât point de cette rupture, dont j'étais par-dessus tout humiliée pour celui que j'avais tant aimé et que j'avais élevé si haut.

Je voulus tout de suite reprendre ma vie habituelle, sentant que si je me laissais aller une fois à la rompre, je ne saurais plus m'y soumettre. Mais quel vide! Je m'étais habituée à vivre à deux; vivre seule me causa une douleur sans nom. J'étais si accoutumée à lui rapporter toutes mes pensées et toutes mes actions, que je ne pouvais m'empêcher de le faire encore. Malgré ma volonté, je lui restais attachée; peut-être même, si je m'interrogeais, sentirais-je que je lui suis encore attachée aujourd'hui; mais il y a bien des années que je ne m'interroge plus.

Mon père, sans me parler de ma douleur, fit tout ce qu'il put pour l'adoucir. Mme de Villedieu eut la volonté de me témoigner de l'intérêt, mais fut maladroite comme tous ceux qui, dépourvus de vraie sensibilité, veulent faire du sentiment.

Marthe fut ma grande, ma réelle consolation.

Sa douceur me reposait, ses tendres prévenances empêchaient mon humeur de s'aigrir. Jamais elle ne me disait : résignez-vous ; mais je pensais qu'elle s'était résignée, et je tàchais de faire comme elle avait fait.

Elle aussi, cependant, me quitta. Malgré l'accueil qu'elle recevait, elle sentait qu'elle ne devait pas prolonger son séjour, et je le sentais aussi. Notre intimité faisait ombrage à Mme de Villedieu qui était très dominatrice, et qui aurait voulu, si je ne pouvais être toute à elle, qu'au moins je ne fusse à personne.

En ne cherchant pas à retenir Mlle de Chennery, j'accomplis mon dernier sacrifice et, encore une fois, je demeurai toute seule.

Ce fut alors, monsieur l'Abbé, que je vous connus. J'étais désespérée ; vos excellents conseils relevèrent mon courage et m'aidèrent à supporter mes peines. En me détachant de moi, je m'étais détachée de tout ; ce fut de vous que me vint la salutaire pensée de ne pas rester inutile.

Mon père, qui sentait que notre intérieur de famille ne devait pas me rendre heureuse, essaya de me ramener à l'idée du mariage.

Plusieurs partis s'offraient, ce qui était naturel, puisque Mme de Villedieu annonçait hautement sa volonté de me doter. Mais je demandai

nstamment à mon père de ne plus me parler de
es offres, parce que je n'en accepterais aucune.
Ce fut alors que je lui avouai mon désir d'entrer
chez les Sœurs de... pour m'y consacrer à soigner les malades. Il me supplia les larmes aux
yeux de ne point l'abandonner, de rester auprès
de lui, et je restai, quoiqu'il m'en coûtât, car
mon premier devoir, ainsi que vous me le dîtes
en m'approuvant, monsieur l'Abbé, était de me
dévouer à mon père : lorsque je fus convaincue
que vraiment je lui étais nécessaire, ma vie eut
un but, et elle changea complétement.

Mon père ne pouvait pas être heureux, et
était d'autant plus à plaindre que son malheur
venait de sa faute. Quelques mots qui lui échappèrent pendant notre conversation me firent
comprendre la vérité qu'il cachait avec soin. Jamais je ne lui avais entendu exprimer un regret, jamais il n'avait laissé échapper contre sa
femme une parole de critique ou de blâme ; mais
son humeur, en restant douce, était devenue
sombre ; sa gaieté, à laquelle se trompait Mme de
Villedieu, n'était qu'un effort. J'avais cru qu'il
s'ennuyait ; je m'étais trompée, et j'en eus un
véritable remords ; ma propre douleur m'avait
rendue égoïste, je ne fus plus occupée qu'à réparer ma faute.

Il y avait déjà bien longtemps, à mes yeux,

18

que mon père avait effacé la sorte de réproba-
tion qui s'attachait à son union par la délicatesse
qu'il apportait dans sa conduite envers sa femme :
il vivait avec elle comme si réellement il eût
obéi à son inclination en l'épousant, et il y avait
du mérite. Il existait entre leurs deux caractères
la différence qui existait entre leur éducation
première. Mme de Villedieu n'avait pas été élevée,
et se ressentait toujours du milieu vulgaire dans
lequel elle avait vécu.

Dans le monde, cela allait encore ; elle avait
acquis de la forme, et avait ce jargon de convention qui tient lieu d'esprit ; mais dans son intérieur elle était exigeante, impérieuse, criarde,
petite et mesquine dans ses idées ; elle s'emportait
volontiers, et mon père, qui était le contraire
de tout cela, souffrait beaucoup. Il sortait peu,
parce qu'elle avait pris sur lui un grand empire
qu'il ne voulait pas avouer, et il aimait mieux
rester chez lui que d'être forcé de reconnaître
qu'il était obligé de rentrer quand cela plaisait à
sa femme. Mais ce qui répugnait le plus à sa nature généreuse jusqu'à la prodigalité, c'était
l'avarice de Mme de Villedieu qui, fastueuse au
dehors, poussait dans son intérieur la vilenie
jusqu'à la plus extrême limite.

Tous mes soins désormais tendirent à rendre
ces âpretés moins rudes à mon père, et, pour y

arriver, je parvins à me faire bien venir de ma
belle-mère.

Du moment où j'eus positivement refusé de
me marier, je me trouvai libre d'être ce qu'il me
plaisait avec elle : on ne pouvait plus me supposer aucun motif intéressé, et d'ailleurs, eût-il
été possible de le faire, cette considération toute
personnelle ne m'eût point arrêtée.

Insensiblement j'arrivai à me rendre si utile
à Mme de Villedieu que je procurai ainsi plus de
liberté à mon père, puis elle me pria de conduire
la maison, ce que je fis, et je la menai avec tant
d'ordre qu'elle me l'abandonna, ce qui lui permit d'être toute à ses plaisirs et adoucit son humeur intérieure.

Combien j'étais encouragée et soutenue quand
mon père, par quelque bonne et tendre parole,
me remerciait de ce que je lui faisais la vie meilleure.

J'allais au bal, au spectacle quand ma belle-
mère le voulait : j'y passais indifférente ; il y avait
si longtemps que, tout en étant du monde, je
n'en étais plus. J'avais même, pour plaire à
Mme de Villedieu, augmenté mes toilettes, car les
siennes étaient plus extravagantes que jamais, et
elle me querellait de la simplicité des miennes
qui parfois la gênaient.

Un jour, jour néfaste, elle alla jusqu'à insister

pour me faire aller avec elle à un bal costumé qui
occupait tout Paris. Je refusai d'abord, puis enfin
je me laissai aller à faire ce qui paraissait lui plaire.
Elle en fut si charmée, qu'elle m'offrit un très
joli costume ; mon père devait porter le manteau
vénitien ; elle, devait porter le riche et beau costume de la reine Maria Leckzinska. Tout, jusque-là, allait très bien. Mais voilà que, subitement, changeant son premier projet, il lui prit
la fantaisie de se costumer en Diane chasseresse.
Mon père et moi fîmes tous nos efforts pour l'en
détourner, mais ce fut inutile.

Il n'est pas possible d'imaginer à quel point
cette grande et forte personne, ainsi costumée,
était grotesque. Ce croissant sur le front, ce
carquois sur les épaules, donnaient une irrésistible envie de rire. Heureusement encore nous
étions parvenus à obtenir qu'elle allongeât la
multitude de ses jupes bouffantes.

Nous arrivâmes au bal ; elle était radieuse et
nous désolés.

Comme elle adorait les entrées à sensation,
elle fut enchantée de l'effet que produisait la
sienne. On se levait pour la voir. Toutes les
têtes se tournaient de son côté ; il y eut même
une légère rumeur. Elle était ravie et baissait
modestement les yeux, ce qui l'empêchait de
voir l'ironique curiosité dont elle était l'objet.

Mon père semblait marcher sur des aiguilles, moi j'étais si troublée que j'avais un brouillard devant les yeux.

Nous arrivions enfin à nos places, lorsque nous passâmes devant un groupe de jeunes femmes qui encombrait une porte. Elles ne purent retenir leurs éclats de rire. Un des hommes qui faisaient les aimables autour d'elles, dit, si haut que je l'entendis : Pauvre Actéon ! Et la gaieté redoubla.

Le sang me monta au visage ; je fus bouleversée ; mais le coup d'œil qu'à la dérobée je jetai sur mon père me rassura ; son visage était parfaitement calme. Toute la soirée je ne le perdis pas de vue et je ne vis rien qui pût justifier l'inquiétude que je gardais malgré moi. Un seul moment, une demi-heure environ, il disparut ; mais il avait l'air si tranquille, si gai même quand il revint auprès de nous, que je me sentis délivrée de mes craintes.

En rentrant, comme d'habitude, nous prîmes le thé chez Mme de Villedieu qui, grâce à ses illusions, était dans un véritable enchantement : elle ne tarissait pas sur la soirée. Mon père lui répondait avec entrain et était rempli pour elle de prévenances affectueuses. Il me reconduisit jusqu'à ma chambre et, avant de me quitter, m'embrassa à plusieurs reprises avec une extrême tendresse.

18.

Je me couchai, délivrée de toutes mes appréhensions.

Le lendemain, je me levai tard et hâtai ma
toilette afin d'être prête pour le déjeuner.

En entrant au salon, j'y trouvai Mme de Villedieu, à qui je fis mes excuses pour l'avoir fait
attendre. Comme elle s'étonnait que mon père
ne fût point encore revenu de sa promenade du
matin, une voiture entra dans la cour. Je cours
vers la fenêtre...

Mon Dieu ! combien vous alliez encore me
frapper ! C'était le coupé de mon père. La portière s'ouvrit... Mais ce fut le docteur X...,
notre médecin, qui en descendit tout seul.

Je pressentis un affreux malheur...

Mon père venait de se battre en duel. On le
rapporta immédiatement à l'hôtel. Mais vous
connaissez les cruelles heures qui suivirent,
monsieur l'Abbé, puisque c'est vous qui avez
assisté mon bien aimé père à l'instant suprême.

Je ne sais point de paroles qui puissent exprimer la douleur que je ressentis. Mon père était
le seul lien qui me retînt dans le monde ; quand
il l'eut quitté, ce lien se rompit et tout fut fini
pour moi.

Je restai cependant auprès de Mme de Villedieu jusqu'à ce que son chagrin se fût apaisé.
Il était très violent, si violent qu'elle en serait

morte s'il avait duré. Mais insensiblement il se calma, et son deuil, chose étrange, devint une diversion : puis elle recommença à recevoir ce qu'elle appelait ses intimes. Dès que je la vis suffisamment entourée, je lui témoignai le désir de la quitter pour entrer au couvent. Elle n'y mit d'obstacle que pour la forme.

Nos deux douleurs ne se ressemblaient pas, et la mienne lui faisait mal.

Jamais elle ne sut qu'elle avait été la cause de la mort de mon père. Ce fut ma tante Dobe-rives, dont l'effection avait redoublée avec mes chagrins, qui me conduisit au couvent et me re-mit dans les mains de madame la Supérieure.

Voilà cinq ans que je suis entrée en religion, et, depuis que je fais mon noviciat, chaque jour est venu me confirmer dans le choix que j'ai fait. Je n'ai point éprouvé un seul instant de regret ni de défaillance, et j'ai trouvé dans l'accomplisse-ment de mes devoirs le calme et l'apaisement que je cherchais.

C'est donc, monsieur l'Abbé, avec la pleine connaissance de moi-même et de la vie que je désire embrasser, que je vous demande à pro-noncer mes vœux.

II

Mademoiselle Jeanne de Villedieu avait vingt-cinq ans lorsqu'elle fit profession.

Sœur Marie-Madeleine, ce fut le nom qu'elle prit en religion, se dévoua à la vie qu'elle avait choisie avec cette chaleur de cœur et cet oubli d'elle-même qui étaient les traits distincts de son caractère. Ce ne fut donc ni l'abnégation, ni l'obéissance qui lui coûtèrent dans son nouvel état ; elle se soumit à tout et endura même avec une douceur que rien ne put altérer, celles de ses compagnes dont l'humeur aigre, difficile et acariâtre, était le fléau de la vie en communauté.

Sœur Marie-Madeleine enfin fut une de ces femmes vraiment bénies qui font admirer et respecter l'habit des Sœurs de...

Comme elle était entrée en religion non dans le but de trouver une existence toute faite qui la mît à l'abri des soucis matériels et des chagrins de famille ; comme elle avait le vrai renoncement, celui dont les œuvres et non la bouche portent le témoignage, ce qu'elle sollicitait n'était point d'aller dans les grandes ou dans les bonnes maisons, mais d'aller garder les plus misérables et les plus humbles. Et comme elle était vraiment leur sœur, elle savait panser les blessures de leurs âmes en même temps qu'elle soulageait les maux de leurs corps. Et, accomplissant la parole sainte, « elle assistait le pauvre sur son lit de douleur, et elle retournait ce lit afin qu'il pût y reposer ses infirmités. »

Ni l'épidémie, ni la contagion ne la faisaient reculer. Elle était toujours prête.

Pendant la petite vérole qui sévit au printemps de 1870, elle se multiplia. Sans qu'elle s'en aperçut, sa santé s'altérait ; elle ne souffrait pas, mais on la voyait pâlir et s'amincir insensiblement. Quand on lui en parlait, elle répondait gaiement que jamais elle ne s'était si bien portée ; qu'elle ne se sentait pas vivre et n'éprouvait même plus le besoin de manger ni de dormir, et que seul l'excès de la fatigue lui procurait un peu de sommeil et d'appétit.

La Supérieure exigea pourtant que la jeune sœur prît du repos, et il y avait déjà quelques jours qu'elle était rentrée à la communauté, quand, une après-midi, on vint au couvent demander avec instance une religieuse pour garder une dame âgée qui était à l'hôtel de ....., sans famille et dangereusement malade ; la Supérieure étant sortie, et l'assistante n'ayant pas d'autre sœur à donner que sœur Marie-Madeleine, l'envoya.

La femme de chambre qui était venue la chercher lui dit, pendant la route, que sa maîtresse, qui se trouvait à Paris seulement depuis deux jours, ayant pris froid, avait une fluxion de poitrine.

En arrivant à l'hôtel, sœur Marie-Madeleine fut introduite auprès de la malade. C'était une femme de soixante-dix ans, d'une physionomie bienveillante et distinguée. Elle sourit au doux visage qui se pencha vers elle et tendit la main à la jeune sœur. Elle paraissait très oppressée et ne parlait qu'avec une extrême difficulté.

Le médecin qui, peu après, vint faire sa visite du soir, trouva que le mal, depuis le matin, avait fait de rapides progrès. La malade en avait sans doute la conscience ; car elle témoigna le désir d'envoyer un télégramme à sa famille. Sœur Marie-Madeleine fut chargée de le rédiger.

Elle écrivit :

« Lieutenant-colonel d'Héricourt, femme, enfants, tout de suite ; mère très malade. »

La plume ne tomba pas des mains de sœur Marie-Madeleine, mais que se passa-t-il dans son cœur ? Car rien n'y pouvait mourir.

Elle soigna avec cette intelligence, avec cette prévoyance, avec cette attention de tous les instants, de toutes les minutes, qu'il faut avoir éprouvées, pour bien apprécier ; enfin elle soigna en fille dévouée celle qui n'avait pas voulu être sa mère et adoucit sa fin.

Ce fut dans ses bras que Mme d'Héricourt passa de cette triste vie à une vie meilleure.

Lorsque M. d'Héricourt arriva, sa mère avait cessé d'exister. Par un accord tacite, M. d'Héricourt et celle que, pour la dernière fois, nous appellerons Mlle de Villedieu ne se dirent pas un mot qui pût rappeler le passé, et ne parurent même pas se reconnaître.

Sœur Marie-Madeleine fut pour la jeune femme, que cette mort semblait affliger vivement, remplie des plus touchantes attentions ; elle se chargea de veiller sur les enfants. Elle eut, pour tous, ces prévenances si précieuses quand le cœur est profondément affligé.

Pendant la nuit qui précéda l'inhumation, sœur Marie-Madeleine pria auprès du corps ; mais, vers le matin, cédant à la fatigue, sa tête se renversa sur le dossier du fauteuil où elle était assise, ses yeux se fermèrent et elle céda au sommeil.

M. d'Héricourt entra dans la chambre comme elle venait de s'endormir. Il la regarda pendant

quelques instants: ses yeux peu à peu se remplirent de larmes : s'agenouillant alors devant
elle, il baisa respectueusement le bas de sa robe.
Puis, il s'approcha du lit de la morte, fléchit les
genoux et pria.

Entre ces deux mortes, l'une morte par la
volonté de Dieu, l'autre morte au monde par la
sienne à lui, son cœur se brisa, et il souffrit plus
encore peut-être qu'il n'avait fait souffrir.

Quand il se releva, sœur Marie-Madeleine reposait toujours: il aperçut alors son livre de
prières qui était près d'elle, sur la table; il l'ouvrit, prit une image pieuse qui s'y trouvait, et
la portant à sa jeune femme : gardez cette image,
Marie, lui dit-il, en souvenir de la sainte qui a
reçu le dernier soupir de notre mère.

———

III

Quand, au mois de juillet 1870, la guerre
éclata entre la France et l'Allemagne, la Supérieure des Sœurs de ..... désigna sœur Marie-
Madeleine pour aller aux ambulances qui devaient suivre notre armée.

En agissant ainsi, elle savait qu'elle répondait
aux vœux de la jeune sœur, et elle savait aussi
quelle consolation et quel secours elle envoyait
aux malheureux blessés.

Sœur Marie-Madeleine se prodigua pendant
la première partie de la campagne : officiers et
soldats ne la nommaient qu'avec respect et admiration. Sa vue et ses soins, sans guérir la
souffrance, l'adoucissaient.

Elle savait si bien répandre l'aumône de la
bonne parole, et il y avait tant de malheureux

qui en avaient besoin. Car, pour ces héros qui marchaient si vaillamment à la mort, il y avait cependant une heure de défaillance : l'heure de l'adieu aux êtres aimés qu'ils ne devaient plus revoir.

———

IV

C'était le soir de la funeste journée de Sedan !

La grande voix du canon ne tonnait plus ; le cercle de fer et de feu venait de se rompre ; le choc des bataillons avait cessé de retentir ; les torrents impétueux de cavalerie ne roulaient plus sur le sol.

La nuit descendait sur le champ de bataille.

Des cadavres d'hommes et de chevaux, des corps sans tête, des têtes fracassées, des membres épars, gissaient dans un fleuve de sang. A la lueur douteuse du crépuscule, les champs paraissaient couverts d'une fauchée. C'était en effet une fauchée, mais une fauchée humaine qui formait les monticules qui les couvraient. Le râle des mourants, les gémissements des blessés troublaient seuls le silence qui avait succédé à l'effroyable bruit de la lutte.

Dans l'obscurité rampaient déjà quelques-uns de ces vampires humains qui viennent dépouiller les cadavres.

Les ambulances relevaient les blessés, et un groupe d'infirmiers et de sœurs de ..... s'empressaient à donner les premiers soins à ceux qu'on ne pouvait emporter encore.

L'une des sœurs qui formaient ce groupe, — c'était la plus jeune, — s'en détacha ; elle s'arrêta, releva la tête, et ses yeux se fixèrent sur un point dans l'espace.

Le clair d'étoiles frappait en plein son doux visage, si pâle qu'il semblait celui d'une ombre, mais d'une ombre bienheureuse, tant l'expression en était angélique.

En face d'elle, peu à peu le lointain s'illuminait. Tout à coup l'hymne allemand éclata chanté par des milliers de voix... Puis un ouragan de hourras leur succéda.

C'était l'armée prussienne qui acclamait le roi Guillaume.

Un frisson d'indignation fit tressaillir sœur Marie-Madeleine, — car c'était elle, — ce spectacle de joie triomphante lui semblait une insulte à notre malheur ; elle en détourna ses regards et les reporta avec une angoisse déchirante sur le

hamp de carnage qui l'environnait. Son visage
lors se couvrit de larmes. Elle pleura sur les
lésastres de la France et sur la mort de ses glo ·
rieux fils.

Cependant, comprimant son émotion, elle re-
oignit le groupe de sœurs qui était à quelques
las, et elle continua à suivre la voie douloureuse
sur laquelle il lui fallait marcher.

Bientôt sœur Marie-Madeleine s'arrêta auprès
d'un officier. Il ne faisait plus entendre qu'un
faible râlement. Il allait mourir.

Plus blanche qu'un linceul, elle s'agenouilla
près de lui ; elle lui prit la main qu'il avait toute
sanglante : la main se sépara à moitié du poignet.
Elle frémit d'horreur. Elle essaya de soulever
la tête : le visage était couvert de poussière et de
sang ; elle écarta les cheveux... Un cri de douleur lui échappa. A ce cri répondit le dernier
regard et le dernier soupir du mourant.

Le lieutenant-colonel d'Héricourt avait été
mortellement frappé à la tête et à la poitrine.

Sœur Marie-Madeleine eut encore le courage
de faire sur le front du mort le signe révéré,
comme si elle voulait marquer pour l'éternité
bienheureuse celui qu'elle avait tant aimé. Elle
lui ferma ensuite les yeux et pria. Puis elle vou-

lut se relever ; mais la force lui manqua ; elle glissa dans le sang et y demeura inanimée.

Quand on releva sœur Marie-Madeleine, elle avait dit adieu aux douleurs de la terre. Sa tâche était remplie. Dieu l'avait reçue dans son éternelle paix, là où sont ses anges.

FIN

Versailles. — Imprimerie de E. AUBERT.

LIBRAIRIE ACADÉMIQUE DIDIER ET Cie.

PUBLICATIONS NOUVELLES

Mme THURET.

Mademoiselle de Sassenay. Histoire d'une grande Famille sous Louis XVI. 2 vol. in-12. . . . . 7 »

Mme LA MARQUISE DE LA GRANGE.

Laurette de Malboissière. Lettres d'une jeune Fille du temps de Louis XV. 1 vol. in-12. . . . . 3 50

Mme LENORMANT.

Quatre Femmes du temps de la Révolution. (*Ouvrage couronné par l'Académie française.*) 1 vol. in-12. . . . 3 50

RONDELET.

Le lendemain du Mariage. 1 vol. in-12. . . . . . 3 50

ESPRIT PRIVAT.

Les Idoles du jour. Roman. 1 vol. in-12 . . . . . . 3 »

XAV. MARMIER.

Souvenirs d'un Voyageur. Une Intervention. Les Drames de Berlin. Caroline Mathilde, etc. 1 vol. . . . . 3 »

STANISLAS JULIEN.

Yu-Kiao-li. *Les deux Cousines.* Roman chinois. 2 vol. 6 »

Les deux jeunes Filles lettrées. Roman chinois. 2 volumes. . . . . 6 »

Mme CLARISSE BADER.

La Femme dans l'Inde antique. (*Ouvrage couronné par l'Académie française.*) 1 vol. . . . . 6 »

La Femme biblique. Sa vie morale et sociale, son rôle religieux, etc. 2e édit. 1 vol. in-12. . . . . 3 50

Mme LA COMTESSE D'ARMAILLÉ.

Catherine de Bourbon, SŒUR DE HENRI IV. 1 v. in-12. 3 »

Mme AUG. CRAVEN.

Récit d'une Sœur. Souvenirs de Famille. 2 v. in-12. 8 »

Anne Séverin. 1 vol. (*Sous presse.*) . . . . » »

MAURICE ET EUGÉNIE DE GUÉRIN.

Journal, Lettres et Poèmes. 3 vol. in-12 à 3 50

Mme BLANCHECOTTE.

Impressions d'une Femme. Pensées, sentiments et portraits. 1 vol. in-12. . . . . 3 »

Mme MENNESSIER-NODIER.

Charles Nodier. Episodes et souvenirs de sa vie. 1 vol. in-12. . . . . 3 50

Versailles. — Imp. de E. AUBERT, 6 avenue de Sceaux.

www.ingramcontent.com/pod-product-compliance
Lightning Source LLC
Chambersburg PA
CBHW050153030726
47505CB00005B/1359